ハヤカワ文庫SF
〈SF2313〉

ケン・リュウ短篇傑作集5

生まれ変わり

ケン・リュウ
古沢嘉通・他訳

早川書房
8612

THE REBORN AND OTHER STORIES

by

Ken Liu

Edited by

Yoshimichi Furusawa

Translated by

Yoshimichi Furusawa and others

Published 2021 in Japan by

HAYAKAWA PUBLISHING, INC.

This book is published in Japan by

direct arrangement with

BAROR INTERNATIONAL, INC.

Armonk, New York, U.S.A.

目次

生まれ変わり

生まれ変わり

The Reborn

古沢嘉通訳

われわれだれもが、コントロール下に置いているたったひとつの〝わたし〟があると感じている。だが、それは脳が懸命に働いて生みだしている幻想である……。

——スティーブン・ピンカー
『人間の本性を考える　心は「空白の石版」か』

生まれ変わったときのことを覚えている。魚が海へ投げ返されたときの気持ちじゃないかとわたしは想像する。

審判船はボストン湾のファン埠頭上空をゆっくり漂っていた。金属的な円盤型の船殻は暗い荒れた空に溶けこんでおり、カーブを描く上半分の船殻の表面は、妊婦の腹のようだった。それは下の地上にある古い連邦裁判所ほどの大きさがあった。数機の随行船が周辺に浮かんでおり、それぞれの表面で変化する明かりが、人の顔を思わせるパターンをときおり描いていた。

わたしのまわりにいる見物人は黙っていた。年に四度の審判は、いまでもおおぜいの群衆を集めている。上を向いた顔にわたしはざっと目を走らせた。大半はなんの表情も浮かべておらず、なかには畏怖の顔つきをしているものもいた。数人の男たちがたがいに声をひそめて話をし、喉を鳴らして笑っていた。彼らに若干の注意を払ったが、過重なほどにではない。もう何年も公の場での攻撃はおこなわれていなかった。

「空飛ぶ円盤だ」男たちのひとりが言った。ほんの少しばかり声が大きかった。ほかの見物人のなかにはこそこそと遠ざかり、彼らと距離を置こうとするものがいた。「忌々しい空飛ぶ円盤め」

群衆は審判船の真下にスペースを空けていた。トウニン人のオブザーバーたちの一グループがまんなかに立ち、生まれ変わりたちを歓迎する用意をしていた。だが、わたしの連れのカイは、不在だった。近頃、あまりに多くの生まれ変わりを目撃してきたから、とがの女は言った。

審判船のデザインは、地元の伝統に敬意を払っている証だと、かつてカイはわたしに説明した。リトル・グリーン・メンや『プラン9・フロム・アウタースペース』といったわれわれの歴史的想像力を喚起するものとして。

あなたたちの古い裁判所が、灯台に似せるため、上にあんな円形構造物を載せて建てられたのとおんなじ。ボストンの海運史に敬意を払う、正義の航路標識というわけ。

トウニン人は、歴史に関心がないのが普通だが、自分たちは現地人に順応するための努力をもっと払うべきだとカイはつねづね主張していた。

わたしは群衆のなかをゆっくり移動し、ひそひそ話をしているグループに近づいた。彼らはみな長くて分厚いコートを着ていた。武器を隠すのに格好の服装だ。

妊婦のような形状の審判船の上部がひらき、黄金色のまばゆい光線が空に向かって放たれ、暗い雲に反射され、地面に柔らかな影のない光をもたらした。

審判船の外縁部を取り巻くように並んだ円形のドアがひらき、長い弾力性に富んだラインがドアからほどけて、落下した。ラインはもつれあい、たわみあい、触手のように伸びた。審判船は、いまや、宙を漂う海月《くらげ》のようだった。

それぞれのラインの末端には人間がいた。背骨と肩甲骨がまじわるあたりに位置するトウニン・ポートによって、針にかかった魚のようにしっかり留められている。ラインがゆっくりと伸び、漂うように地面に近づいてくると、末端の人間が両手両脚を物憂げに動かし、優雅なパターンをなぞった。

わたしはささやき合っている男たちの小集団にもう少しのところでたどり着くところだった。そのなかのひとり、さきほど少し声を大きくして話していた男は分厚いコートのポケットのフラップのなかに両手を入れていた。わたしはまわりの人たちを押しのけ、歩を速めた。

「哀れな連中め」群衆のまんなかに空いたなにもないスペースに生まれ変わりが近づいてきて、帰郷するのを見つめながら、男はつぶやいた。男の顔に狂信者の決意が浮かんでいるのを見た。いまにも相手を殺そうとしている異種憎悪主義者の表情だ。

生まれ変わりたちはほぼ地面に到着しようとしていた。わたしが対象にしている相手は、審判船のラインが切り離され、生まれ変わりたちを宙に引き戻せなくなる瞬間を、生まれ変わりたちがまだ足下がふらつき、自分が何者なのか定かではない瞬間を待っていた。

まだ無垢なままでいる瞬間を。

わたしはその瞬間をよく覚えている。

対象者の右肩が動き、コートからなにかを取りだそうとした。わたしは目のまえのふたりの女性を押しのけ、宙に飛び上がって、叫んだ。「動くな！」

するとそのとき、世界が速度を落としたかのようになり、生まれ変わりたちの足下の地面が火山のように噴き上がり、彼らは、トウニン人のオブザーバーたちとともに宙に放りだされ、糸の切られたマリオネットのように四肢をバタバタさせた。わたしが目のまえの男にぶつかると、熱と光の波があらゆるものを消し去った。

容疑者の手続きを済ませ、自分の負傷を手当てしてもらうのに数時間かかった。帰宅を認められたころには、午前零時をまわっていた。

ケンブリッジの街路は新しい外出禁止令のせいで、静まり返り、だれも出歩いていなかった。警察車輌の隊列がハーヴァード広場に停まっており、一ダースの明滅する赤色灯がバラバラに灯っているなか、わたしは車を止め、車窓を下ろして、バッジを示した。

童顔の若い警官は息を呑んだ。〝ジョシュア・レノン〟という名前は彼にはなんの意味も持たないかもしれないが、わたしのバッジの右上隅に黒い点がついているのを彼は見た。その点は、警備厳重なトウニン人の居住区にわたしが入れることを示していた。

「悪い日でしたね」警官は言った。「でも、ご心配は無用です、あなたのお住まいの建物に通じているすべての道路は封鎖しました」

〝あなたのお住まい〟と言ったときに何気ない口調になるよう彼は努めていたが、その声に戦慄の響きがあるのをわたしは聞き取った。こいつはあいつらのひとりだ。こいつはあいつらと暮らしている。

警官は車から離れようとしなかった。「捜査はどうなっています？――もしうかがっていいのなら、うかがいたいのですが」警官の目はわたしの全身を舐めるように見ていた。その猛烈な好奇心はあまりにも強力で、手で触れられそうなほどだった。

彼がほんとうに訊きたい質問はわかっていた――どんな感じなんだい？

わたしは真正面を向いた。車窓を上げる。

一瞬ののち、警官はうしろへ下がった。わたしはアクセルを踏みこんだ。タイヤが満足のいくきしみを上げ、車は疾走した。

壁に囲まれた居住区は、元はラドクリフ・ヤードだった。

アパートメントのドアを開けたところ、カイが好んでいる柔らかな金色の明かりが、午後の出来事を思いださせ、わたしを身震いさせた。

カイはリビングにいて、カウチに座っていた。

「連絡しないですまない」

カイは立ち上がった。身の丈二・四メートルになるかの女は、両腕を広げ、ニューイングランド水族館の大きな水槽を泳ぎまわっている巨大な魚の目に似た黒い瞳でわたしをじっと見た。わたしはがの女に抱擁されようと歩み寄り、がの女の嗅ぎ慣れた匂いを吸いこんだ。フローラルな香りとスパイシーな香りがないまぜになっている。エイリアンな世界と故郷の匂いだ。

「聞いた？」

答える代わりにがの女は優しくわたしの服を脱がせた。包帯が巻かれているあたりには注意しながら。わたしは目をつむり、抵抗しなかった。何枚もの層が一枚ずつ剥がれ落ちていくのを感じる。

裸になるとわたしは顎を上に向け、がの女がわたしにキスした。わたしの口に入ったがの女のチューブ状の舌は温かく、塩っぱかった。わたしは両腕をがの女にまわし、がの女の頭のうしろにある長い傷に触れた。その傷の由来をわたしは知らず、調べようとしたこともなかった。

そののち、がの女は主腕でわたしの頭を包み、自分の柔らかい、羽毛で覆われた胸にわたしの顔を引き寄せた。がの女の第三の腕は、たくましく、しなやかで、わたしの腰を包みこむ。第二の腕の敏捷で、敏感な先端が一瞬、わたしの両肩を軽く撫でてから、わたしのトウニン・ポートを探しだし、そっと皮膚をこじ開け、なかへ入りこんだ。

接続された瞬間、わたしはあえぎを漏らし、四肢が強《こわ》ばり、やがて身を任せるにつれて、力が抜けていくのを感じた。カイのたくましい腕に自分の体重を委ねる。わたしは自分の体がカイの感覚を通して現れるやり方で楽しめるよう、目をつむった——たとえば、わたしの血管を流れる温かい血が、背中と臀部の比較的温度が低く、青みを帯びた皮膚に浮きでて、脈搏《う》つ赤と金色の流れでできる地図をこしらえる様。わたしの短い髪の毛が、がの女の主腕の敏感な皮膚にチクチクとする様。わたしの混沌とした考えががの女の優しく導いてくれる軽い押し方で徐々に癒され、明瞭なものに変わる様。わたしたちはいま、ふたつの心、ふたつの肉体で可能な最大限の親密なやり方で繋がっていた。

どんな感じかと言うと、こんな感じさ、とわたしは思った。

彼らの無知に悩まされないで、とがの女は伝えてくる。

わたしはその日の午後の出来事を伝えた——任務を実行したときの傲慢で、ぞんざいな態度、爆発の驚愕、生まれ変わりたちとトゥニン人が死ぬのを見つめていたときの疚《やま》しさと後悔。やるせない憤り。

あなたは犯人を見つけられる、とがの女は考えた。

そのつもりだ。

するとがの女の体がわたしに対して動くのを感じた。六本の腕と二本の脚すべてでまさぐり、愛撫し、摑み、握り締め、貫く。そしてわたしはかの女の動きを真似、両手と唇と両脚で、かの女のひんやりとして、柔らかい皮膚をまさぐった。学び取ったかの女が好むやり方で。かの女の快楽は、わたし自身の快楽とおなじように明白で、いまそこにあった。思考は言葉同様、不必要なものに思えた。

連邦裁判所の地下にある取調室は、狭くて、閉所恐怖症を誘発させそうなところだった。檻だ。

わたしはなかに入ってドアを閉め、上着を掛けた。容疑者に背を向けることに怖れはなかった。アダム・ウッズは両手に顔をうずめ、ひじをステンレススチール製の机についていた。ウッズのなかに闘争心は欠片も残っていなかった。

「トウニン保護局の特別捜査官ジョシュア・レノンだ」わたしは習慣でバッジをウッズのまえで振った。

ウッズは顔を起こしてわたしを見た。血走って、力のない目だった。

「きみの以前の人生は終わった。すでに知っているはずだが」わたしはウッズに権利の読み上げをおこなわず、弁護士を呼ぶ権利があることも告げなかった。文明度がいまより低かった時代の儀式だ。もはや弁護士は必要ではなかった――もはや裁判はなく、警察の計略も不要だった。

ウッズはじっとわたしを見た。目には憎しみが湛えられている。

「どんな感じだ？」ウッズは低くささやくように訊いた。「あいつらのひとりに毎晩ファックされるのは？」

わたしは黙った。こんな一瞬でバッジの黒点に気づいたとは想像できなかった。そこで、彼に背を向けたせいだと悟った。シャツ越しにトゥニン・ポートの外形を見て取ったのだ。わたしが生まれ変わりだとウッズは知った。ポートが開いたままになっている人間がひとりのトゥニン人と繋がっていると推測するのは、運任せの——だが筋の通った——推測だった。

わたしはその餌に食いつかなかった。殺したいほどの衝動に人々を駆りたてるたぐいの異種憎悪には慣れていた。

「手術のあと、きみは検査を受けるだろう。だが、もしいま自供して、きみの共謀者に関する有益な情報をもたらしてくれるなら、生まれ変わりのあとできみにはいい仕事といい生活が与えられるだろうし、きみの友人と家族の大半に関する記憶も保持できるだろう。だが、嘘をついたり、なにも言わずにいれば、われわれは必要な情報をどのみちすべて手に入れ、きみは空っぽの心の状態でカリフォルニア州へ送られ、放射性降下物の除染作業を割り当てられるだろう。そして、きみのことを気にかけていた人間は、みなきみを完全に忘れてしまうだろう。選ぶのはきみだ」

「共謀者がいるとどうしてわかるんだ？」

「爆発が起こったとき、わたしはきみを見ていたんだ。きみは爆発が起こることを予期していた。きみの役割は、爆発後の混乱に乗じてより多くのトゥニン人を殺すことだったとわたしは思う」

ウッズはわたしをにらみつづけた。彼の憎悪は揺るぎなかった。すると、ふいになにか思いついたようだった。「あんたが生まれ変わったのは一回だけじゃないな、そうだろう？」

わたしは体を強ばらせた。「どうしてわかった？」

ウッズは笑みを浮かべた。「たんなる勘さ。あんたの立ち姿と座る姿勢はあまりにも堅苦しい。最後のときにはなにをしたんだ？」

わたしはその質問にあらかじめ備えておくべきだったが、そうしていなかった。生まれ変わってから二カ月では、わたしはまだ不慣れで、調子が悪かった。「それには答えられないとわかっているだろ」

「なにも覚えていないんだな？」

「覚えていないのは、切り離されたわたしの腐った部分についてだ」わたしはウッズに言った。「きみから切り離されるものとおなじようにな。どんな犯罪をおこなったにせよ、それを実行したジョシュア・レノンは、もはや存在していない。その犯行が忘れ去られるのが当然至極なのだ。トゥニン人は、思いやりがあり、情け深い人々だ。彼らはわたしやきみの、犯罪にまさに責任を負っている部分――メンズ・リア、つまり犯意――だけを取り除くのだ」

「思いやりがあり、情け深い人々か」ウッズは繰り返した。そして彼の目にあらたなものが浮かんでいるのにわたしは気づいた――哀れみだ。

突然の怒りにわたしは襲われた。哀れまれるべきは、こいつであり、わたしではない。ウッズが両手を掲げて防ぐ機会を得るまえにわたしは彼に飛びかかり、顔面を殴打した。一発、二発、三発。強く殴る。

血がウッズの鼻から流れ、彼は目のまえで手を震わせた。彼はなんの音も立てず、ただ冷静な哀れみいっぱいの目でわたしを見つづけた。

「やつらは目のまえでおれの親父を殺したんだ」ウッズは唇から血を拭い、手を振ってそれを払おうとした。血の雫《しずく》がわたしのシャツに飛び散った。深紅の珠のような雫が白い生地に赤くくっきりと付着する。

「おれは十三歳で、裏庭の小屋に隠れていた。扉の隙間から、親父が野球のバットでやつらのひとりに殴りかかるのを見た。そいつは一本の腕でバットを防ぎ、別の一対の腕で親父の頭を掴んで、易々ともぎ取った。そのあと、やつらはおれのお袋を焼いた。焼かれた人肉の臭いをおれはけっして忘れない」

わたしは呼吸を制御しようとした。目のまえの男をトゥニン人がするように見ようとした――分割するのだ。まだ救うことができる怯えた子どもと、救えない怒れる辛辣な成人男性がいる。

「それは二十年以上まえのことだ」わたしは言った。「とてつもなく暗い時代、恐ろしく、歪んだ時代のことだ。世界はそれから前進してきた。トゥニン人たちは謝罪し、償いをしようとした。きみはカウンセリングにいくべきだった。彼らがきみにポートを付けてくれ、そうした記憶を切除してくれただろう。そうした幽霊から自由になった人生を送れたはずだったのに」

「おれはそうした幽霊から自由になりたくないんだ。一度でもそのことを考えたことはあるのか？　おれは忘れたくない。おれは嘘をつき、なにも見なかったとやつらに言った。やつらにおれの心のなかに入りこみ、記憶を盗ませたくなかったんだ。おれは復讐をしたい」

「きみは復讐できない。ああいう行為をおこなったトゥニン人はみないなくなった。彼らは罰を受け、忘却させられてしまった」

ウッズは笑い声を上げた。「罰を受けただと。ああいう行為をやってのけたトゥニン人は、きょうパレードして、普遍的な愛と、トゥニン人と人類が調和して暮らす未来を説くトゥニン人とまったくおなじやつらだ。都合よくやつらが自分たちのやったことを忘れるからといって、おれたちも忘れるべきということにはならん」

「トゥニン人は統合意識を持っていない――」

「あんたは〈征服〉でだれも失っていない人間のように話すな」ウッズの声が一段と大きくなり、哀れみがなにか別のもっと暗い感情に変わった。「あんたは敵への協力者のように話している」ウッズはわたしに唾を吐きかけた。わたしは顔に血が付いたのを感じた。唇のあいだに唾がかかる――温かく、甘く、錆の味がする。「やつらが自分からなにを奪ったのかすら、あんたは知らないんだ」

わたしは取調室を出て、扉を閉め、ウッズがまくしたてる呪詛《じゅそ》を遮断した。

連邦裁判所の外で、科学捜査課のクレアがわたしと落ち合った。彼女のところのスタッフはすでに昨晩、事件現場を調べ、記録を取っていたが、われわれはいずれにせよ爆発でできたクレーターのまわりを歩いて、時代遅れの視認検査をおこなった。クレアの捜査装置がなにか見過ごしていないかというありそうにない出来事を期待して。

なにかを見過ごしているかもしれない。なにかが欠けているかもしれない。

「けさ、午前四時ごろに負傷した生まれ変わりのひとりがマサチューセッツ総合病院で死んだ」クレアが言った。「それでトータルの死者数は十名になった――トゥニン人六名、生まれ変わり四名。二年まえニューヨークで起こった事件ほどひどくはないけど、ニューイングランドじゃあまちがいなく最悪の大量殺人ね」

クレアは細身で鋭い顔つきの、すばやく急な動きをする人間で、わたしはスズメを連想した。ボストン支局でトゥニン人と結婚しているたったふたりのトゥニン保護局捜査官として、われわれは親しくなった。われわれは職場配偶者だと、みなが冗談を言った。

わたしは〈征服〉ではだれも失わなかった。

母の葬儀でカイはわたしのかたわらに立ってくれた。棺のなかの母の顔は、穏やかで、苦しみから解放されたものだった。

わたしの背中に触れているカイは優しく、わたしを支えてくれた。かの女にあまり深刻に受け取らないでほしいと伝えたかった。かの女は母を救おうと熱心に努めてくれた。かの女がわたしの父を救おうとしたときとおなじように。だが、人間の肉体は脆弱で、われわれはどうやれば効果的にトゥニン人に教えられた進歩を利用できるかまだ知らなかった。

われわれは瓦礫の山のまわりをゆっくりと進んだ。そこは溶けたアスファルトで固まっていた。わたしは自分の思考を制御しようとした。ウッズに不安にさせられたのだ。「起爆装置に関してなにか手がかりはあったかい？」

「とても精巧なものだった」クレアが答えた。「残っている破片に基づいて判断すると、タイマー回路と繋いだ磁気計だった。すぐそばにかなり大量の金属、審判船のようなものがあることで引き金が引かれる磁気計だったというのが、あたしが考える最有力な説。それがタイマーをスタートさせ、生まれ変わりが地面に到着したのと同時に起爆するようになっていた」

その仕掛けには審判船の質量について相当詳しい知識が必要。さもないと、港を通るヨットや貨物船が起爆させかねなかった。

「それに審判船のオペレーションに関する知識も必要だ」わたしは付け加えた。「きのう、ここに何人の生まれ変わりが降りてくることになっており、セレモニーが終わり、彼らを地上に降ろすのにどれくらい時間がかかるか計算したにちがいない」

「綿密な計画がたくさん立てられたはず」クレアは言った。「単独犯の犯行じゃない。われわれは非常にレベルの高いテロリスト組織を相手にしている」

クレアがわたしを引き留めた。われわれは爆発でできたクレーターの底がよく見える地点にやってきていた。予想していたよりも浅かった。これをおこなった人間はだれであれ、エネルギーを上方へ集中させる指向性爆薬を使っていた。おそらくは周辺にいる群衆への被害を最小限度にするためだろう。

群衆。

子どものころの記憶が勝手に浮かび上がってきた——

秋の涼しい空気、海の匂いとなにかが燃えている臭い。人々が寄り集まって大きな集団をこしらえていたが、だれもなんの音も立てていない。わたしのように群衆の縁にいる人間は中央へ向かって押し合いへし合いしている。中心近くにいる連中は外へ出ようと押していた。鳥の死骸に群がる蟻のコロニーのようだ。ようやくわたしは中心へたどり着いた。何十本ものドラム缶で明るい焚き火が燃やされている。

わたしはコートに手を伸ばし、封筒を取りだした。その封筒を開け、写真の束をドラム缶の一本のそばに立っている男性に手渡した。男性は写真をパラパラとめくり、数枚取りだすと、残りをわたしに返した。

「それは持っておいていい。手術の列に加わるんだ」男性は言った。

わたしは手にしている写真に目を通した——赤ん坊のころのわたしを抱いている母さん。お祭りでわたしを肩車してくれている父さん。おなじ姿勢で眠っている母さんとわたし。

母さんと父さんとわたしがボードゲームをしているところ。カウボーイのコスチュームを着ているわたしのうしろにまわって、スカーフがちゃんと巻かれているか確かめようとしている母さん。

男はほかの写真をドラム缶へ投げ入れ、わたしは背を向けようとしながら、その写真が炎に呑まれるまえになにが写っていたのかいま見ようとした。

「大丈夫？」

「ああ」ぼうっとしてわたしは言った。「まだ爆発の後遺症が残っているみたいだ」

い、い、い、い、クレアは信用できる。

「あのさ」わたしは言った。「生まれ変わるまえに自分がなにをしたのか、一度でも考えたことがあるかい？」

クレアは鋭い目つきでわたしを見た。まばたきひとつしない。「その道を下るのはやめなさい、ジョシュ。カイのことを考えて。自分の人生を考えなさい。いま手にしている現実の人生を」

「きみの言うとおりだ」わたしは言った。「ウッズにちょっと気持ちを揺さぶられただけさ」

「二、三日休みを取りたいんじゃないの。集中できないなら、だれのためにもならないよ」

「大丈夫さ」

クレアはまだ疑わしいと思っているようだったが、その問題をそれ以上追及しなかった。彼女はわたしの気持ちをわかっていた。カイなら、わたしの心のなかにある疚しさや後悔を理解することができるだろう。そうした究極の親しさのなかでは、隠れるところはどこにもなかった。家にいても、カイがわたしを慰めようとしているのになにもすることがないというのは耐えられなかった。

「いまも言ってたように」クレアはつづけた。「このあたりは、一カ月まえ、W・G・ターナー建設会社によって再舗装されたの。そのとき爆弾が設置され、ウッズが作業員に加わっていた可能性がある。あなたはそこから調べるといい」

その女性はわたしの目のまえにファイルの詰まった箱を置いた。

「これが連邦裁判所前道路《コートハウス・ウエイ》再舗装計画に携わった従業員と請負業者全員です」

彼女はわたしが伝染病にでも罹《かか》っているかのようにそそくさと立ち去った。トウニン保護局の捜査官と必要最小限以上の言葉を交わすのを怖れているかのように。

ある意味で、わたしは伝染性があるのだろう。生まれ変わったとき、わたしと親しかった人々、わたしがやったことを知っている人々、彼らがわたしを知っていることがジョシュア・レノンのアイデンティティの一部を形成していた人々は、ポートを移植されねばならず、わたしの生まれ変わりの一環として、そうした記憶は削除された。わたしの犯罪は、それがどんなものであれ、彼らに感染したのだ。

その彼らが何者なのか、わたしは知りすらしなかった。

こういうことを考えてはいけない。まえの人生に、死んだ人間の人生に拘泥《こうでい》するのは健康的なことではない。

わたしは一冊ずつファイルに目を通し、出てくる名前を携帯電話に入力した。そうすることでオフィスにいるクレアのアルゴリズムが、その名前のネットワークを作成し、データベースのなかの無数の入力情報と結びつけ、急進的な反トゥニン主義フォーラムや異種憎悪のサイトを通じて広く情報を集め、繋がりを見つけだす。

とはいえ、わたしはファイルを一行一行几帳面に読んでいった。ときどき、クレアのコンピュータができない結びつきの発見を脳がおこなうことがある。

W・G・ターナー建設会社は、慎重だった。すべての就業志願者は、広範な背景検索の対象となり、そのアルゴリズムに疑わしい存在として浮上した者はひとりもいなかった。

しばらくして、そこに出てくる名前は渾然一体となって、区別のつかない混沌になった

――ケリー・アイコフ、ヒュー・レイカー、ソフィア・レデー、ウォーカー・リンカーン、フリオ・コスタス……。
ウ、ウ、ウ、ウォーカー・リンカーン。
わたしは元に戻って、そのファイルをもう一度見た。写真には三十代の白人男性が写っていた。細い目、後退しつつある生え際、カメラに笑顔を見せていない。取り立てて目立つところはなにもないようだ。まったく見覚えのない人間だった。

だが、その名前のなにかがわたしに判断をためらわせた。

写真が炎のなかで丸まって燃える。

いちばん上にあった写真は、わが家の正面に立つ父を写していた。父はライフルを手にし、厳しい表情を浮かべていた。炎が父を呑みこむ際に、わたしは写真の最後に燃え残っている隅に、通りの名前を交差する形で表示している標識を目にした。

ウォーカー・ストリートとリンカーン・ストリート。

オフィスの室温設定は高めにされているにもかかわらず、自分が震えているのに気づいた。

携帯電話を取りだし、ウォーカー・リンカーンのコンピュータ報告書を引っ張りだした
――クレジットカード記録、通信記録、検索歴、ウェブでの存在、雇用、学歴。アルゴリ

ズムはなにか異常なものがあるというフラグを立てなかった。ウォーカー・リンカーンは、平均的市民のモデルのようだった。

クレアの偏執的なアルゴリズムでなにひとつフラグが立たないプロフィールを見たことはなかった。ウォーカー・リンカーンはあまりにも完璧すぎた。

クレジットカードでの購入歴に目を通す——薪、着火液、暖炉シミュレーター、アウトドア・グリル。

そののち、二カ月ほどまえから、まったく購入歴がなくなっていた。

がの女の指が押し入ろうとすると、わたしは言った。

「いや、今夜は止めておこう」

カイの第二腕の先端が止まり、ためらい、やがてわたしの背中をやさしく撫でた。しばらくして、がの女は上体を起こした。がの女の目がわたしを見る。アパートメントのほの暗い明かりのなかで、ふたつの淡い月のように光る目だ。

「すまない」わたしは言った。「色々あるんだ、わたしの心のなかには、不愉快な考えが。それをきみに負わせたくない」

カイはうなずいた。人間っぽい仕草で、どことなく似合っていない。がの女がわたしの気を楽にさせようとしている努力をありがたく思った。かの女はつねにとても思いやり深く接してくれてきた。

かの女は、退き、部屋のまんなかで裸でいるわたしをそのままにした。

家主の女性はウォーカー・リンカーンの暮らしをまったく知らない、と主張した。家賃（チャールスタウンのこのあたりのそれは、馬鹿みたいに安い）は、毎月月初に直接振りこまれ、リンカーンが四カ月まえに引っ越して来てから家主は一度も店子《たなこ》を見たことがなかった。わたしがバッジを示すと、家主は部屋の鍵を寄越し、わたしが階段を上っていくのを無言で見守っていた。

わたしはドアを開け、明かりを点けた——家具店のモデル展示の光景に出迎えられた。白いカウチ、革張りのラブシート、きちんと積まれた雑誌が載っているコーヒー・テーブル、壁に抽象絵画。物が散らかった様子は一切なく、割当場所から外れているものは一切なかった。わたしは深呼吸をした。料理をした臭いや消臭剤の臭い、現実の人間が暮らすことによって住居にもたらされるさまざまな匂いは一切ない。

この部屋は、見覚えがあると同時に見慣れなかった。まるで既視感を覚えながら歩いているようだ。

わたしはアパートのなかをゆっくり歩きまわり、ドアを開けていった。クローゼットや寝室は、リビング同様、芸術的にアレンジされていた。完璧に普通、完璧にアンリアル。西側の壁沿いの窓から陽光が差し、灰色のカーペットに綺麗な平行四辺形を描いていた。黄金色の光はカイが好む色合いだ。

しかしながら、あらゆるものに薄く埃が積もっていた。おそらく一カ月か二カ月分の埃だ。

ウォーカー・リンカーンは幽霊だった。

やがてわたしはまわれ右をしたところ、玄関ドアの裏側になにかがぶら下がっているのを目にした。仮面だ。

その仮面を手に取り、わたしはバスルームに入った。

このタイプの仮面にはとてもなじみがあった。柔らかく、よくしなり、プログラム可能な繊維でできている。トウニン人の技術に基づくものだった。おなじ素材が生まれ変わった者たちを世界にふたたび返すときのラインをこしらえるのに用いられていた。体温で起動し、事前にプログラムされていた形に変形する。その下の顔の造作がどうであれ、記憶されている顔の形にみずから再構成されるのだ。法執行機関職員にだけ認可されており、われわれはときどき異種憎悪組織に潜入する際、この手の仮面を使用していた。

鏡のなかで、仮面のひんやりした繊維がしだいに活性化した。わたしがカイに触れたときのぱの女の体のようだ。わたしの顔の皮膚と筋肉に対して押し引きを繰り返す。一瞬、わたしの顔は、形のない塊になった。なにかの悪夢に出てくる化け物のような塊に。次の瞬間、蠢《うごめ》きが止まり、わたしはウォーカー・リンカーンの顔を見ていた。

前回わたしが生まれ変わったとき最初に見たのがカイの顔だった。魚のような黒い目と、小さな蛆《うじ》が表面のすぐ下で蠢いているように脈搏《う》つ皮膚のある顔だった。わたしは身じろぎ、逃れようとしたが、どこにも行き場はなかった。わたしの背中には鋼鉄製の壁があった。

ぱの女の目のまわりの皮膚が収縮し、また広がった。わたしには理解できないエイリアンの表情。ぱの女は後退し、わたしに若干のスペースを与えた。

ゆっくりとわたしは上体を起こし、あたりを見まわした。ごく小さな部屋の壁にくっつけられた狭い鋼鉄製のベッドの上にわたしはいた。照明は明るすぎた。吐き気がした。目をつむる。

すると津波のようにイメージが押し寄せてきて、処理できなくなった。人々の顔や声、早送りで過ぎていく出来事。わたしは口をひらいて、悲鳴を上げた。

するとすぐにカイがわたしのそばに来た。がの女は主腕でわたしの頭を包み、力ずくでわたしをじっとさせた。フローラルな香りとスパイシーな香りがわたしを包みこむ。その香りの思い出が突然心のなかの混沌から浮かび上がった。故郷の匂いだ。わたしは渦巻く海に浮かぶ板きれのようにそれにしがみついた。

がの女は第二腕でわたしの体を抱き締め、背中を軽く叩き、開口部を探した。背中の穴からその腕が押し入ってくるのを感じた。そこにあるのを知らなかった傷口だ。わたしは痛みに悲鳴を上げたくなり——

——そして心の混沌が鎮まった。わたしはがの女の目と心を通して世界を見ていた——ぶるぶる震えているわたし自身の裸の体を。

手伝わせて。

わたしは少し抗ったが、がの女はとても力が強く、わたしは諦めた。

なにがあった？

あなたは審判船に乗っている。古いジョシュ・レノンはとても悪いことをして、罰せられなければならなかった。

わたしは自分がなにをしたのか思いだそうとしたが、なにも思いだせなかった。

彼はいなくなった。あなたを救うため、この肉体から彼を切り離さねばならなかった。

あらたな記憶が心の表面に浮かんできた。カイの思考の流れに優しく導かれて。

わたしは教室に座っている。最前列だ。西側の壁沿いの窓から陽光が差し、床に綺麗な平行四辺形を描いている。カイがわれわれのまえをゆっくりと行き来している。

「わたしたちはだれもが数多くの記憶グループから、数多くの個性から、数多くの統一性のある思考パターンから成り立っています」カイが首のまわりに装着している黒い箱から声が聞こえた。少々機械的な声だったが、音楽的で明晰だった。

「故郷の子ども時代の友だちといっしょにいるときと、大都市でできた新しい友人たちといっしょにいるときを比べ、態度や言い回しや、話し方すら変えませんか？　わたしといっしょにいるときと、家族といっしょにいるときとでは、笑い方が変わり、泣き方が変わり、怒り方が変わらないですか？」

わたしのまわりにいる生徒たちは、それを聞いて、わたしとおなじように少し笑い声を上げた。教室の反対側にたどり着くと、カイはまわれ右をし、わたしたちの目と目が合った。ぱの女の目のまわりの皮膚が奥へ引っこみ、目をいっそう大きくさせたようになり、わたしは顔が赤らむのを感じた。

「統合化された個人というのは、伝統的な人類の哲学が生んだ誤謬《ごびゅう》です。それどころか、それが多くの教養を欠いた古い習慣の根底になっています。たとえば、犯罪者は、多くのほかの人格と共有している肉体に住むひとりの人格に過ぎません。人を殺した男は、それでもよき父であり、よき夫であり、よき兄弟であり、よき息子であるかもしれないのです。彼は殺しの計画を立てているときと、娘をお風呂に入れ、妻にキスをし、妹を慰め、母親の介護をしているときとは異なる人間なのです。ところが、古い人類の司法制度は、これらすべてを一様に罰していました。彼らをいっしょの存在として裁き、彼らをいっしょに投獄し、あまつさえいっしょに殺しさえしたのです。集合的処罰です。なんと野蛮なことでしょう！　なんと残酷なことでしょう！」

わたしはカイが表現するように自分の心を想像してみた――細かく区分され、分割されている個人を。トウニン人がわれわれの司法制度以上に軽蔑している人類の組織はほかにないかもしれない。彼らの心と心の意思疎通という文脈で考えれば、その軽蔑は充分理に適《かな》っていた。トウニン人はたがいになんの秘密も抱えず、われわれが夢に見ることしかできない親しさをわかちあっている。心の真実に直接アクセスするよりも、儀式化された敵対的争いに訴えねばならない個人という不透明さによって制限されている司法制度という概念は、彼らには野蛮に思えるにちがいなかった。

カイはちらっとわたしを見た。まるでわたしの考えを読み取れるかのように。それはわたしがポートを付けられないかぎり可能ではないとわかっていたのだが。だが、そう考えると、わたしは喜びを感じた。わたしはカイのお気に入りの生徒だった。

わたしは両腕をカイの体にまわした。

わが師、わが恋人、わが配偶者。わたしはかつて根なし草だった。いまは家に戻った。

わたしは思いだしはじめている。

ぱの女の頭のうしろの傷に触れる。ぱの女は身震いした。

ここはなにがあったんだい？

覚えていない。それについては気にしないで。

わたしは傷を避けて、慎重にぱの女を撫でさすった。

生まれ変わりは苦痛に充ちた処理だ。あなたたちの生物学はわれわれのほど進歩しておらず、あなたたちの心の各部分は、抽出し、異なる人格を分離するのが、われわれより難しかった。記憶が落ち着くのにしばらく時間がかかるだろう。あなたは再度思いださねばならない。記憶にふたたび筋を通すための道筋を学びなおし、自分自身を再構成しなければならない。だけど、いまのあなたは、われわれが切り離さなければならなかった病んだ箇所から自由になり、よりよい人間になっている。

わたしはカイにしがみつき、われわれはいっしょにわたし自身の欠片を拾い集めた。

クレアに仮面を見せた。それと完璧すぎるほどの電子的プロフィールも。「この手の装置にアクセスでき、これほど説得力のある電子的痕跡を備えた偽名を作りだすには、かなりの力とアクセス権を持つ人間が必要だ。ひょっとしたら保護局内部の人間かもしれない。生まれ変わりの記録を綺麗にするためには、電子データベースのデータを消す必要があるのだから」

クレアはわたしの携帯電話に映っているものをチラッと見て、仮面を疑わしげに見ながら下唇を噛んだ。「それはありそうにないな。保護局の従業員は全員ポートを取り付けられ、定期的に検査されている。どうやったらわたしたちのなかに二重スパイが隠れていられるかわからない」

「だけど、それが唯一の説明なんだ」

「すぐにわかるでしょう」クレアが言った。「アダムにポートが取り付けられた。タウがいま探りを入れている。半時間で済むはず」

わたしはクレアの隣にある椅子に文字通り倒れこんだ。過去二日間の疲労が重たい毛布のようにのしかかっていた。自分でも説明できない理由から、カイに触られるのを避けてきた。わたしは自分がバラバラになった気がしていた。

起きているよう自分に言い聞かせる、あと少しだけでも。

カイとわたしは革張りのラブシートに座っている。ぱの女の大きな体軀のせいで、われわれはギュッと体を密着しあっていた。暖炉が背後にあり、首のうしろにその温かい熱を感じられる。ぱの女の複数の左腕がわたしの背中をそっと撫でる。わたしは緊張していた。

両親が白いカウチに座って、真向かいにいる。

「こんなに幸せそうなジョシュを見たことがないわ」母が言う。そして母の笑みにとてつもない安堵感を覚え、わたしは母を抱き締めたくなる。

「あなたがそんな気持ちになってくれて嬉しい」カイが言う。ぱの女の声は黒い発声箱から出てくる。「ジョシュは、あなたがたがわたしのことを――わたしたちのことを――どう思うか気にしていたんだと思います」

「いつだって異種憎悪主義者はいるものだ」父が言う。父は少し息切れしていた。それを父の病の初期症状としていつか認識するようになるのをわたしは知っている。悲しみの疼きがわたしの幸せな記憶にかすかな色を付ける。

「恐ろしいことがおこなわれました」カイが言う。「われわれはそれを知っています。ですが、われわれはつねに未来に目を向けていたいのです」

「こちらもおなじです」父が言う。「ですが、一部の人間は過去に囚われている。彼らは死者を埋葬したままにできないのです」

わたしは部屋を見まわし、この家がずいぶん綺麗に整頓されていることに気づく。カーペットには染みひとつなく、エンド・テーブルには細々としたものが載っていない。両親が座っている白いカウチには一点の汚れもない。われわれのあいだにあるガラス製のコーヒー・テーブルには、巧みに並べられた雑誌の束を除いて、なにも載っていない。

このリビングは家具店のショールームのようだ。

わたしはハッとして目覚めた。記憶の断片がウォーカー・リンカーンのアパートのように非現実的なものになっていた。

クレアの配偶者、タウが戸口にいた。がの女の第二腕の先端がズタズタになっており、青い血がにじんでいた。がの女はよろめいた。

クレアがすぐにがの女のかたわらに近づいた。「なにがあったの？」

答える代わりにタウはクレアの上着とブラウスを引き裂き、がの女の第二腕より太く、繊細さを欠く主腕で、クレアの背中にあるトウニン・ポートを餓えたように、やみくもに求めた。やっとのことで主腕が開口部を見つけると、飛びこみ、クレアをあえがせ、たちまち四肢から力を奪った。

かかる親密な場面からわたしは目をそらした。タウは苦しんでおり、クレアを必要としていた。

「いかないと」わたしは立ち上がりながら言った。

「アダムは背骨にブービー・トラップを仕掛けていた」タウが発声箱から言った。

わたしは立ち止まった。

「わたしがアダムにポートを設置するとき、彼は協力的で、自分の運命を諦めているようだった。だけど、わたしが検査をはじめると、ミニチュア爆破装置が起爆し、アダムを即死させた。あなたたちのなかには、まだわたしたちを憎むあまり、生まれ変わりになるくらいなら死んだほうがましだと思っている人たちがいるのね」

「すまない《アイム・ソーリー》」わたしは言った。

「残念《ソーリー》なのは、わたしのほう」タウは言った。機械的な音声は、悲しみを伝えるのに苦労していたが、それは動揺したわたしの心を真似たもののように聞こえた。「アダムのほかの部分は、無実だったのに」

トゥニン人はあまり歴史を重要視していない。そして、いまでは、われわれもそうだ。彼らはまた、老齢で死ななかった。だれもトゥニン人が何歳なのか知らない――何世紀も生きているのか、数千年も生きているのか、永遠に生きているのか。カイは、人類の歴史より長くかかった星間旅行についてあいまいに口にするだけだった。

どんな感じだった？　わたしは一度訊いたことがある。

覚えていない、とが の女は心のなかで思った。

彼らの態度は彼らの生物学で説明される。彼らの脳は、鮫の歯と同様、けっして成長を止めない。新しい脳組織が中心核でつねに生みだされ、外層は蛇皮のように定期的に抜け落ちる。

あらゆる意図と目的を永遠に持っている人生のせいで、トゥニン人は、積もり積もった無限の記憶に途方に暮れてきた。彼らが忘れることの達人になったのは驚きではない。

彼らが保っておこうとする記憶は新しい組織に複写されなければならない――見直され、作り直され、再度記録される。だが、彼らが置いていこうとする記憶は、変化のサイクルごとに、乾いたさなぎの殻のように捨て去られる。

彼らが置いていくのは記憶だけではない。全人格が採用可能で、役割のように採用され、そののち、見捨てられ、忘れ去られる。トゥニン人は、変化まえの自己と変化後の自己をまったく別個の存在と見なしていた――異なる個性、異なる記憶、異なる道徳的規範の持ち主である、と。彼らはたんにひとつの肉体をつづけて共有しているだけだった。

おなじ肉体ですらない、とカイは思念でわたしに知らせた。

？

およそ一年であなたの肉体のすべての原子は別の原子に置き換わる、とカイは思った。これはわれわれがはじめて恋人同士になった当時の話で、ぱの女は頻繁に教育モードになった。われわれの場合、もっと速いの。

もはやおなじ船とは言えなくなるまで、時間の経過にともなって個々の船板が全部置き換わってしまうテセウスの船のようだな。

あなたはいつだって過去について話すとき、それを引き合いに出すのね。だが、ぱの女の思考の色は、批判的というよりもむしろ寛大なものだった。

〈征服〉が起こったとき、トウニン人は極めて過激な態度を採用した。そしてわれわれはおなじ態度で応じた。もちろん、詳細は霞がかかっている。トウニン人はそれを覚えていないし、われわれの大半は思いだしたがらない。カリフォルニアは、その戦いの歳月ののち、いまだに居住不能になっている。

だが、そののち、いったんわれわれが降伏すると、トウニン人は、そうした攻撃的な心の層を――自分たちの戦争犯罪の処罰として――捨て去り、想像しうるかぎりもっとも穏健な支配者になった。いまや明白な政治意識を持つ平和主義者となり、彼らは暴力を嫌悪し、進んで彼らのテクノロジーをわれわれとわかちあい、疾病《しっぺい》を治し、すばらしい奇蹟を実現させた。世界は平和になった。人類の平均余命はきわめて長くなり、トウニン人のために進んで働こうとする者たちは、成功した。

トウニン人は疚しさを経験しない。

われわれはいまでは異なる人間なの、とカイは思念で伝えた。ここもわたしたちの故郷なの。それでもあなたたちのなかには、わたしたちの死んだ過去の自己の罪をわたしたちに負わせようとやっきになっている人たちがいる。父の罪の責任を息子に負わせようとするようなもの。

万一、戦争がまた起こったら、どうなる？　わたしは思った。万一、異種憎悪主義者たちが、残りのわれわれにきみたちに向かって立ち上がるよう説得したら？

そうなったら、わたしたちはまた変わるかもしれない。前回とおなじように容赦なく、冷酷な存在になるかも。わたしたちのなかのそうした変化は、脅威に対する生理的反応で、制御不能なものなの。だけど、その未来の自己は、いまのわたしたちとなんの関係もない。父は息子の行為に責任を持てない。

そのようなロジックに反論するのは難しい。


アダムのガールフレンド、ローレンは若い女性で、アダムの両親が死去していることから、いちばん近い近親者と見なされ、局に死体を受け取りにいく責任があるとわたしが伝えたあとも険しい表情を変えなかった。

われわれはキッチン・テーブルを挟んで向かい合って座っていた。アパートは狭く、薄暗かった。多くの電球が焼き切れて、交換されていなかった。

「あたしはポートを付けられるの？」ローレンは訊いた。

アダムが死んだいま、次の手順は、彼の親類および友人たちのだれがポートを付けられるべきなのかを決めることだった――さらにブービー・トラップが仕掛けられている背骨を充分警戒したうえで――この陰謀の真の中身を解き明かせるように。

「まだわかりません」わたしは言った。「あなたがどれくらい協力してくださるかによると思います。アダムはだれか疑わしそうな人間と付き合っていましたか？　異種憎悪主義者だとあなたが思った人間はだれかいましたか？」

「あたしはなにも知らない」ローレンは言った。「アダムは……孤独な人だった。あたしにはなにも話してくれなかった。もしあなたが望むなら、あたしにポートを付けてもかまわないけど、エネルギーの無駄遣いになるでしょうね」

通常、彼女のような人はポートを付けられることを怖れている。蹂躙《じゅうりん》されると思っている。彼女の見せかけの無頓着さは、いっそう疑わしく思えた。

ローレンはわたしの疑念を感じ取ったようで、方針を変えた。「アダムとあたしはときどき〈忘却〉を吸ったり、〈煌めき〉をやったりしていた」ローレンは座ったまま体の向きを変え、キッチンのカウンターのほうを見やった。彼女の視線の先を見たところ、汚れた皿の山のまえに麻薬吸引道具が見えた。舞台の小道具のように。締まりの悪い蛇口から水が滴り落ち、この場面全体のバックグラウンド・ビートを刻んでいた。

〈忘却〉と〈煌めき〉は強烈な幻想作用を持っている。口にされない要点は、こうだ——彼女の心は偽りの記憶に充ちあふれており、たとえポートを付けたところで、信用できない。われわれに取れる最大の手立ては彼女を生まれ変わらせることだが、ほかの人間の逮捕に使えるようなものはなにも見つからないだろう。悪い策略ではなかった。だが、ローレンはその嘘を充分説得力のあるものにはできていなかった。

あなたたち人類は、自分が自分の成し遂げたものだと考えている。かつてカイはそんな思念を伝えた。ふたりでどこかの公園に寝そべっていたのを覚えている。芝生の上にいて、太陽の温もりがの女の肌を通して伝わってくるその感覚が好きだった。わたしの肌よりもはるかにずっと敏感な肌。だけど、あなたは実際には自分が覚えているものなの。

それって同じことじゃないのか？　わたしは思った。

ぜんぜんちがう。記憶を取り戻すために、あなたは一組の神経連絡を再活性化しなければならず、その過程で、神経連絡を変化させてしまう。あなたたちの肉体は、想起するたびに記憶も書き換えてしまうようになっている。鮮明に記憶している細部が、でっちあげられたものだと気づいた経験はない？　夢だと確信していたことが実際の経験だったことは？　作り話だと信じていたことが真実だったことは？

そう言われると、まるでわたしたちがとても脆弱な存在みたいだな。

実際には、思い違いをしているの。カイの思考の色は愛情にあふれたものだった。あなたたちは、どの記憶が現実で、どの記憶が偽物なのか見分けられない。それなのにその重要さに固執している。自分の人生の多くを記憶に頼っている。歴史の実践はあなたたちの種にはあまりいい結果をもたらしてきていない。

ローレンはわたしの顔から目を逸らし、おそらくはアダムのことを考えているのだろう。ローレンのどこかになじみがあった。子どものころ聞いた歌の中途半端に覚えたコーラス部分のように。記憶を呼び起こしているときの名状しがたい形で弛緩しているローレンの表情を気に入った。そのとき、わたしはローレンにポートを付けないようにすることを決めた。

その代わり、わたしはバッグから仮面を取りだし、ローレンの顔から目を離さずに、仮面を装着した。仮面がわたしの顔で温《ぬく》まり、顔にしがみつき、筋肉や皮膚を形作っていくあいだ、わたしはローレンの目に認識の兆候を、アダムとウォーカーが共同謀議者であることを確認する兆候を探した。

ローレンの顔が強ばり、また無表情になった。「なにをしているの？　それってゾッとする見た目よ」

がっかりして、わたしは言った。「たんなる決まり切った確認ですよ」

「あの漏れてる蛇口をどうにかしてもいいかしら？　気が狂いそう」

わたしはうなずき、ローレンが立ち上がったときも座ったままでいた。またしても袋小路だ。アダムはほんとうに自分ひとりで実行できたのだろうか？　ウォーカー・リンカーンとは何者だ？

わたしは自分の心のなかで半分形を作りかけている答えを怖れた。

重たいなにかが後頭部に衝突しようとしているのを感じたが、手遅れだった。

「われわれの声が聞こえるかね？」その音声はスクランブルされ、なにか電子的な装置で変調されていた。奇妙なことに、トウニン人の発声箱をわたしは思いだした。

わたしは暗闇のなかでうなずいた。座らされ、両手は後ろ手に縛られていた。なにか柔らかなもの——スカーフかネクタイだ——がわたしの頭部を強く締めつけており、目を覆っていた。

「こんなふうにやらねばならなかったことを申し訳なく思う。きみがわれわれを見られないほうが都合がいいのだ。こうしていると、きみのトウニン人がきみを検査したとき、われわれの正体がバレることはない」

わたしは手首の縛《いまし》めを試してみた。完璧に結ばれていた。自分ひとりでこれを緩められる可能性はない。

「こんなことはいますぐ止めねばならんぞ」わたしはできるかぎり声に権威を滲《にじ》ませて言った。「協力者を捕らえたと思っているのはわかっている。人類という種への裏切り者をな。きみたちはこれが正義だと、復讐だと信じている。だが、考えてみろ。もしわたしを傷つけても、きみたちは結局は捕らえられ、この出来事に関するきみたちの記憶はみな消去される。それを覚えてもいないというなら、復讐になんの価値がある？　一度も発生しなかったものになってしまうんだぞ」

電子的な笑い声が暗闇で上がった。彼らがいったい何人いるのか、わたしにはわからなかった。年寄りなのか、若いのか、男性なのか、女性なのか。

「解放してくれ」

「そうするよ」最初の声が言った。「これを聞いたあとで」

ボタンが押されるクリック音が聞こえ、そののち、現実から遊離した声が聞こえた。

「やあ、ジョシュ。大切な手がかりを発見したんだとわかってる」

その声はわたしのものだった。

「……広範な研究がおこなわれたにもかかわらず、すべての記憶を消去するのは不可能である。古いハードディスクのように、生まれ変わりの精神には、古い道筋の痕跡が残っており、休止状態にあって、正しいトリガーが引かれるのを待っている……」

ウォーカー・ストリートとリンカーン・ストリートの角に古いわが家がある。なかは散らかっており、わたしのおもちゃがいたるところに散らばっている。カウチはなく、四脚の藤椅子が古い木製のコーヒー・テーブルを囲んで置かれているだけ。コーヒー・テーブルの天板は、円形の染みがいっぱいついている。

わたしは藤椅子の一脚のうしろに隠れている。家のなかは静まり返っており、室内はうす暗かった。夜明け間近か、夕暮れ遅くか。

外で悲鳴が上がる。

わたしは立ち上がり、ドアに駆け寄り、勢いよく開ける。一匹のトウニン人の主腕によって父が宙に持ち上げられているのが目に入る。第二腕と第三腕は父の手足を摑んでいて、動けなくしている。

そのトウニン人のうしろで母の体が横たわっている。動いていない。トウニン人は腕をすばやく動かし、父は悲鳴をもう一度上げようとするが、喉に血が溜まっており、出てくるのは、たんなるゴボゴボという音だけ。トウニン人は腕をまた激しく動かし、わたしの目のまえで、父はゆっくりとバラバラにされていく。トウニン人はわたしを見下ろす。目のまわりの皮膚が引っこみ、また収縮する。未知の花とスパイスの香りがあまりにきつく、わたしは吐く。

カイだ。

「……実際の記憶の代わりに、連中はきみの心に嘘を詰めこむ。精査すれば崩れてしまう捏造された記憶を……」

カイが檻の奥にいるわたしに近づいてくる。似たような檻がたくさんあり、それぞれに若い男性や若い女性が入れられている。何年、われわれは暗闇と孤独のなかで過ごしてきただろう。意味のある記憶を形成することから遠ざけられて。

採光のいい教室はけっして存在しなかった。哲学的な授業は一切なかった。西側の窓から入ってくる日差しはなく、床に綺麗な、くっきりとした平行四辺形を描くことはなかった。

「起こったことを残念に思っている」カイは言う。少なくとも、発声箱はリアルだ。だが、機械的な口調が発せられる言葉が嘘であることを物語っている。「われわれは長いあいだ、謝罪を述べてきた。諸君が覚えていると主張しているああいうことをおこなった者たちは、われわれではない。彼らは一時期、必要だったのだが、処罰を受け、追放され、忘れ去られた。いまはまえへ進む時期なのだ」

わたしはカイの目に唾を吐く。

カイはわたしの唾を拭い取らない。そいつの目のまわりの皮膚が収縮し、そっぽを向く。

「きみはわれわれに選択の余地を残さない。われわれはきみを新しいものにせざるをえない」

「……彼らはきみに過去は過去であり、死んで、消えたと言う。自分たちは新しい人間であり、以前の自己の責任を負っていない、ときみに言う。その主張に一面の真実はある。わたしがカイとつがいになったとき、わたしはかの女の心を見た。わたしの両親を殺したカイは一切残っていなかった。子どもたちを虐待したカイも、法令によってわれわれに無理矢理古い写真を焼かせ、彼らがわれわれの未来として望んでいるものを阻害するかもしれない、われわれのまえの存在の痕跡を消し去ったカイは、一切残っていなかった。彼らは、自分で言うように忘れるのがほんとうに得意だ。血まみれの過去は、彼らにとって、異国も同様だった。わたしの恋人であるカイは、真に異なる心を持っており、純真無垢で、非の打ちどころがなく、疚しさと無縁なのだ。

だが、彼らはきみの、わたしの、われわれの両親の骨の上を歩きつづけている。彼らはわれわれの死者から奪い取った家に住みつづけている。彼らは真実を否定によって冒瀆しつづけている。

われわれのなかには、生存の代償として、集合的健忘症を受け入れてきた者がいる。だが、かならずしも全員ではない。わたしはきみであり、きみはわたしだ。過去は死なない――染みこみ、漏れ、入りこみ、飛びだす機会を待っている。きみはいま自分が記憶している存在なのだ……」

最初のカイからのキス、ぬめぬめとして、生っぽい。

はじめてカイがわたしを貫いたとき。はじめてわたしの心がやつの心に侵略されたとき。自分ではけっして取り除けないことをやられ、自分が二度と綺麗になれないとわかったときの情けなさ。

花とスパイスの香り、けっして忘れられない、あるいは心から追いだせない臭い。なぜならわたしの鼻孔から届くものではなく、わたしの心の奥深くに根ざしている臭いだからだ。

「……異種憎悪主義者たちに潜入をはじめたのはわたしだが、最終的には彼らがわたしに潜入してきたのだ。彼らの所持する〈征服〉の地下記録や、証言を聞き、記憶を共有することで、わたしをついに眠りから覚ました。わたし自身の物語を取り戻させた。

真実を突き止めたとき、わたしは慎重に復讐の計画を立てた。カイに対して秘密を抱えるのは容易ではないだろうとわかっていた。だが、ある計画を思いついたのだ。カイと結婚したことで、わたしはほかのトゥニン保護局の捜査官がやらねばならない定期的な検査を免除されていた。カイと親しい接触を避け、不調を訴えることで、全面的な検査を避けることができ、少なくともしばらくのあいだは心のなかに秘密を抱えておくことができた。

わたしは別のアイデンティティをこしらえ、仮面をかぶり、異種憎悪主義者たちに、彼らの目標を達成するのに必要なものを提供した。共謀者たちのだれかが捕らえられ、心を検査されても他の仲間の正体を明かせないよう、われわれ全員が仮面をかぶった。

異種憎悪主義者に潜入するために着用した仮面は、わたしが共謀者たちに与えた仮面だった……。

「そののち、自分の避けがたい逮捕と生まれ変わりの日に備えて、心を要塞のように鍛える準備をした。わたしは両親の死に方を克明に思いだし、その出来事を繰り返し再生して、心に消しがたく刻みこまれるまでにした。わたしの生まれ変わりの準備をさせる役割を買ってでるであろうカイが、その鮮明なイメージにひるみ、自分たちの血まみれな行為と暴力を拒絶して、深部まで検査するまえにやめてしまうだろうとわかるくらいに克明に。ぷがの女は自分がやったことをとっくに忘れており、それを思いださせられるのを望まなかった。

そのイメージがどこをとっても真実かどうかわかるかだと？　いや、わからない。わたしは、子どもの心のあいまいなフィルターを通して思いだした。ほかの生き残りたちが共有している記憶は、あとから植えこまれ、脚色され、さらなる細部を加えられたものであるのにまちがいはない。われわれの記憶は、たがいに輸血しあい、集合的な憤怒を形成している。トゥニン人なら、自分たちが植えつけた偽《にせ》の記憶とどっこいどっこいだと言うだろうな。だが、忘れることはよく覚えていることよりはるかに重い罪なのだ。

自分の足跡をさらに隠すため、わたしは彼らがわたしに与えた偽の記憶の部分部分を選んで、それから真実の記憶を作り上げた。そうすることで、カイがわたしの心を分析したとき、ぷがの女が自分の嘘とわたしの嘘とを区別できなくなるはずだった」

両親の家の偽の、清潔で、物が散らかっていないリビングが作り直され、再アレンジされて、わたしがアダムとローレンと出会った部屋になった……。

西側の壁沿いの窓から陽光が差し、床に綺麗な平行四辺形を描いている……。

どの記憶が現実で、どの記憶が偽物なのか見分けられない。それなのにその重要さに固執している。自分の人生の多くを記憶に頼っている。

「そしていま、計略が実行に移され、たとえわたしが検査されたとしても計画を露呈してしまうほど細部がまだ知られていないことを確信したなら、わたしはカイを襲うつもりだ。うまくいく可能性はごく限られているだろう。カイはかならずわたしを生まれ変わらせ、このわたしを消し去りたがるだろう――わたしのすべてではなく、いっしょに暮らす生活がつづけられるに足るだけのわたしを残すだろう。わたしの死は共謀者たちを守り、彼らに勝利をもたらすだろう。

とはいえ、もしわたしが実際に見られないのなら、もしきみが、生まれ変わったわたしが、それを思いだせないのなら、成功の満足感をわからないのなら、復讐してなにがいいのだろう？　だからこそ、わたしは手がかりを埋めたんだ。行方を示すため落としていくパン屑のように、きみが拾い上げられる証拠を残した。きみが思いだすことができ、自分がなにをしたのかわかるように」

アダム・ウッズ……結局のところ、彼はわたしとそんなに違いはなく、彼の記憶はわたしのトリガーだった……。

わたしはさまざまなものを買う。いつか別人になったわたしに炎の記憶を思いださせる引き金《トリガー》になってくれるだろう……。

仮面は、ほかの者たちがわたしを思いだせるようにするものだった……。

ウォーカー・リンカーン。


わたしが歩いて戻っていくと、クレアが局の外で待っていた。彼女のうしろの影にふたりの男が立っている。そのさらにうしろに、彼らよりもはるか高い背丈で、はっきりわかるカイの姿があった。

わたしは立ち止まり、回れ右をした。わたしの背後でさらにふたりの男が通りを歩いてきていて、わたしの退路を断とうとしていた。

「実に残念よ、ジョシュ」クレアが言った。「思いだすことについてのあたしの意見に耳を傾けてくれるべきだった。疑わしいと思っていると、カイがあたしたちに話してくれたの」

影に隠れたカイの目は見分けられなかった。わたしは視線をクレアの背後かつ上のほうのぼんやりした影に向けた。

「きみ自身がわたしに話しかけてはくれないのか、カイ?」

影が凍りついた。やがて機械的な音声が、わたしの心を慰撫してくれるのに慣れてきたあの声とはひどく異なっている声が、暗がりから聞こえた。

「あなたに言うことは一切ない。わたしのジョシュ、わたしの愛しい人はもはや存在していない。彼は幽霊に連れ去られてしまった。もう記憶に溺れてしまっている」

「わたしはまだここにいるが、いまのわたしは完全なものなんだ」

「それはわれわれには訂正できないように思えるあなたたちのしつこい幻想なのだ。わたしはあなたが憎んでいるカイではなく、あなたはわたしが愛しているジョシュではない。われわれは自分たちの過去の総和ではない」ぱの女はいったん口を閉じた。「すぐにわたしのジョシュに会えることを願っている」

ぱの女は局のなかに戻っていき、わたしを審判と処刑に任せた。

無駄だとはっきりわかったうえで、とにかく、わたしはクレアに話そうとした。

「クレア、きみはわたしが思いださねばならなかったのを知っているはずだ」

クレアの顔は悲しそうで、疲れているようだった。「だれかを失ったのは自分だけと思っているんでしょ？　あたしは五年まえまでポートを付けなかった。あたしには昔、妻がいた。彼女はあなたみたいだった。水に流せなかった。彼女のせいで、あたしはポートを付けられ、生まれ変わった。あたしは忘れるために、過去を放っておくために決断したんだけど、彼女の記憶をいくらかは残してもらうのを許された。一方、あなたは戦うことに執着している。

あなたは自分が何度生まれ変わったか知ってるの？　カイが愛しているからよ……愛していたから。あなたの大半を残そうと願った。毎回、可能なかぎりあなたのごく一部しか削らないように気をつけている」

わたしはなぜカイがそんなに熱心にわたし自身からわたしを救おうとしているのか、その理由がわからなかった。わたしから幽霊を排除しようとしているのか。ひょっとしたら、ぱの女の心のなかの過去にもかすかな反響が残っているのかもしれない。ぱの女が気づいていないにせよ、それがぱの女をわたしに引き寄せているのかもしれない。ぱの女が自分に信じこませている嘘をわたしに信じさせようとしている理由がそれかもしれない。許すことは忘れることなのだ。

「だけど、ぱの女はついに忍耐の限界に達した。このあと、あなたは自分の人生についてなにも思いだせなくなる。そしてあなたが自分で自分のなかの大部分に委ねた犯罪とともに、あなたが大切にしていると主張している記憶の大半は、死んでしまう。だれも起こったことを覚えてさえいないのなら、あなたがこんな復讐を求めてなんの益があるの？　過去は消えたの、ジョシュ。異種憎悪主義者に未来はない。トゥニン人たちは、ここにとどまりに来たの」

わたしはうなずいた。クレアの言うことはほんとうだった。だが、たんにほんとうだからと言って、抗うのを止めることにはならない。

わたしは自分がふたたび審判船にいるところを頭に思い描く。カイが家でわたしを歓迎しにやってくるところを思い描く。われわれの最初のキスを、無垢で純粋な新しいはじまりを思い描く。花とスパイスの香りの記憶を思い描く。

ぱの女を愛しているわたしの一部がある。ぱの女の魂を目にし、ぱの女に触れられるのを切望しているわたしの一部があり、先へ進みたがっているわたしの一部がある。トウニン人が差しださねばならないものを信じているわたしの一部がある。だが、このわたし、統合され、実体のないわたしは、彼らへの哀れみに充たされている。

わたしは踵《きびす》を返し、走りだす。正面にいた男たちは辛抱づよく待っている。どこにも逃げ場はない。

わたしは手のなかのトリガーを引く。出ていくまえにローレンが渡してくれたのだ。古いわたしという自己からの最後の贈り物。わたしからわたしへの。

わたしは実際に爆発が起こる一瞬まえに自分の背骨が百万もの細片に爆発するところを思い描く。それらのすべての破片がわたしであり、首尾一貫した幻想であろうとして、一秒間パターンを維持しようともがいている原子であることを思い描く。

介護士

The Caretaker

大谷真弓訳

モーター音とともに、ロボットがベッドの横にかがみ、両腕を床と平行に伸ばす。金属の指を曲げ、つかまりやすい握り拳の形にする。こうしてロボットは、踏み段つきの車椅子のようなものに変身した。ロボットの膝の上に、わたしはすわることになる。

車椅子の背もたれの上には、左右に回転する曲げ伸ばし可能な金属の首が伸びている。首の先端にはカメラのレンズが一対あり、傾いた眉毛のようなレンズフードがついている。一対のレンズの下にあるのは、金属の唇におおわれたスピーカーだ。結果的に、漫画のキャラクターにでもありそうな顔に見える。

「醜悪だな」もっと何か言いたいが、それしか思いつかない。

背中と首をいくつもの枕に支えられてベッドに横になっていると、ずっと昔の土曜の朝を思い出す。毎週、土曜の朝はこんなふうにベッドにすわり、ペギーがまだ隣で眠っているうちに、成績をつける作業の遅れを取り戻そうとしていた。すると突然トムとエレンが寝室にやってきて、ベッドに飛びこんでくる。子どもたちはわたしとペギーの上に積み重なり、温かい毛布のにおいをさせて、朝食はまだかと騒いだものだ。

だが今では、左脚は役に立たない重りとなって、わたしをマットレスに固定している。わたしの隣には誰もいない。ロボットの後ろに立っているトムとエレンには、それぞれ子どもがいる。

「このロボットは信頼できるよ」トムが言う。そこでやはり、言葉が尽きてしまったようだ。息子はわたしに似て、複雑な感情を抱くと言葉がうまく出てこなくなる。

しばしの沈黙のあと、エレンが前に出てロボットの横に立った。かがんで、片手をやさしくわたしの肩に置く。「お父さん、トムはもう休暇日数がないの。わたしもこれ以上、夫と子どもたちを放ってここに来るわけにはいかない。だから、これが最善だと思う。住みこみの介護士さんを雇うより、ずっと安いのよ」

わたしはふと思う。これは〝時間の矢〟のじつにわかりやすい実例だ――親がおこなう子どもの世話は、子どもが親に返せる世話と同等ではない。〝エントロピー〟のどんな話よりはるかに明確だ。

これを説明してやる生徒たちがもういないのが、じつに残念だ。学校はすでに新しい物理教師と野球のコーチを雇っている。

ここで感傷的になって『リア王』を引用するつもりはない。ペギーとわたしは、それぞれの両親を、遠く離れた老人ホームに入れて他人に世話を任せなかったか？　人生とはそういうものだ。

今、自分の体がわたしの重荷となっているように、わが子の重荷になりたいと考える親などいるだろうか？　わたしの罪悪感は彼らの罪悪感に勝るはずだ。わたしたちは約束のうえに成り立つ国家のようなもの。そこに根はない。どの世代も古い世代を落ち葉のようにあとに残し、べつの場所で新たに始める自由がなければならない。

わたしは右腕――まだ自分の意思で動かせるほうの腕――をふった。「わかっている」ここでやめておきたいところだが、わたしはつづける。ペギーならもっと何か言うはずだし、妻はいつだって正しかった。「おまえたちは充分やってくれた。わたしなら大丈夫だ」

「操作はとても簡単なの」エレンが言う。わたしのほうは見ない。「ただ話しかければいいのよ」

わたしはロボットと見つめあう。カメラ――出来そこないの目――をのぞきこむと、ゆがんだ小さいわたしの姿が映っているだけだ。

　このデザインの美意識は理解できる。効率のよい機能的な内部構造を、風変わりなかわいらしいタッチでやわらげているのだ。以前、ペギーと一緒に、日本でお年寄りのために開発された介護ロボットのショーを見たことがある。ロボットの〝カワイイ〟外見は、命を持たないアルゴリズムによって動くロボットに対し、お年寄りに親近感と愛着を持ってもらうためだと説明されていた。

　どうやら、わたしは今、その立場にいるらしい。六十歳で、脳卒中を起こしたわたしは、身のまわりのことができない老人だ。ロボットに世話とおもりをしてもらわなくてはならない。

「素晴らしいじゃないか。おまえとわたしはきっと、そういう相棒になれるよ」

「ミスター・チャーチ、わたしの操作マニュアルをお読みになりますか？」

　ロボットの金属でできた唇が、声に合わせて上下に動く。その姿は楽しく、中性的で、じつに〝コンピュータ的〟である。間違いなく、不気味に見えないように膨大な研究をおこなった結果だろう。人間の声に似せすぎると、かえって共感を示す能力が落ちてしまう。

「いいや、操作マニュアルは読みたくない。わたしが本を手に取りたいように見えるかね？」わたしは動かない左腕を右手で持ち上げ、落として見せた。「そうだ、君に何ができるか当ててみよう。わたしを抱き上げ、あちこち移動して、機動性を回復してくれるんじゃないか？　それと、精神衛生のために、健康的で前向きなおしゃべりに興じさせてくれる。だいたいそんなところだろう？」

急に感情を爆発させたわたしに、ロボットは衝撃を受けたように黙りこんだ。わたしは気分がよかった。だがそれもほんの数秒のことだった――上等じゃないか、奇妙な車椅子を怒鳴りつけるのが、わたしの今日のハイライトとは。

「起き上がるのを手伝ってくれないか？」馬鹿みたいな気分になるが、ロボットに礼儀正しく接してみる。「風呂に入りたい。入浴の介助はできるか？」

ロボットの動きはゆっくりとして機械的で、少しも怖くない。力強く、安定感のある腕で、まったく恥ずかしさを感じさせずに衣服を脱がせ、わたしをバスタブに入れる。介護ロボットには、ひとつ長所がある――ロボットの腕のなかで裸になっても、恥ずかしさや照れはほとんど感じない。

熱い風呂で、わたしは気分がよくなった。

「おまえのことはなんて呼べばいい？」

「サンディ《Sandy》」

おそらく、マーケティングチームが長いランチのあとに思いついた、気の利いた頭字語だろう。サンシャイン自律介護装置《Sunshine Autonomous Nursing Device》とか？　どうでもいい。とにかく、それは〝サンディ〟だ。

サンディによると、〝法律上の理由〟で、メーカーによる説明ビデオを見なければならないらしい。

「わかった、再生してくれ。ただし音量は下げたままにして、クロスワードパズルをしっかり持っていてくれよ」

サンディはバスタブの縁にのせた折りたたまれた紙を金属の指でしっかり押さえ、わたしは動かせるほうの手で鉛筆を握る。オープニングの音楽が流れたあと、サンディのスピーカーからよく響く調子のいい声が聞こえてきた。

「こんにちは。〈サンシャイン・ホームケア・ソリューションズ〉の創業者でCEOを務める、ドクター・ヴィンセント・ライルです」

その五秒で、わたしはすでにこの男を嫌いになっていた。自分の声に酔っている。わたしは男の声を無視して、クロスワードパズルに集中しようとした。

「……在宅介護を任せた人が不法滞在者だったり、犯罪歴があったりといった危険もなく、プライバシーがなくなる心配もありません……」

はいはい、契約しろという恐喝か。きっとこの会社は、一連の移民改革法案とあの醜悪な壁の建設に大きな関係があるに違いない。これが二、三年前だったら、トムとエレンはメキシコ人か中国人の女性――たぶん不法滞在者で、英語はあまり話せない人――を住みこみの介護士として雇っていただろう。その選択肢は、もうない。

「……休みなしで毎日二十四時間、付き添うことができます。ロボット介護士はけっして休みません……」

わたしは移民に問題があるとは思っていない。自分のクラスで利発なメキシコ人の子どもたちをたくさん教えたことがある。何人かは明らかに不法移民だった。当時の国境はまだザルのようで、人の行き来を完全には封じていなかったのだ。ペギーは不法移民にかなり同情的で、国外退去は厳しすぎると考えていた。だがわたしは、法を破っていつでも好きなときに国境を越えてきて、この国で生まれ育った人々から仕事を奪う権利はないと思っている。

あるいは、アメリカのロボットから仕事を奪う権利も。ちょっといかれた皮肉に、わたしはにやりとする。

サンディを見上げると、問いかけるようにふたつのレンズのフードを上げていた。まるで、わたしの考えていることを推測しようとしているかのようだ。

「……わが社の百パーセントアメリカ人からなる技術スタッフの苦労と努力の末に生まれた製品です。人工知能の分野で二百件以上の特許を取得し……」

あるいは、アメリカ人技術者から仕事を奪う権利もない、わたしはさらに考えをめぐらせた。高い技術のない労働者は発展を遅らせる。テクノロジーは常によりよい解決策をもたらす。それがアメリカ流じゃないのか？　金属の指とガラスの目を持つロボットを作って、人生の黄昏時《たそがれどき》を迎えた人々の世話をさせる。ロボットの前なら、弱い自分を恥じなくていい。裸でも、助けを必要とするただの生き物でしかないことも、恥ずかしく感じずにすむ。自分の子どもたちがはるか遠くで、仕事や若い日々に夢中になっているあいだ、ロボットが支えてくれる。他人の代わりに、ロボットが働いてくれるのだ。

わかっている。わたしは自己憐憫にひたる、みじめで哀れな年寄りだ。だがそういう感情を吹き飛ばそうとしても、目と鼻が言うことを聞いてくれない。

「……わが社の製品がなんらかの医療を提供するといった説明は、いっさいしていないことはおわかりですね。わが社の製品が引き起こす可能性のあるすべてのリスクを承知することに同意いただければ……」

サンディはただの機械で、わたしはひとりぼっちだ。この先何日も、何週間も、何年も、わたしの連れはこのロボットと自分自身の思考だけだと思うと、怖くなる。妻のペギーを返してくれるなら、何だって差し出すのに。

わたしは子どものように泣いた。何もかまうことはない。

「……エンドユーザー使用許諾契約に同意の意思を伝えるには、ロボットのマイクに向かって、はっきり『イエス』とおっしゃってください」

「イエス、**イエス！**」

サンディの顔がびくっと離れるまで、わたしは自分が大声を出していることに気づかなかった。ロボットまで、わたしのことを恐ろしいとかいやなやつだと思うのかと考えたら、気分がさらに落ちこんだ。

わたしは声を落とした。「もしおまえの回路が壊れて、わたしを階段のてっぺんから落としたとしても、〈サンシャイン・ホームケア・ソリューションズ〉を訴えないと約束する。だから、わたしに心置きなくクロスワードパズルを完成させてくれ。ところで、もしわたしが命じたら、おまえはわたしを二階の窓から落としてくれるか？」

「いいえ」

「おまえのなかのシリコンチップには、たくさんの安全装置があるんだろうな。しかし、何よりもわたしの要求を優先するべきじゃないのか？　もしわたしが階段のてっぺんから投げ落としてくれとか、そのペンチのような指で首を絞めてくれと頼んだら、おまえはわたしの頼みに応えるべきじゃないのか？」

「いいえ」

「もし、わたしを線路の真ん中に置いて、おまえは離れていろと命じたら、どうする？おまえは、わたしの死の直接の原因にはならない。これなら、指示に従うか？」

「いいえ」

サンディと道徳哲学について議論してもおもしろくない。サンディはけっして挑発に乗らない。SF映画でよく見るように、巧妙に作り上げた仮説でロボットの頭から火花を出させてやろうと思ったが、うまくいかなかった。

自分が自殺願望を抱いているのかどうかは、よくわからない。調子のいい日もあれば、悪い日もある。初日のバスタブでの一件以来、取り乱して泣いたりはしていないが、新しい生活にすっかり慣れたと言うと嘘になる。

サンディとの会話は、現実的でない軽い話題のほうが穏やかに進む傾向がある。おそらく、サンディのプログラムを作成した人の意図だろう。サンディは政治や野球のことはあまり知らないが、最近の子どもたちのように、インターネット検索が非常に得意だ。一緒にテレビでナイトゲームを見ているとき、わたしがバッターボックスに立った選手について何か言うと、サンディはたいてい黙っている。そして一分かそこらたった頃、不意に不可解な統計データとつじつまの合わないコメントを返してくるのだ。たぶん、野球に関するデータのコンピュータ分析サイトにワイヤレスでアクセスし、そこからそのまま拝借してきたコメントだろう。歌唱コンテストを見ていると、サンディは出場者についての見解を話すが、ネットにリアルタイムで流れてくるツイートをそのまま読み上げているように聞こえる。

サンディのプログラムは驚くほど高度だ。どうやらメーカーは、ロボットをより生き物らしく見せるため、細心の注意をはらってサンディに〝弱点〟を組みこんだらしい。例えば、サンディがチェスのやり方を知らないとわかったとき、わたしはロボットに〝教える〟という茶番を演じさせられた。ほんの数秒でチェスのプログラムをダウンロードできるはずなのに。さらに、ゲーム中に話しかけて集中の邪魔をすると、サンディのミスを増やすことさえできる。おそらく、弱者に勝たせてやることが心の健康に役立つのだろう。

昼近く、すべての子どもが学校へ行き、大人が仕事へ出かけたあと、サンディはわたしを日課の散歩に連れ出す。

サンディもわたしと同じくらい、外に出ることが楽しく、心が躍るらしい――カメラを左右に動かしてリスやハチドリの動きを追ったり、ハーブの茂る庭や芝生に置かれたオーナメントにレンズを向け、音を立ててズームしたりしている。ロボットなのに驚き方がじつにリアルで、わたしは子どもたちの小さい頃を思い出す。トムとエレンを乗せたふたり乗りベビーカーを押していると、ふたりは何でも食い入るように見つめたものだ。

だがサンディのプログラムには、驚くべき欠陥もある。道路の横断に問題があるのだ。最初の数回の散歩では、サンディは信号が変わるのを待とうとしなかった。ざっと周囲を見て、車の列がとぎれた瞬間、せっかちなティーンエイジャーのように道路を突っ切っていったのだ。

わたしはもう、サンディに自分を殺させる独創的な方法を考えて楽しむのはやめていたので、これは率直に話すべきだと考えた。

「おまえの無謀な横断で客が死んだら、〈サンシャイン・ホームケア・ソリューションズ〉が訴えられることになるんだぞ、わかっているのか？　あのエンドユーザー使用許諾契約では、ここまで明白なエラーは免責にならない」

サンディが止まった。そして〝顔〟――細い茎のような首の先にある顔は、こんなふうに散歩しているときは、たいていわたしの顔の近くにある――をくるりとわたしからそむけた。恥ずかしさを表す動作の模倣だ。しゃがんだロボットがさらに低くなる。

　わたしは胸が痛んだ。注意されると顔をそむけるのは、エレンの小さい頃の癖だった。父親をがっかりさせてしまったと感じると、娘は顔を真っ赤にして、今にも頬にこぼれ落ちそうな涙を、わたしにはけっして見せようとしなかった。

「大丈夫だよ」わたしはサンディに言う。幼い娘に話しかけていたときと同じ口調だ。「次から、もっと気をつけてくれればいい。おまえのプログラムを作った連中は、自分は不死身で道路交通法の順守は任意にすべきだと信じている、無鉄砲なティーンエイジャーばかりだったのか？」

　サンディはわたしの蔵書に多大な好奇心を示した。映画に出てくるロボットと違い、サンディは本をぱらぱらめくってほんの数秒で読了したりはしない。わたしが居眠りしたり、テレビのチャンネルをあちこち変えたりしていると、サンディはわたしの妻の持っていた小説を一冊取ってきて、何時間もかけて読む。読書に没頭するところは、本物の人間と変わらない。わたしはサンディに本を読んでくれと頼む。フィクションはあまり好きではないので、長い記事や科学的発見に関する新しい論文を読んでもらう。教室で生徒たちに話すおもしろいネタを探して科学に関するニュースを読むのは、長年の習慣になっていた。サンディが専門用語や公式につまずくと、わたしが説明してやる。また生徒ができたみたいで、わたしはロボットに〝教える〟ことをいつのまにか楽しんでいた。

おそらく、サンディに組みこまれたある種の適応プログラムがそうさせているだけだろう。過去の職業を考慮して、わたしの気分をよくするためにこんな行動を取っているのだ。わかっていても、乗せられてしまう。

真夜中に目が覚めた。窓から射す月明かりが床に白いひし形を描いている。エレンとトムがそれぞれの家庭で、それぞれの伴侶の横でぐっすり眠っているところを想像する。ふたりが突然子どもに戻ったかのように、わたしは月が窓から彼らの寝顔をのぞきこんでいるところを思い浮かべる。感傷的だし、馬鹿げている。だが妻のペギーなら、わかってくれるはずだ。

サンディはわたしのベッドの横にたたずみ、首を曲げていて、カメラをわたしのほうに向けていない。眠っている猫のようだ。〝毎日二十四時間休まず見守り〟というのは、この程度か。ロボットに睡眠の真似をさせるのは、少しばかり擬人化が過ぎる。

「サンディ。おい、サンディ。起きろ」

反応がない。これはまたメーカーに報告すべき事象になりそうだ。客が心臓発作を起こしても、このロボットは〝ずっと眠っている〟つもりだろうか？　信じられない。

手を伸ばして、ロボットの腕に触れてみる。

サンディが歯車やモーターの音をさせながら姿勢を正し、首を伸ばしてわたしを見た。カメラのライトが点灯し、わたしの顔を照らす。わたしは右手を伸ばして光を遮らなくてはならなかった。

「大丈夫ですか?」その電子音声は、本当に心配しているように聞こえた。

「大丈夫だとも。水を一杯もらいたいだけだ。枕元の電気スタンドをつけて、おまえの頭の上についたまぶしすぎるライトを消してくれないか? 目がつぶれそうだ」

サンディはモーター音を響かせ、あわてて水の入ったコップを持ってくる。

「どうしたんだ? 本当に眠りこんでいたのか? どうして、そんなことまでプログラミングされているんだ?」

「すみません」サンディは本当に悔いているように見えた。「こちらのミスです。このようなことは二度と起こらないようにいたします」


エレンがアップした赤ん坊の新しい写真を見るため、わたしはこのウェブサイトのアカウントを取得しようとしている。

タブレットはベッドの横に立てかけてある。タッチパネルで情報を入力していくのは、ひと仕事だ。脳卒中を起こして以来、わたしの右手も百パーセントの状態ではない。文字の入力は、杖でエレベーターのボタンを押そうとするような感覚だ。

サンディに手伝いましょうかと言われた。わたしはため息をつき、後ろにもたれて作業を任せる。サンディは質問することもなく、わたしの個人情報を入力していく。今ではロボットのほうが、子どもたちよりわたしのことをよく知っている。トムやエレンがわたしの育った街を覚えているか――セキュリティ対策の〝秘密の質問〟に必要なのだ――確信はない。

次の画面では、スパムボットによるサインアップを防ぐため、人間であることを証明するよう求められた。わたしはこの手の謎解きが大嫌いだ。ノイズが加えられたゆがんだ文字や数字を解読させられる。まるで目の検査だ。しかも、わたしの目はもう、かつてのようには見えない。手書きより文字入力のほうが好きなティーンエイジャーの判読しがたい殴り書きと長年格闘してきた結果だ。

このサイトで使われている認証は、少し違った。画面に三つの円にかこまれた画像が現れ、それを回転させて正しい向きに直せという。最初の画像は、茂る葉のなかにいるオウムの拡大画像で、オウムの羽毛はさまざまな色と抽象的な形がめちゃくちゃに入りまじっている。二番目は、乱雑に積み重ねられた皿とグラスの山が、下から強烈なライトで照らされている画像。最後の画像は、レストランのテーブルに逆さまに積まれたいくつもの椅子。三つとも画像の向きがおかしい。

サンディは金属の指一本で、三つの画像をすばやく正しい向きに回転させ、わたしに代わって送信ボタンをタップした。

これでわたしのアカウントができ、小さいマギーの写真が画面を埋めつくした。サンディと一緒に長い時間、ページを次々と移動しながら写真を眺め、新しい世代を称えた。

わたしはサンディに、介護を中断してキッチンをきれいにしてきてほしいと頼んだ。

「しばらくひとりになりたいんだ。昼寝でもしようと思う。何かあったら呼ぶよ」

サンディがいなくなると、わたしはタブレットで検索エンジンを開き、疑問を打ちこんだ。震える指でひと文字ずつ入力する。そして検索結果に目を走らせた。

画像を正しい向きに直すという単純に思える作業は、豊富な種類の画像コンテンツがある以上、自動化が非常に難しい……。われわれの開発したCAPTCHA《キャプチャ》（「コンピュータと人間を区別する完全に自動化された公開チューリングテスト」の頭字語）の成功は、画像の向きを判断するのはAIには難しい問題(注)であるという事実に基づいている。

AIには難しい問題とは、コンピュータがまだ自力では解決できず、人間の助けが必要な問題のことだ。

なんてこった――わたしはつぶやいた――メカニカルターク（トルコ人の姿をしたチェスをするロボット。じつは、なかに人が入って操作していた）の〝なかの人〟を見つけてしまった。

「そこにいるのは誰だ？」サンディが戻ってくると、わたしは訊ねた。「本当はそこに誰がいる？」わたしはロボットを指さして、カメラを見つめた。どこかのビジネスパークにあるオフィスにすわった遠隔オペレーターが、わたしをだしにして笑っているところが頭に浮かぶ。

ロボットはまるでショックを受けたかのように、レンズのフードをぱっと大きく開き、数秒間フリーズした。じつに人間的なふるまいだ。一時間前なら、優れたプログラムのなせる業《わざ》だと思っただろうが、今は違う。

サンディは一本の指を立てて金属の唇の前に持っていき、瞬きするようにカメラの絞りを二、三度すばやく開閉した。

それから、とても慎重に、カメラを廊下のほうへ向けた。

「廊下には誰もいません、ミスター・チャーチ。そこには誰もいません」

カメラを廊下へ向けたまま、サンディはベッドに近づいてくる。わたしは緊張し、何か言おうとした。すると、サンディはナイトテーブルから鉛筆と新聞（今日のクロスワードパズルのページが開いてある）をつかみ、カメラに映らないようにしてすばやく何かを書きはじめた。大きい乱雑な文字で、読みにくい。

お願いです。説明させてください。

「目が動かなくなってしまったようです」サンディは誰もいない空間に向かって言う。いつもと同じ人工的な声だ。「モーターの詰まりを取り除くので、少々お待ちください」そして甲高い音やブーンという音を立てながら、首のてっぺんの部品を揺らしはじめた。

返事をください。わたしの手を動かしてください。

わたしはサンディの手をつかんだ。鉛筆を握る金属の指はひんやりと冷たい。わたしは苦労して大文字で書いていく。オペレーターが動きを感じ取れるようなフィードバック機構があるのだろう。

本当のことを話せ。さもないと警察を呼ぶ。

ポンという大きな音とともに、カメラが回りだした。ふたつのレンズがわたしの顔に向いたが、メッセージを書いている紙はまだ死角になっている。

「修理が必要です」とサンディ。「修理をおこなうあいだ、お休みになっていただけますか？　退屈でしたら、あとで電子メールをチェックできるようになると思います」

わたしはうなずく。サンディはタブレットをベッドの横に立てかけると、バックで部屋から出ていった。

チャーチさま
わたしはマヌエラ・リオスといいます。あなたをだましていたことは謝ります。わたしの声はヘッドセットで変えられていますが、わたしにはあなたの声がそのまま聞こえるので、あなたが親切で寛大な方だということはわかります。あなたなら、わたしがあなたの介護士になったいきさつに耳を傾けてくださるでしょう。
わたしが生まれたのは、メキシコのドゥランゴ州南東部にあるラ・グロリア村です。わたしは三人姉妹の末っ子です。二歳のとき、家族で北へ向かってカリフォルニアに入り、そこで父はオレンジを収穫する仕事につき、母はハウスクリーニングの仕事をしました。その後、わたしたちはアリゾナへ引っ越し、父は見つかった仕事は何でもやり、母はある老婦人のお世話をしていました。裕福ではなかったけれど、わたしは幸せな家庭で育ち、学校の成績も優秀でした。あの頃は希望がありました。
ある日、わたしが十三歳の頃、父の働いていたレストランに突然、警察が踏みこんできたのです。テレビの取材班が撮影に来ていました。通りに集まった人々が歓声を上げるなか、父と同僚は手錠をかけられて連行されました。

移民法や、なぜ人の運命が生まれた場所によって決められなければならないのかといったことについて、あなたと議論したいわけではありません。あなたがどう感じているかは、もう知っています。

わたしたちは国外追放され、持っていたものをすべて失いました。わたしは本と、音楽と、アメリカでの子ども時代を置いてきました。何の思い出もない国に送り返され、わたしは新しい生活を学ばなくてはなりませんでした。

ラ・グロリア村は情に厚いところで、家族がすべてです。緑豊かな美しい土地です。けれど、そこではどんなふうに生まれたかで、どんなふうに死ぬかが決まります。例外があるとすれば、貧しい人はさらに貧しくなる可能性があるということくらいです。

父はひとりで北へ戻り、それからは何の便りもありません。ふたりの姉はメキシコシティへ行き、家にお金を送ってきました。どんな仕事をしているのかについては、おたがい触れませんでした。わたしは母の面倒をみるために家に残りました。母は病気で、わたしたちにはまかないきれない高価なケアが必要でした。

そんなとき、いちばん上の姉からこんな知らせが来ました。ピエドラス・ネグラスにある保税輸出加工区《マキラドーラ》の古い工場のひとつが、わたしたち姉妹のような女性を探している。つまり、米国で育ち、米国の言葉と慣習に通じた女性のことです。報酬の高い仕事で、母に必要なお金を貯められます。

その古い工場の内部は、通路にそって、パーティションで区切られた小さなスペースが並んでいます。各スペースにはキャンプ用のエアマットが置いてあります。どの女性もヘッドセットをつけてモニターを見つめ、テレビに出てくる飛行機のコックピットのような制御装置に向かっています。女性はマスクもつけていて、そのマスクを通じてロボットが笑顔を作る仕組みになっています。

ロボットの遠隔操作はとても大変です。休憩時間がないのです。わたしはあなたが眠っているときに眠り、あなたが目を覚ますとアラームに起こされます。トイレに行きたいときは、担当する顧客が眠っている女性に少しのあいだ代わってもらえるまで待たなくてはなりません。

あなたの介護をするのが不満だと言いたいわけではありません。わたしは母のことを考えます。母はわたしとよく似た仕事をしていました。母は今、自宅のベッドにいて、わたしのいとこが世話をしています。わたしは母にしてあげたいことを、あなたにしているのです。

アメリカでのあなたの暮らしを見守るなかで、カメラを通して大きな通りや静かな界隈が見えると、ほろ苦い気持ちになります。それでも、あなたと散歩するのは楽しいです。

わたしの存在をあなたに知らせることは禁じられています。あなたがこのことを会社に報告すれば、わたしは罰金を科され、解雇されるでしょう。どうか、このことを秘密にして、わたしにあなたのお世話をつづけさせてください。

トムが電話で、わたしの銀行取引明細書のコピーをもらっていることを打ち明けてきた。わたしが入院していた頃、大事を取ってそうしたのだという。

「ちょっと席をはずしてもらえるかな」わたしがマヌエラに言うと、ロボットは速やかに部屋を出ていった。

「父さん、先月の取引明細書を見たら、ウェスタンユニオン国際送金サービスに送金した記録があるんだけど、どういうこと？　エレンもぼくも心配している」

その金は、夏のあいだメキシコを旅している昔の教え子に送ったものだ。わたしは彼にラ・グロリア村を調べてくれないかと頼み、もしマヌエラの家族の居場所がわかったら、彼らにその金を渡してほしいと頼んでいたのだ。

「お金の送り主を訊かれたら？」教え子は言った。

「北《エル・ノルテ》からだと言ってくれ。そして、その金は彼らがもらって当然のものだと伝えてほしい」

わたしは、マヌエラの家族がその理由を考えるところを想像する。〝たぶん、お父さんが当局に見つからないようにお金を送ってきたのよ。ひょっとしたら、わたしたちが失った財産に相当するお金を、アメリカ政府が返してくれたのかも〟

「メキシコの友人に少しばかり金を送ったんだ」わたしは息子に言う。

「どんな友人？」

「おまえの知らない女性だ」

「どうやって知り合ったの？」

「インターネットで」これはかなり真実に近い。

トムは黙りこむ。わたしの頭がおかしくなったのだろうかと考えている。

「インターネットの世界には、悪いやつがたくさんいるんだよ、父さん」息子が懸命に冷静な口調をたもとうとしているのがわかる。

「ああ、そのとおりだ」わたしは言った。

マヌエラが入浴介助のために戻ってくる。真実を知った今、わたしは恥ずかしさを感じずにはいられない。それでもロボットに服を脱がせてもらい、バスタブに運んでもらう。ロボットの動きはいつものように安定していてやさしい。

「ありがとう」

「どういたしまして」電子音声は少しのあいだ黙っている。「何かお読みしましょうか？」

わたしはカメラを見つめた。レンズの絞りがゆっくりと開いて閉じる。まるで瞬きするように。

著者注釈

画像方向キャプチャ逆チューリングテストは、*What's Up CAPTCHA? A CAPTCHA Based on Image Orientation*（リッチ・ゴスワイラー、メアリアム・キャンヴァー、シュミート・バルヤ著）のなかの記述。初出は『第十八回ワールドワイドウェブ国際会議会報（Proceedings of the 18th International Conference on World Wide Web）』（二〇〇九年四月二十～二十四日、スペインのマドリッドで開催）で、引用部分はそこから抜粋したもの。当該会報は以下のサイトで閲覧できる。

www.richgossweiler.com/projects/captcha/captcha.pdf

ランニング・シューズ

Running Shoes

古沢嘉通訳

「また、ノルマが達成できておらんぞ！」ヴォン親方が怒鳴った。「どうしておまえはそんなに鈍《のろ》いんだ？」

十四歳の女子工員ヅアンの顔は恥ずかしさのあまり赤くなった。親方の汗まみれの首筋に怒りで浮きでた血管をヅアンはまじまじと見た。熟れたトマトにへばりついた太いナメクジのように脈搏《う》っている。この靴工場の台湾人のオーナーやマネージャーを憎んでいる以上にヅアンはヴォンを憎んでいた。外国人がヴェトナム人をひどく扱うのは予想された事態だったが、ヴォンはここイエンチャウ地区出身の人間だった。

「一日十六時間勤務は長すぎます」ヅアンはもそもそと言った。目を伏せる。「疲れたんです」

「怠け者め！」ヴォンは罵詈讒謗《ばりざんぼう》を吐きつづけた。

ヴァンはぶたれたり叩かれたりするのを予期して、身をすくめた。懸命に悔恨の情を示そうとする。

ヴォンはヴァンをじろじろと眺め、唇をまくりあがらせて、残忍な笑みを浮かべた。

「罰を与えておまえをもっと鍛えてやらないといかんな。工場のまわりを五周してこい、いますぐだ。そのうえでノルマを達成できるよう、今夜はずっと作業するんだ」

ヴァンはホッとした。蒸し暑い日だったが、走るのは、ぶたれるよりはましな罰だった。そのうえ、少しだけ工場にいなくて済む。工場では耳をつんざく騒音がけっして止まず、大きな機械がその乱暴で無頓着な力をふるい、怖くてたまらないのだ。

工場の敷地をまわる一周目はかんたんだった。裸足の足は軽やかにはずみ、固められた土の上をリズミカルに進んだ。ヴァンがまえを通り過ぎると、ヴォンが怒鳴った。「もっと速く走れ！」

ヴァンは靴工場で働いていたものの、できるだけ裸足で動きまわるほうが好きだった。家族がまだ田舎に住んでいたころ、そうしていたように。当時、水田のかたわらの柔らかな泥道を走っていくのが好きだった。爪先でしっかり土を踏みしめ、月の終わりに父さんが買ってくれる甘い揚げ団子《バインザン》を期待しつつ走る。

だけど、ヅアンの父親は市内に引っ越す決心をした。労働者としてもっと金を稼ぎ、家族によりよい生活を送らせることができると考えたのだ。ところがここでは、大気は汚染され、部屋は狭くて混み合い、通りには割れたガラスや釘が散乱していて、ヅアンは安いプラスチック製のサンダルを履かねばならなかった。

二周目の途中で、ヅアンは気が遠くなりかけた。いまや水中で息をしているような気がした。シャツが肌に張り付き、目のまえで黒い点が踊っていた。ふくらはぎと肺が焼ける。

「もっと速く走れ！　ペースを上げないと、もう一周走らせるぞ」

ヴオンと工場から逃げだせればいいのに、とヅアンは願った。自分が作っている靴を履いているところを想像する——空気のように軽くて、安全長靴のように頑丈なスニーカー。ヅアンはそのスニーカーに見とれることがよくあり、どんなひどい地面でも足を守ってくれるだろうな、と思った。もちろん、ヅアンにはそのような靴を買う余裕はなかった。

あのスニーカーを履いて走ると空を飛んでいるような気がするだろうな、とヅアンは思った。空まで駆けていき、鳥と友だちになるのって、すてきじゃない？

だが、ヴオンの下品な悪態によってヅアンは地上に、現在に戻された。脚を上げるのがどんどん難しくなってきた。足が地面を打つたびに痛む。まともに呼吸ができなくなった。太陽はあまりに熱く、まぶしい。

「もっと速く走らないのなら、いますぐ出ていって二度と戻ってこなくてかまわんぞ。そのかわりこの町のほかのどの工場でも仕事が見つかると思うな。おれは親方たち全員を知っているからな」

ヅアンは諦めかけた。走るのを止め、ただ歩いて立ち去りたかった。家へ帰りたかった。そこへ帰れば、母の温かい抱擁のなかで泣き、肩にもたれて眠りに落ちることができる。

だが、そのとき、自分が眠ってしまったあとの寝室のまわりの光景が思い浮かんだ。建設現場の事故で両脚の機能を失ってからベッドに寝たきりになった父がいるだろう。絶望にかられて天井をじっと見つめ、唇を噛みしめ、痛みからくる苦悶の声を出さないようにしている。父の隣には母がいて、町の反対側にあるシャツ工場に歩いていくため、陽が上がらぬうちに起きなければならない。母が稼ぐ金は父の薬代に消えている。家族の食糧を買い、兄を省都の高校に通わせているのは、ヅアンの賃金だった。だけど、ヅアンがクビになったら、家族はどうなるのだろう?

もちろん、母はぎゅっと抱き締めてくれるだろうが、自分がもはや幼い少女ではないことをヅアンはわかっていた。

ヅアンは勇気を奮い起こし、もっと速く走った。

ヅアンがふらふらと工場に戻ってくると、数人の女の子が顔を上げたが、大半はあまりに忙しくてヅアンを無視した。ヴォンは女子工員たちがほとんど追いつけないくらい機械を速く動かして、オーナーたちにいい顔をしていた。

　広々としたホールには騒音が充ちていた――縫製ステーションが発する断続的なジクジクジクという音、打ち抜き加工やダイカッター装置が発するヒュン、ガタンという音、吊りこみと圧着作業をおこなっている作業台から聞こえるシューーッという音。

　ヅアンはダイカッターに向かって戻っていき、装置の餓えた刃《ブレード》にプラスチック板を供給するあわただしい作業に追いつこうとした。喉が渇いて、暑かった。化学物質と糊とプラスチックがもたらす埃と煙にヅアンは咳きこみ、あえいだ。涙で目が霞む。ヅアンは乱暴に、腹立たしげに涙を拭った。

　ヅアンは交替時間のことを考えて気を楽にしようとした。家に帰り、母が熱いお茶を用意してくれているだろう。母のほうがヅアンより疲れているはずなのに。

「もっと急いで！」相棒のニュンがヅアンの白昼夢を遮った。「あんたが遅れているせいで、あたしも遅れてる。罰せられたくないんだ！」

　ヅアンは脚が痛くて、まっすぐ立っていられなかった。部屋が自分のまわりでグルグル回っているかのようだ。だが、ヅアンは作業スピードを上げようとした。本気で上げようとした。運んでいるアッパー（靴の甲をおおう部分）の束の勢いを利用してもっと速く動こうとし、体をまえに投げだした。

地面のなにかに足が引っかかった。運んでいたものを落とし、両手で目のまえの機械を掴んで、かろうじてそれに頭をぶつけずに済んだ。女子工員たちは、工場の床に壊れた機械のパーツを置きっぱなしにしているのがとても危ないとしょっちゅう文句を言っていたが、ヴォンはおまえたちの注意が足りないと言うだけだった。

ちょっと休憩しよう、とヅアンは思った。

時間がゆっくり流れはじめた気がした。子どものころの記憶のように、瞬間瞬間が意識のなかで長くなっていく。

指に圧力を感じた。カッターの刃がザクッと降りてきて、瞬間、信じがたい痛みが襲ってきた。

ニュンの叫びと悲鳴が遠く彼方から聞こえてくるようだ。ごめん、とヅアンは思った。ニュンをこれ以上厄介事に巻きこむ気はなかった。

倒れながら、ヅアンは機械の足下にある壊れた錆だらけの尖った金属が顔に迫ってくるのを見た。ヅアンは目をつむった。

人影がヅアンのまわりに集まった。さらに叫び声が上がっている。いちばん大きな声はヴオンの怒鳴り声だった――「仕事に戻れ！　仕事に戻るんだ！」

そうだ、ヅアンは思った。あたしは仕事に戻らなきゃ。すぐに起きるよ、母さん。

だが、ヅアンはもう自分の手や脚、体を感じられなかった。自身が下にあるカットされていないアッパーの束に染みこんでいくのを感じた。意思の力でアッパーの繊維にしがみつき、柔らかな素材に自分自身を織りこもうとする。たんに消え去るなんてごめんだった。やらねばならない仕事があった。

「どうしてこれを捨てなきゃならん？」ヴオンがいらだたしげにだれかに話しているのが聞こえた。「立派に使えるものだ！　ほんのちょっと血がついているだけだ。その分をおまえの工賃から引いてほしいのか？」

するとヅアンは自分がベルトコンベヤーに載せられるのを感じた。ダイカッターの鋭い刃に切り取られ、空圧プレスの金属的で重たいパンチをこうむり、針と糸に刺され、熱接着剤の苦みを味わった。悲鳴を上げたかったが、上げられなかった。

母さん、ごめんなさい。

暗い箱のなかに入れられ、ヅアンは太平洋を横断し、このあらたな大陸のハイウェイを通り抜け、靴屋の倉庫に入るまでの旅をほとんど覚えていなかった。だが、ようやく目覚めるころには、マサチューセッツにある郊外住宅という新居に連れていかれていた。その住宅でヅアンはピカピカ輝く紙に包まれ、たくさんのほかの包装された荷物とともにツリーの下に置かれた。

その家で話されている言葉をヅアンはわからなかった。だが、包み紙をほどかれ、箱から取りだされたとき、少年の顔に浮かんだ喜びは、理解できた。少年はヅアンを曲げ、足に履き、家のまわりを跳び回った。

こちらを見ている両親の顔に浮かんだ表情も理解できた。甘いバインザンを手渡してくれるとき、父は、彼らとおなじように自分にほほ笑んでくれたものだった。

やがてヅアンは少年の名前がボビーであり、彼が速く長く走りたがっていることを理解した。

毎朝、ボビーはヅアンを連れて走りにいった。パリッと乾いた冷気のなかを走るのがヅアンは好きだった。故郷のヴェトナムと異なり、ここはじつに静かだった。ボビーは一定の無理のないペースで走り、ヅアンは歩道に自分が立てる優雅でリズミカルなはずむ音を好んだ。ときおり、羽ばたく雀のつがいのように、自分が地面すれすれに飛んだり、急降下しているところを思い描いた。

地を蹴って、ヅアンは話すこともできた。タッ、タッ、タッ。露に濡れた草と陽に温められた歩道へヅアンは歌いかけた。ザク、ザク、ザク。車回しの砂利や、路肩沿いの小石を踏みしだく。まわりの住み心地の良さそうな大きな家、清潔な道路、幅広いひらけたスペースをしげしげと眺める。ボビーの息づかいに耳を傾ける。まるで彼とヅアンが永遠に走っていかれるかのように、規則正しく深い呼吸だ。

ヅアンは努めて自分を哀れまないようにした。確かに、ヅアンはもう人ではなく、物だった。だが、工場での元の生活において、自分が機械の延長に過ぎないと感じることがよくあった。金属とゴムの代わりに肉と骨でできたレバーあるいはベルトだ、と。それと比較して、走るボビーの足を包んでいると、ずっと実体があるように、ずっと生き生きしているように感じられた。

ヅアンは母が恋しかった。母に伝言を届けられるようにとたびたび願った——母さん、あたしは元気だよ、もうお金や食べ物やノルマや痛みを気にしなくていいの。父の具合がよくなり、兄を学校に通わせつづけられる方法が見つかっているよう願った。

春が夏に変わり、秋が来て、冬になった。ヅアンは氷に足がかりを見つけるという難事に挑むのが好きだったが、雪のなかを走るのは、ヅアンの体では難しかった。彼女の体にひび割れができ、水が染みこみはじめた。自分が牽引力を、地面との摩擦力を失いかけているのが感じられた。

また春になった。ボビーは箱を開け、新しいシューズを取りだした。ヅアンはその新参者を恐怖を抱いて見つめた。ボビーに床の上で蹴り飛ばされ、悲鳴を上げながら、ヅアンは新しいシューズに囁きかけたが、新しいシューズはヅアンと違って、生きてはいなかった。ボビーは新しいシューズを履いて、紐を通し、履き心地を試すため、跳ねまわった。

それからボビーは身を屈めると、ヅアンを手に取った。ふたつに別れているヅアンを靴紐でひとつに結び合わせた。ヅアンの胸が高鳴った。ボビーはあたしを忘れていなかったんだ。お払い箱になるんじゃない。いっしょに走りつづけるんだ。

ボビーが走っているあいだ、彼の首のまわりにぶら下がっているのは、異なる感覚がした。ヅアンは高く持ち上げられ、さまざまなものを見られるのが気に入った。子どものころ、父に肩車され、祭りのパレードを見たときと少しだけ似ていた。

ヅアンは母がよく歌ってくれた古い歌を歌いたくなった。まだ声が出せればいいのにと悔やむ。ボビーに自分の物語を聞かせたかった。埃っぽくてやかましい工場の話、おしゃべりをする女の子たちの話、家で出される甘い香りのするお茶の話、気持ちを穏やかにさせてくれる母の声の話をしたかった。ボビーなら興味を抱いてくれるんじゃないかしら？　ある意味、安くて優れたランニング・シューズが欲しいというボビーの願望が、太平洋を越えてヅアンをこの新しい命に生まれ変わらせたのではないかしら？

ボビーは道ばたで立ち止まった。頭の上に黒い電線が渡されていた。すると、ヅアンは本当に飛んでいた。宙高く。弧の頂点に達すると、ヅアンは落ちはじめたが、靴紐が電線に引っかかった。ヅアンは道の上、高いところで宙ぶらりんになった。道路の両側、見える範囲にはなにもない。

ボビーは路肩を越えてすでに姿が見えなくなっていた。彼は振り返りもしなかった。

ヅアンはため息をつき、気持ちを落ち着かせた。何年も先を想像する。雨や霙《みぞれ》、雪や太陽。自分が年老い、朽ちてばらばらになるところを想像した。

だが、一陣の強風がヅアンを持ち上げ、両側に開いた靴紐の穴や、足底のひび割れから口笛のような音が出た。ここでは、風が強いのだ。

「こんにちは」ヅアンは自分が手に入れた新しい声を試し、電線の上で居眠りをしていた雀を驚かせた。いまやヅアンは大きな声を持っていた。いままでになかったくらい、大きな声を。

あたしはついに空に駆け上がったんだ、とヅアンは思った。鳥たちと友だちになろう。

朽ちかけているヴアンの体を風が通り抜け、唸りと呻きを出させつづけるなか、ヴアンは自分の物語を歌いはじめた。

化学調味料ゴーレム

The MSG Golem

大谷真弓訳

宇宙船〈星雲のプリンセス号〉が地球を出発して二日目、神がレベッカに話しかけた。

「聞け、レベッカ・ラウ。汝《なんじ》が必要だ」

十歳の少女はヘッドフォンをはずした。キャビンは静かで、宇宙船のエンジンの低い音がかすかに響いているだけだ。「パパ、何か言った？」

「わたしだ、神だ」

「はい、はい」レベッカは椅子によじのぼり、天井のスピーカーを調べた。声がするのは、スピーカーからではないようだ。

レベッカは椅子から下り、自分のコンピュータをまじまじと見つめた。「もし、これにあんたが少しでも関わってるってわかったら、ボビー・リー……」険悪な声でつぶやく。

レベッカの家族が冬休みにニュー・ハイファのバカンス・コロニーへ船旅に出ると聞いて、ボビーは焼きもちをやいていた。レベッカのコンピュータに妙なプログラムを仕込んで悪戯しようとしたとしても、ぜんぜん不思議じゃない。

「この件にボビーはまったく関係ない」神は少しむっとした口調で言った。

「じゃあ、どの神さま？」

「神は神だ。アブラハム、イサク、ヤコブの神。すなわち、汝の神だ！　ジェイスン・エンジェルマンが前の学期の昼休みに、汝に説明したであろう」

「なーんだ、じゃあ、ジェイスンの神さまじゃん。ユダヤ人の神さまでしょ」

「汝はユダヤ人ではないか」

「うーん」レベッカはベッドにすわった。「あたしは中国人だよ。ニューヨークに住んでるの。あたしの友だちのヤエル・ワッサースタインと間違えてるんじゃない？　あ、わかった、ヤエルはあたしと同い年だし、ふたりとも長い黒髪だから——」

「黙れ！　汝にしてもらいたいことがある。ゴーレムを作り、船内のネズミをすべて捕まえるのだ。何もかも説明しよう」

九世紀、ペルシャから来たユダヤ人商人たちが中国の開封《かいほう》に住みついた。彼らのコミュニティはどんどん大きくなり、一一六三年にはシナゴーグ（ユダヤ教の礼拝堂）が建てられた。開封のユダヤ人は近隣の中国人――彼らは常に食べ物に多大な関心を寄せていた――に〝腱を取り除く人々（ユダヤ教の食事規定により、食肉から腱を取り除いていたため）〟として知られるようになった。

　このコミュニティは一千年のあいだ、世界じゅうに離散したユダヤ人社会のはずれで大いに繁栄した。しかし時代とともに、開封のユダヤ人は中国人との混血が進み、しだいに伝統のほとんどを忘れていった。彼らの多くは神のことさえ忘れてしまった。

　だが、神はけっして彼らを忘れない。

「じゃ、あたしはその開封のユダヤ人の子孫ってこと？　どうして、ママはこのことを教えてくれなかったんだろう？」

「彼女も知らないことだからだ。わたしは……その……」

「あたしたちを探す必要がなかったんでしょ、今までは」

「忙しい身なのだ」神は少しかたくなに言った。「汝も二、三日、宇宙のあらゆる分子に目を光らせてみればよいのだ」

　レベッカはユダヤ人になるということをよく考えてみた。すると、だんだん目が輝いてきた。「あたし、ハヌカー祭に出られる？　プレゼントをぜーんぶもらえる？」

「うむ、汝はハヌカー祭を祝うことになる。プレゼントについては、汝の両親次第で、わたしの関知するところではない」

「クリスマスもとっておいていい？ それから中国の新年も？」

「それを決めるのは汝であって、わたしでは――」

「じゃあ、決まり！ でも、プレゼンにはもっとパンチをきかせなきゃ。さっきの歴史の講義には、視覚教材が必要だったよ」

レベッカが耳をすませると、確かに神のつぶやきが聞こえた。「仕事に必要なもの……にもっとも近いものは……」

「ちょっと！」レベッカは傷ついた。「神さまはあたしのところに来たんだよ、忘れたの？」

「覚えておる」神は言った。「いちいち念を押すでない。泥を手に入れられるか？」

「ちょっと話を戻すね。どうして、この宇宙船にネズミがいるの？ それに、ネズミがいたからなんだっていうの？ ネズミも神さまが造った生き物でしょ？」

「前回のクルーズで、どこかの一家がペットのつがいのネズミをこっそり持ちこんだのだ。そのネズミが逃げて、増殖しておる。今では、この宇宙船の壁のなかに、百五十四のネズミが生息しておる。普段ならば、わたしはネズミに好意も嫌悪も持っておらん。しかし、ここのネズミたちがニュー・ハイファに入りこめば、災いとなるであろう」

「どうして？」

「ニュー・ハイファの生態系には、ネズミの増殖を抑える存在がおらんのだ。ネズミたちは、目に入るものは何でも餌にする。穀物、あらゆる農作物、美しい鳴き声を持つ小鳥の卵、ヒヨコ。それに何より恐ろしいことがある。ニュー・ハイファには、通常なら人間に影響をあたえることのないウイルスが存在する。だが、もしネズミがニュー・ハイファに入れば、そのウイルスが人間に感染するようになってしまうのだ。わたしにはすでに見える。ウイルスは変異し、人間にとって非常に危険な新形態になるであろう。これは、銀河を越えて種を引き合わせるときに起こる、予測不能の相互作用のひとつにすぎん」

「それって、そっちの計画ミスに聞こえるけど」

「その話を蒸し返すのはやめよ」神はうなった。「どいつもこいつも、わたしのせいにしたがる。ならば、自分ですべての世界を造ってみればよいのだ。ただし挑戦は一度きり、いかなる過ちも見過ごしもあってはならん」

〈星雲のプリンセス号〉には、たくさんのレストランがある。レベッカの家族は、いろんな料理が並ぶ中華のビュッフェがお気に入りだ。だが、レベッカにはどの料理がコーシェル（ユダヤ教で食べてよいとされた適正な食べ物）かわからなかったので（豚肉と貝と甲殻類がいけないのは知っていたが、それ以上の知識はなかった）、ご飯と竹の子しか選べなかった。

　神はぜんぜん力になってくれない。「中華料理店のほうは見ないようにしておる」と宣言しただけで、それ以上何も言おうとしないのだ。

　食事の席で、レベッカは両親に発表した。デイヴィッド・ラウと妻のヘレンは顔を見合わせ、それから娘に向き直った。

「あのときと同じようなことかしら？　ほら、七つのとき、イタリア人になりたいって言ってたでしょう」ヘレンは慎重に訊ねた。「オペラをうたいたいから、イタリア人になりたいって？」

「そんなの、覚えてないよ。でも違う、そういうんじゃない」

「わかっているでしょうけれど」ヘレンは懸命に冷静な口調をたもってつづけた。「海外で暮らす中国人を〝東洋のユダヤ人〟と呼ぶのは、文字どおりの意味ではないのよ」

「ママ、あたしは本当にユダヤ人なんだってば。ママだってそうなんだよ」

「それで、神さまがあなたにこの宇宙船にいるネズミを捕まえてほしがっていると言うの？　ネズミが生態系を破壊してしまうから？　大人には理解できない喩《たと》え話じゃなく?」

「喩え話なんかじゃない。神さまはニュー・ハイファのビーチや生き物を守りたがってるの。それと病気を防ぎたいんだって」

「このことを神さまとお話しさせてもらえる? 娘に指図しておいて、母親には発言権がないの?」

「断る」神が小声でレベッカに言った。「ユダヤ人の母親は手強い。中国人の血を引くユダヤ人の母親は、もっと手強い。母親のことはおまえに任せる」

「神さまはあたしとしか話さないんだって」レベッカは言った。「あたしを助手に選んだの。こういう仕組みのことは、ラビ(ユダヤ教の指導者)に訊いてよ」

「レベッカ、あなたは想像の翼を羽ばたかせすぎているのよ。おかしなことにそそぐエネルギーの十分の一でも、学校の勉強に向けてくれたら——」

「ママ、本当の話だってば」

「まあ《アイヤー》、デイヴィッド、聞いてる? あなたからも何か言ってやって」

「いったい何を言えばいいんだ?」デイヴィッド・ラウは肩をすくめた。「レベッカの話では、この子がユダヤ人なのは、君の家系にユダヤ人がいたからじゃないか。君は子どもの発達と児童心理の本をたくさん読んでいる。そういう本に、この手の話は載ってないのか?」

「馬鹿にしないでちょうだい。だいたい、あなたが仕事にかまけてないで、もっと娘に注意をはらっていれば、こんなことにはならなかったのよ」

「なんだと!」

レベッカは席を立ち、そっとレストランから出ていった。

レベッカは各フロアと廊下を歩きまわり、劇場やレストランをのぞいていった。イチジクの木が植わっているのは水耕栽培用プランターで、土は入っていない。花は造花。どこを見ても、金属と木材とプラスチックが輝いているばかり。泥はこれっぽっちも見当たらない。

「お掃除ロボットが走りまわってる宇宙船で、泥なんか見つかりっこないことくらい、わからなかった? 神さまなんでしょ。それくらい、わかりそうなものなのに」

「もっと有能な助手がいればよかったのだ。汝がもっと早くわたしの計画に疑念を呈していれば、わたしも汝も時間を無駄にせずにすんだものを」

「はあ? もし、あたしが神さまの計画に文句をつけていたら、神さまはなんて言ってた?」

「わたしを疑うでない、と言っていたであろう」神は認めた。

神が黙りこんだすきに、レベッカは図書室へ行った。宇宙船内にある宗教研究の蔵書はかなり少なかった。そのなかでいちばんましな本が、『子どものためのユダヤ教入門』だった。

「泥を手に入れる方法は考えたのか？」神が話しかけてくる。

「しーっ。今、ユダヤ人になる方法を調べてるところなんだから」

「それはあとにしてくれんか？　泥を手に入れることに集中しなくてはならん」

「泥、泥、泥。そのうち、ちゃんとアイデアが浮かぶってば。今はあたしの勉強のほうが大事なの。神さまの助手が、いつまでも馬鹿なミスをして笑われていていいの？」

これは母親を無駄に怒らせるレベッカの特徴だ。何事にも全か無かで対処する。興味がわかないもの――ピアノ、習字、単語のスペリング大会――については、ほんの一分も考えようとしない。ところが興味を持ったもの――コンピュータ、パンやケーキ作り、火薬の歴史――に対しては、目が覚めている時間のすべてをその勉強にそそぎこみ、ほかのことは全部放り出してしまう。

レベッカは確信していた。あたしは優秀な――いいえ、最高の――神さまの助手になることに興味がある。

「しかし、時間がない！　今日はすでに金曜日。宇宙船は明日到着する。図書館なんぞにこもっとらんで、泥を探せ」

神がしゃべったとき、宇宙船の照明が薄暗くなった。船内時間で夜になったのだ。

「待って」レベッカは言った。「ゴーレムの作り方をちゃんと説明して。今から安息日（金曜の日没から土曜の日没まで。労働を休み、安息日の行事をおこなう日）でしょ。あたしはどんな規則も破りたくないの」

「まさか本気ではあるまい」

「本気だってば。神さまの助手は模範的じゃなきゃ。あっ、蠟燭《ろうそく》に火を灯すの忘れてた。どうかお許しください」

「……」

「神さま、今なんて言ったのかわからなかったんだけど。なんか喉が詰まったような声だったよね。もしかして、『改宗者はこれだから、まったく』とか言ってたりして」

「わたしを信じよ、規則が破られる心配はない。まず、泥を集め《ギャザリング》――」

「収穫《ギャザリング》はメラハー（ユダヤ教で安息日に禁じられた仕事のこと）に入ってる」レベッカは本に書かれたリストを見ながら言った。

「それは自然な場所で農作物を収穫する場合に限る。そのうえ、この宇宙船に自然の泥などないことはわかっておる。したがって、われわれの集めるものは規則違反にはならん。そもそも、このわたしが汝とこうして議論しておることさえ信じられん。とにかく、次は、汝に泥でゴーレムを作ってもらう。わたしがかつてアダムを造ったように――」

「それってこねることでしょ、それもメラハーだよ」

「それは安息日に材料を混ぜ合わせた場合に限る。わかった、では調合済みの泥を手にいれることにしよう。汝がゴーレムの形を作り、表面を磨き――」

「磨くことは――」

「もうよい、もうよい！　表面は粗いままでよい、わたしは何を気にしておるのだ？　ゴーレムは歩ければ、それでよい。ゴーレムが出来上がったら、最後に“emet”――真理という意味だ――と書いて……しまった」

「書くことは――」

「わかっておる。禁止事項だ」神はずいぶんがっかりした口調だったので、レベッカは黙っていた。

少しして、神の顔がぱっと明るくなった。「もしネズミがニュー・ハイファに入りこめば、伝染病が発生する。安息日の規則は、命を救うためなら従わずともよいのだ」

「ウイルスが突然変異を起こすまでには、いくらか時間がかかるでしょ？　もしネズミが捕まらなかったら、人々をそれまでに避難させればいいんじゃない？」

「まあ、うむ、おそらくそれも可能だろう。しかし、人々を説得するのはずっと骨が折れるぞ」

「あとで苦労するからって、今、規則を破っていいことにはならないでしょ」

「待て、もっと差し迫った脅威がある。ネズミは貯蔵してある穀物を食いつくすであろう」

「人々が飢え死にするってこと？」

「いいや、そうはならん。ネズミは手を出さんフリーズドライの食べ物がたくさんある。しかし、しばらくは全粒粉のベーグルなしでやっていくことになる」

「わかんないんだけど」レベッカはまた本をぱらぱらめくった。「関連性がすごく薄い気がする。命を救うためならOKっていう規則の抜け穴を、限界以上に広げちゃってない？」

「本で読んだ少しばかりの規則を盾に、神に反論するのか？」

「あたしはいいユダヤ人になる勉強をしてるの。神さまは、いいユダヤ人になってほしくないわけ？」

「しかし、このわたしが汝にそうするようにと言っておるのだぞ！　神の命令だ」

「でもさ、神さまの決めた規則や戒律なのに、ただの気まぐれで適当な例外を作るわけにはいかないでしょ。そういう仕組みじゃないと思う」

「なぜだ？　わたしは神だぞ」

「神さまが独裁者みたいにふるまってた段階は、とっくに過去のものだと思ってたけど」

口論は一時間つづいた。レベッカの熱意は少しも冷めることがなかった。

ついに、神はレベッカのナイトテーブルの上にある地球儀に気づいた。もし神に額《ひたい》（と手）があれば、額をぴしゃりと打っていただろう。

「レベッカ・ラウ、よく聞け。今は安息日ではない」

「えっ？」

「安息日は日没によって始まる。宇宙船の照明の薄暗さによって始まるものではない」

「でも、今頃、地球のどこかで日が沈んでるはずだよ」

「よく考えたな。しかし相対論的効果のため、宇宙船は地球とは異なる枠組みのなかにある。わたしの計算によれば——ええと、一の位を繰り上げて、十の位を足すと——地球では火曜か水曜だ。つまり、地球上のどこも安息日ではない」

「ほんとに本当？」

「汝はわたしと言い争うことはできるが、アインシュタインと言い争うことはできん」

「じゃあ、しなきゃならないことをしても、規則を破ることにはならないんだ」

「いかなる制限もない。さあ、とりかかるがよい」

もし神がハイタッチを好んでいたら（そして両手があったら）、レベッカはその瞬間、神とハイタッチをしていただろう。

レベッカは母親に頼んで、朝、船内のスパ施設についていった。

母親のヘレンは心を動かされた。このところ、娘に親密さを感じることがなくなっていた。いつも娘に怒鳴り、これをしなさい、あれをしなさい、もっとしっかりして、もっとがんばりなさい、とせっついてばかりいた気がする。スパで一緒にくつろぐのは、いいことかもしれない。

レベッカにせがまれ、ヘレンはふたり分の泥パックを頼んだ。

目を閉じると、ヘレンはこのほうが娘と話しやすいことに気づいた。レベッカの注意散漫な性格のせいで、ヘレンは自分がどんなに悪い母親かをしょっちゅう思い出すことはなかった。友人の娘たちはみんな、少なくともふたつの楽器を演奏できるし、テストで百点中九十九点より下の点数を取ることは絶対にない。レベッカの出来の悪さは母親である自分の責任だという気持ちに、ヘレンは苦しんでいた。

だが、突然ユダヤ教に興味を持った今回の出来事は、じつはいいことなのかもしれない。レベッカの学校にいるユダヤ人の子どもたちは、みんなとても出来がいいのだ。ひょっとしたら、その子たちがレベッカにいい影響をあたえてくれるかもしれない。とにかく母親としては、これがいつものように、自分には理解できない一時のおかしな熱狂でないことを祈るだけだ。

「学校の勉強をもっとがんばったら？」ヘレンは娘に言った。

「興味ないんだもん」レベッカはきちんとすわり、母親から目を離さずにそっと顔の泥をかきとっては、ビニール袋に入れていく。

「価値のあることのほとんどは、うまくできるようになるまではつまらないものよ。まずは努力しなくちゃ」

レベッカは曖昧にうなっておき、母親のそばに置かれたボウルから泥をかき集めた。

母親は話題を変えることにした。「パパと一緒にすごす時間を増やしなさい。この休暇の目的には、パパにあなたの教育にもっと積極的に関わってもらうことも入っているんだから。ママにはもう、どうすればいいかわからないわ」

「パパと何を話せばいいか、わかんないよ。パパの話なんて、パパがママと喧嘩してるときか、ママからあたしの成績を聞いてあたしを怒鳴りつけるときくらいしか聞いたことないんだもん」

ヘレンは罪悪感に胸が痛んだ。「まあ《アィヤー》。パパもママも、そんなつもりじゃなかったのよ。パパが一生懸命働いているのは、あなたを愛しているからだもの。パパに名誉挽回のチャンスをあげて」

ところが、レベッカの姿はすでに消えていた。もう泥はたっぷり集まったのだ。

「母親の言うとおりだ、それは汝もわかっておろう」神は言った。「両親をうやまえ。聖書のなかでも重要な教えだ。孔子の本にも大切と書かれておる」

「ちゃんと、うやまってるってば」レベッカは答える。「ただ、いつもがっかりされるのがいやになっただけ。あたしは、あんまり出来のいい中国人の娘じゃないの」

「出来のいい中国人の娘になる方法なら、たくさんある。方法はたったひとつではない。たとえ方法はひとつしかないと思いこんでいる人々がいても、良いユダヤ人になる方法はたくさんある。それと同じだ。ユダヤ人になることは、家族の一員になるようなもの。家族は完璧ではないが、彼らは常に汝の味方だ」

「うん、あたしのパパとママも、そう思ってくれたらいいんだけど」

神は何か言いかけてやめ、心のなかでため息をついた。

レベッカは泥でゴーレム作りをつづけた。器用なほうではなかったが、表面は〝粗い〟ままでいいし、自由に作ってかまわないと神のお許しをもらっていたので、あっというまに完成した。

「どう？」

「じつにモダンだ」神は角の立たない言い方で答えた。

泥人形は、高さ約三十センチ。二本のかなり長い腕に、ずんぐりした頭。顔には爪で描いた目鼻がある。頭の両側には、レベッカがつまんで作ったちっぽけな耳がある。脚の長さはちぐはぐだ。

「泥が足りなくなっちゃって」

泥人形は倒れた。レベッカは顔を赤くして、脚の長さが同じになるように直した。今度は倒れずにまっすぐ立った。

「次はどうするの？」

「習字の稽古だ」

二十分後、神はレベッカに苛立っていた。かつてヨナに感じたのと同じくらいの苛立ちだ。

「中国人の少女はたくさんいるのに、よりによって習字をまったく知らん唯一の少女に当たるとは。汝は読みやすい字の書き方を知らんのか？」

レベッカは額の汗を拭いた。額はすっかり泥まみれだ。「怒鳴らないでよ！　まさか習字が役に立つときが来るなんて、思うわけないでしょ？　あたし、字を書くのが大嫌いだったの。いつもキーボードで打ちこむか、口述してた」

レベッカは何度もチャレンジした。箸の先でゴーレムの額に〝emet〟に当たるヘブライ語の文字を刻むのだ。『子どものためのユダヤ教入門』に、ヘブライ語の文字が紹介されていた。それでも、レベッカは何度も失敗する――文字の形がおかしかったり、線がミミズみたいになったり、文字と文字がぶつかってしまったり。そのたびに書きかけの文字を指でぬぐって消し、最初から書き直さなくてはならない。

「これが、どこでも見られる現代教育の問題点だ。手で文字を書くことが軽んじられておる」

「設計上の欠陥だと思うな。どうして、手書きをこんなに難しくして、キーボードで打つのをあんなに簡単にしたの？」

「また、わたしの責任か」

父親のデイヴィッドが部屋をのぞいた。

「やあ」気まずそうに声をかける。娘の顔が泥まみれであるという事実には、動揺しない。妻が似たようなことをしているのをよく見かける。「ママが、おまえをプロムナード・デッキのアイスクリーム屋さんへ連れていってやれと言うんだ。もし、おまえが暇だったら」

「ちょっと忙しいの、パパ」

「何をしているんだ？」父親は部屋に入ってきて、ベッドに腰かけた。

「ゴーレムを作ってるところ。でも、ちゃんとした字が書けないから、神さまが怒ってる」

娘との会話のほとんどは、妻に娘がこんな失敗をしたから叱ってと言われ、よくわからないまま怒鳴りつけるというものだったので、デイヴィッドはまったく驚かなかった。

「おまえのおじいちゃんから、パパもそんなふうに言われていたよ」デイヴィッドは言った。

「パパも習字が嫌いだったの？」

「大嫌いだった。習字の時間は、絵を描いているほうが好きだった。先生から父親に連絡が行って、パパは大変な目にあったよ。けど、最終的には、嫌いだった習字が好きになった」

「何があったの？」

「おまえのおじいちゃんは、ランタン祭り用の紙のランタンを作るのがうまかった。当時の中国では、子どもたちはみんな、祭りのための手作りランタンを持って駆けまわっていたんだ。おじいちゃんはパパにこう言った。ランタンには自分で文字を書きなさい。もし下手な字でランタンを台無しにしたら、おじいちゃんがまた新しいランタンを作り直さなきゃならない。パパはおじいちゃんに余計な仕事をさせてしまうのが申し訳なくて、たくさん練習した。そうしたら、本当に字がうまくなったんだ。それからは、毎年、おじいちゃんとランタンを作るのが楽しくなったよ」

レベッカはそのお話が気に入った。

「ゴーレムを作るの、手伝ってくれる？」

レベッカはどんな文字を書くのか、父親に見せた。父親は娘の手を取り、ふたりで一緒にゴーレムの額に文字を書いた。

ふたりは後ろに下がって、出来栄えを眺めた。賞をもらえるようなレベルではないが、機能に問題はない。

「ありがとう、パパ。アイスクリームは、また今度でいい？　今は、神さまのためにしなきゃならないことがあるの」

デイヴィッドは小さい頃、空を飛べると思っていた。それにくらべれば、神さまのために働いていると信じている娘のほうが、はるかにまともに思える。

「そうか。うまくいくといいな」デイヴィッドは言った。

父親がいなくなると、レベッカは神に訊ねた。「このゴーレム、どうして動かないの？」

「しばし待て。まだ状況を把握しようとしているところだ」

ゴーレムは上体を起こし、目をこすると、ふらつきながら立ち上がった。

「うまくいった！」

「ここからが、本当に難しいところだ」神は言った。「ゴーレムは強いが、ことのほか頭が悪く、指示された言葉どおりにしか動かん。すべてのネズミを捕らえさせるには、非常に正確な指示を出さねばならん」

レベッカはゴーレムを、船内で人通りの少ないところに連れていった。壁の換気口の前に膝をつき、換気口をおおう格子のネジをゆるめる。そして格子を開けると、ゴーレムを換気ダクトのなかに押しこんだ。

「ネズミを捕まえに行きなさい」

ゴーレムはよろよろと歩きまわり、左を見て右を見ると、右のほうへ歩きだした。換気ダクトに響くゴーレムの足音は、だんだん遠ざかって消えた。

レベッカは待った。

五分たち、十分たち、十五分が過ぎた。

「ゴーレムに戻れと言わなかったな」神が言った。「忘れるでない。ゴーレムは指示された言葉どおりにしか動かんのだ」

レベッカは換気口に身を乗り出し、声を張り上げた。「戻ってきて」

少しして、レベッカはまた換気口に頭を突っこんだ。「ネズミを持って戻ってきて！」

「わかったようだな」神は言った。

一分もたたないうちに、換気ダクトをペタペタと歩いてくる足音が近づいてきた。けたたましいネズミの鳴き声もする。

ゴーレムはもがく白いネズミを、しっぽをつかんで引きずってきた。ネズミは換気ダクトの壁に爪を立てようとするが、爪は滑らかな金属の表面をすべってしまう。

レベッカは拍手した。ゴーレムにネズミを靴箱に入れるよう指示し、その箱を自分のキャビンまで運んで、空のバスタブにネズミを放した。一時的な留置場だ。

「一匹捕獲。残り百四十九匹」神は言った。

次はうまくいかなかった。ゴーレムはまた鳴きわめくネズミを引きずって換気口に戻ってきたが、後ろからさらに五匹のネズミがついてきた。ネズミたちは、レベッカにゴーレムが見えていると確信すると、いっせいにゴーレムを攻撃した。

ネズミたちはゴーレムに飛びかかり、その腕を噛みきって捕らわれていた仲間を自由にすると、そろってレベッカのほうを向き、怒りに歯を剥いた。そのうちの一匹は舌なめずりまでしていたと、レベッカは思う。やがてネズミたちは壊れたゴーレムを残して、逃げていった。

レベッカは換気ダクトのなかを這っていき、ゴーレムのもだえる破片を外へ引きずりだした。さいわい、泥の腕は泥の肩にすぐにくっつき、ゴーレムはあっという間に新品同様になった。

「泥のなかに何が入っておる?」神が訊ねた。

レベッカは修理したばかりのゴーレムのにおいを嗅いだ。「ナツメ、リンゴ、ブドウ……それと蜂蜜だと思う」

「なんだと《アイヤー》。それが原因だ。わたしが泥を手に入れよと言ったとき、おまえは〝甘い泥〟

のことだと思ったのか？」

「今度は、ママみたいなこと言ってる。『泥を手に入れよ！　泥を手に入れよ！』そればっかりで、泥の中身のことは何も言わなかったじゃん」

「汝は頭の悪いゴーレムか？　一から十まで説明しなくてはならんのか？　神に仕える者ならば、みずから考えて行動せよ！」

「あたしはできるかぎりのことをした。くわしい説明がなかったのが悪いと思う」

「また、わたしの責任か」

「ちょっと待て」神はつづけた。「そのゴーレムに何をふりかけておる？」

「化学調味料」

「いかん。いかん、いかん、いかん、いかん！　塩を使えと言ったであろう」

「でも、化学調味料のほうがいいってば。これだけたっぷりかかっていれば、ネズミだってゴーレムを食べるのをためらうよ」

「ネズミが化学調味料による健康への悪影響を気にすると思うか？　わたしがかつてノアにイトスギの木で方舟を造るように言ったとき、ノアはヒマラヤスギでいいやと考えたと思うか？　答えはノーだ。わたしが何かをせよと命じたときは、その指示どおりにおこなえ。勝手な変更は許さん！」

『みずから考えて行動せよ！』、『勝手な変更は許さん！』あたしには矛盾するご神託が来るんだもん」

「奇遇だな。わたしにもそういう苦情がたくさん来る」

神は、レベッカがゴーレムに塩をふりかけるのを待った。「もっと、もっと。もっとたっぷり。ネズミに食われんようにたっぷりかけるのだ」

「過越《すぎこし》の祭りで、あたしはこういうのを食べることになるんでしょ？　塩水に浸したパセリとか？」

「わたしがどこからそんな考えを得たと思う？　すべてのユダヤ人が涙の味を思い出す。じつに便利だ」

こうしてゴーレムはたっぷりと塩をまぶされ、ネズミの攻撃をずっと簡単にかわせるようになった。次々にネズミを捕らえては、持ってくる。ネズミを入れるバスタブは、たちまちいっぱいになった。ネズミは仲間の体の上によじのぼり、何匹かがバスタブの外へ飛び出しそうになった。

「これでは間に合わん」神は言った。「もっと大きい桶が必要だ」

すべてのネズミを閉じこめておくには、バスルーム全体を使うのがいちばんだ。レベッカはそうすることにした。

バスルームの天井にある換気扇用の換気口を開けると、レベッカはゴーレムにネズミたちをこの換気口へ追いやって、鍵のかかったバスルームに落とすよう命令した。

「あたしのバスルームには、絶対入らないで」レベッカは母親に言うと、何か訊かれる前に急いで逃げてきた。

「残るは、あと一匹」神は興奮して言った。「どうやら、成し遂げられそうだ」

最後のネズミは手強かった。丸々と太って、大きさはネコほどもある。白黒の毛並みはところどころはげている。歩き方は少しよたよたしているが、いざとなれば全力で走ることもできる。

船内でいちばん賢いネズミなのは、だてではなかった。ゴーレムが自分をどこかへ追いやろうとしていることをわかっていて、ネズミは換気空調ダクトの迷路のなかを巧みにゴーレムから逃げ、レベッカの部屋の近くへはけっして行こうとしない。

天井から聞こえるネズミの走る音とドスドスというゴーレムの足音を追って、レベッカは船内を走りまわった。プロムナード・デッキを駆け抜け、赤方偏移した星々が広がる窓辺に立つ恋人たちをよけていく。ちょっと失礼と謝りながら、セミナー・ルームに飛びこんでまた飛び出し、投資に関するレクチャーを聴いていたたくさんの乗客を仰天させる。階段を駆け上がっては駆け下りる。レベッカはゴーレムを手伝いたかった。

ついにネズミは、のしのし歩く恐ろしい泥の怪物に捕まるより、宇宙船のスタッフに見つかったほうがましだと考えた。そこで天井の換気口から落下して、厨房のど真ん中に降り立った。

レベッカはダイニングエリアから厨房に飛びこみ、逃げるネズミに突進したが、捕まえられると思った瞬間、ネズミは方向転換して近くに積まれた箱に飛び乗ると、ステンレス製のカウンターへ向かってジャンプした。

料理長、副料理長、ウェイター、ウェイター助手が口をぽかんと開けて、まじまじと見つめた。太ったネズミが厨房を駆けまわり、小さい女の子が大声を上げながらネズミを追いかける。そこへドスンと頭上の換気口から泥のかたまりが落ちてきて、カウンターに着地すると、小人のように立ち上がった。

料理長は気絶した。

「あいつを捕まえて！」レベッカはゴーレムに叫んだ。「あたしは逃げ道をふさぐ」そしてカウンターの反対側へ走り、ゴーレムから逃げようとするネズミがレベッカの持っているビニール袋のなかに滑りこんでくることを期待した。

ネズミはどんどんレベッカのほうへ走ってくる――でも、どうしてにやにやしているんだろう？

カウンターの真ん中にはシンクがあった。水が半分ほどたまっていて、汚れたお皿がつけられている。ネズミはまっすぐシンクに飛びこむと、泡立つ水のなかをすいすい泳いで反対側からカウンターに上がり、後ろを向いた。

あっ、まずい――レベッカは思った――水と泥は相性が悪い。

「止まれ！」レベッカはゴーレムに叫び、両手をぶんぶんふり回した。その手が、動く泥人形をよく見ようとしていたウェイター助手の顔に当たってしまった。「ごめんなさい！」レベッカはちらりと彼の無事を確かめながら、ゴーレムに指示を叫びつづけた。

「シンクを回っていって！　向こう側であいつを捕まえるの！」

ゴーレムは止まろうとしたが、シンクのそばの石鹸水の水たまりで足を滑らせ、水のなかに落ちてしまった。そしてあっというまに沈んだ。

「どうなるの？」とレベッカ。

「こんなものは見たことがない」神は言った。「本来なら、ありえんことだ。汝もわかるであろう」

シンクの水が泡を立てて激しくうねり、ようやく、ゴーレムが姿を現した。さっきよりもべとべとで、はっきりしない姿になって、シンクの反対側をよじのぼっている。今や歩くヒトデのような姿で、のっしのっしと進んでいく。顔の造作は水につかってほとんど消えているが、目の小さなふたつの穴はまだうっすらと残っている。

　ゴーレムは立ち止まってあたりを見回すと、レベッカのそばに立つウェイター助手のほうへ向かっていった。シンクの横でチューチュー鳴いているネズミの前を通りすぎ、宙へ飛ぶ。誰も反応できないうちに、ゴーレムはウェイター助手の驚いた顔につかみかかり、彼の鼻や耳のあたりを殴りはじめた。

「うわ！　いてっ！」

　レベッカはゴーレムにやめなさいと叫んだが、ゴーレムは言うことを聞かない。

「聞こえんのだよ」神が助け舟を出した。「水で耳が溶けてしまっておる。もっと大きく作るべきだったのだ。あれが最後に聞いた汝の命令は、〝向こう側であいつを捕まえろ〟だった。そのとき汝はウェイター助手を見ていたから、あれはウェイター助手を捕まえろと言われたと思ったのだ」

　レベッカはあわてて、ウェイター助手を助けようとした。石鹸水でぬるぬるするゴーレムをつかむ。ところが、クラゲをつかもうとするようなもので、ゴーレムはつるりと手から滑り出してしまう。そしてふり向くと、手らしき泥のかたまりを突き出し、レベッカの口を殴りつけた。

レベッカは後ろによろけた。目がちかちかする。化学調味料の味もする。塩とリンゴとブドウの混ざった味。それに、石鹼の味も。おえっ。

ウェイター助手は今や床に転がり、両手両腕でできるかぎり顔を守ろうとしていた。ゴーレムは力が強く、容赦がない。レベッカは、少年の顔が痣だらけで腫れているのに気づいた。

「ゴーレムは本気で彼を痛めつけてる」レベッカは言った。「やめさせるには、どうしたらいいの?」

「あれの額に刻んだ〝emet〟の最初の一字を消さねばならん」神は教えた。「〝emet〟つまり〝真理〟を、〝met〟すなわち〝死〟に変えるのだ。さすれば、ゴーレムは止まるであろう」

「どの文字だっけ?」レベッカはあせった。「言っとくけど、あたしには何もかも初めてなんだからね!」

神はうなった。

レベッカはふり返って、ネズミと向き合った。ネズミはまだカウンターの上でチューチュー鳴いている。

「聞いて」レベッカはネズミに話しかけた。胸がどきどきしている。こんなことがうまくいくかどうかはわからない。でも、神さまの助手はいつの時代も創造的だったでしょ？　彼らは自分の頭で考えて行動してきた。レベッカは史上最高の中国系ユダヤ人の神の助手になるつもりだった。

「ゴーレムを止めるのに、あなたの助けが必要なの。もしこの善行を引き受けてくれたら、神さまがあなたと仲間のネズミさんたちにいい住処《すみか》を見つけてあげる」

「わたしが？」と神。

「あたしは神さまの助手なの。だから、神さまに代わって話ができるの」

「そうなのか？」と神。

「この宇宙船に隠れて人間の食べ残しを盗んで暮らすより、ずっといいと思う」

ネズミはいぶかしげにレベッカを見つめ、ひとしきりチューチュー鳴いてヒゲをなでていたかと思うと、ゴーレムに突進していった。

「いい子ね」そう言うと、レベッカもゴーレムを追った。

ネズミはゴーレムに飛びかかった。ゴーレムはウェイター助手を放し、応戦した。ネズミに抱きつき、ニシキヘビのように締め上げる。ネズミは悲鳴を上げ、目が飛び出そうになっている。

ゴーレムはネズミに気を取られ、レベッカに注意をはらう余裕はない。レベッカは身を乗り出し、片方の手のひらでゴーレムの額に書かれたヘブライ語の文字を全部消すと、床から箸を一本拾い、ゴーレムの額に中国の文字で〝死〟と書いた。

「わたしに漢字が読めて幸いであった」神は言った。「汝のとんでもなく下手な文字にも慣れておいて、幸いであった」

ゴーレムの動きが止まった。それはもはや、床に落ちた形のない泥の山にすぎなかった。

レベッカは大きなオーク材の机をはさんで、船長の向かいにすわった。机の真ん中には、泥の山――ゴーレムの残骸だ。オフィスは大きく、広々としているが、レベッカは閉所恐怖症のような気分を味わっていた。閉じこめられて、どこにも行けない。

レベッカの左には父親がすわり、右には母親がいて、後ろには無表情の目撃者たちが出口をふさぐようにずらりとドアの前に立っている。料理長、副料理長、そして午後いっぱいかけて厨房を掃除しなくてはならなかった従業員たち、腫れ上がって目がほとんど開かないウェイター助手もいる。

「ラウ夫妻」船長は滑らかな机の上を指先でコツコツ叩きながら言った。「あなた方の娘さんは禁止された生き物を船内に持ちこみ、〈青色偏移《ブルーシフト》クルーズ〉に多大な迷惑をかけました。娘さんの持ちこんだ——そしてこの船の厨房をめちゃくちゃにした——ネズミや風変わりな異星生物のようなペットが禁止されているのは、理由があってのことなのです！ところが娘さんは、自分だけはルールに従わなくていいと思っているようです」

レベッカは不当な非難に、ひそかに憤っていた。言い返したところで意味はない。学校の先生のような権威のある人が関わっているときは、両親はいつでもレベッカが悪いと考える。だからもちろん、船長の言うことを信じるだろう。それどころか、昨日、レベッカが言っていたネズミに関する〝おかしな〟話を、娘に罪がある証拠と考えるかもしれない。レベッカはすでに有罪判決を受けたも同然だった。

船長はつづけた。「そこで、補償について話し合う必要があります——」

「もちろん、話し合うべきです」父親のデイヴィッドが言った。「まずは、娘に不当に罪をなすりつけたことに対して、どう補償するおつもりですか？」

レベッカはびっくりして父親を見つめた。父親はほほえみ、娘の手をやさしくぽんと叩いた。

「誰かにレベッカの部屋を見に行かせるといい。娘は、ネズミはもちろん、いかなる動物もあなたの宇宙船に持ちこんでいないとわかるでしょう」

あ、まずい。レベッカは口を開こうとしたが、父親に黙っていなさいと身ぶりで止められた。

バスルームに閉じこめてあるネズミたちが見つかったらと思うと、レベッカはぞっとした。パパとママに恥をかかせる前に、この床が割れてあたしをのみこんでくれたらいいのに。

船長は疑わしげにラウ夫妻を見たが、ひとりのスタッフにディヴィッドの言うとおりにさせた。

レベッカは神に向かって、声を出さずに口だけ動かした——何か作戦はある？

「作戦は奇襲には太刀打ちできん」神は言った。

「さて、あなたの部下が席をはずしているあいだに、先ほどおっしゃった〝風変わりな異星生物〟の件について話しましょう。それはどう見ても、ただの泥人形です。この宇宙船のいたるところに飾ってあるプラスチック製の花と同じくらい、生きているとはいえない物体です」

船長はかっとして、唾を飛ばしながら言い返す。「こんなにたくさんの目撃者がいるのですぞ——」

「あなたには、この物体が生きているように見えますか？」ディヴィッドはゴーレムの残骸をつついた。「わたしは娘と一緒にこれを作りました。これのことは知っています」

母親のヘレンが立ち上がって泥を調べた。「これはスパで受けた泥パックの泥だわ」においをかいで、顔をしかめる。「しかも腐っている。あなた方はこれに何を入れたんです？」

「しかし、しかしですな——」と船長。

「この泥は、おたくのスパで使われていたものですよ」ヘレンは言った。「この泥人形を動かす原因になるものが入っていたのなら、ほかの客からクレームが来る前に、おたくのスパに異星生物の侵入がなかったか調べたほうがいいんじゃないですか」

船長は不機嫌そうに口を閉じたままだ。ヘレンは娘に腕を回した。レベッカは事の成り行きに茫然としていた。母親はレベッカを怒らなかっただけでなく、意外にもかばってくれている。

「親というものには、ときどき驚かされるであろう、うん？」神が言った。

レベッカはこのひとときが永遠につづいたらいいのにと思った。あたしの部屋を見に行ったスタッフが、このまま戻ってこなければいいのに。

船長室のドアが勢いよく開いた。息を切らした汗まみれのスタッフが駆けこんできて、船長の横で急停止すると、船長の耳元に口を寄せ、レベッカの部屋で見てきたことを報告した。

レベッカは目を閉じ、運命の瞬間を待った。

「わたしの宇宙船になんということをしてくれたのだ?」船長が机の向こうからレベッカの一家に怒鳴った。「その子のバスルームは、天井までネズミでいっぱいだそうじゃないか!」

デイヴィッドは立ち上がり、机に身を乗り出して船長の顔を見据えた。「それをお見せしたかったんですよ。娘が持ちこんだものではなく、あなたの宇宙船にいたネズミです。娘に感謝するべきですよ。賢くも、ネズミたちを自分のバスルームに閉じこめてくれたのですから」

「何を馬鹿なことを」

「換気ダクトを調べれば、何カ月分ものネズミの糞と毛が見つかるでしょう。レベッカは、この宇宙船にネズミなど持ちこんでいません。娘は、あなた方のお粗末な害獣駆除対策の被害者です! 娘はわたしたちに、この船のネズミを捕まえるんだと言っていました。それが成功したんですから、あなたは幸運だと思いますがね」

船長は数人のスタッフに換気ダクトを調べに行かせ、デイヴィッドの主張を確認するよう命じた。しかし、その顔は青ざめていた。何かの糞が落ちていたという報告を思い出したのだ。

「想像してみてください。もしニュー・ハイファに到着して、あのネズミたちを逃がしてしまっていたら、どうなったと思います？　少なくとも、〈青色偏移《ブルーシフト》クルーズ〉は罰金を科され、マスコミは〈青色偏移《ブルーシフト》クルーズ〉の宇宙船の衛生管理の不備について、大いに書きたてるでしょうな。賭けてもいい、あなたは即刻クビだ。というわけで、補償について話し合いましょう」

船長は検討してみた。そしてすぐに、笑顔でこう言った。「お帰りの際、お部屋をファーストクラスにグレードアップするというのはいかがでしょう？　チケット代は返金いたします。さらに、ニュー・ハイファでは、われわれの大切なお客さまとしておすごしください。費用はすべてこちらが負担いたします」

デイヴィッドとヘレンは笑顔を返した。「それから、わたしと娘に、スパの一日利用券をお願いできるかしら」とヘレン。「フルトリートメントがいいわ。お肌にいい泥パック付きの」

「もちろんでございます」

「ねえ、ネズミは？」レベッカが口を開いた。大人たちがいっせいに注目する。レベッカは赤くなって、息をのんだが、それでもつづけた。「ネズミたちはどうなるの？」

「エアロックの外に放り出してやるつもりです」船長は苛立たしげにこたえた。

レベッカは心のなかで言った——ちょっと、神さま、約束したでしょ。

そのときレベッカには、確かに神のため息が聞こえた。

「それはよくないんじゃないかしら」突然、ヘレンが言った。「いるべきでない場所に連れてこられてしまったのは、ネズミのせいではないもの。それに、あのネズミたちはペットとして飼われていたネズミの子孫です。あっ、そうだわ。ネズミたちはあなた方が地球に連れて帰って、飼ってくれる家庭を見つけてあげるべきだと思います」

「さもないと、こちらはいつでも、ネズミだらけの宇宙船の旅について『トラベル&レジャー』誌に投稿できますよ」デイヴィッドがつけたした。

「わかりました」船長は言った。完敗だ。

レベッカは神に向かって、声を出さずに口を動かした——ありがとう。

「汝はよくやった」神は言った。「そこのビーチで楽しむがよい」

「神さまは来ないの？」

「わたしも休みを取れるとよいのだが」神は認めた。「相対論的効果による安息日のタイミングの広がりを考えたら、ひどい頭痛がしてきた。しかし宇宙には、わたしが心配すべきことがとてつもなくたくさんある」

「知り合えてよかった。神さま、近いうちにまた来てね」

レベッカは両親と宇宙船のタラップを下り、ニュー・ハイファの明るい陽射しと潮風のなかへ歩きだした。

ホモ・フローレシエンシス

Homo floresiensis

古沢嘉通訳

ベンジャミンは渋々バーに足を踏み入れた。やかましく、風通しが悪く、観光客向けの悪趣味な装飾に満ちあふれ、飲みたくない酒を買わねばならないという考えが気に入らなかった。だが、そうするか、雷雨にずぶ濡れになるかのどちらかだった。

ベンジャミンは自分の準備不足を呪った。ここ、インドネシアのスパイス・アイランズの中心、マルク州では、つねに暑くて湿度が高く、ほぼ毎日、雨が降っていた。

ビール（水っぽく、ぼったくり価格）をチビチビ啜りながら、雨が止むのを待っていると、ふたりの現地人が近づいてきた。

「ガイドは要らない」ベンジャミンは先手を打って、そう言った。毎日、その手の申し出をやたらと受けていた。

「ノー・プロブレム」男のひとりが英語で言った。ずんぐりしてがっしりした体つきで、ニヤッと笑うと幅の広い顔全体まで口がひらくように見えた。「休暇かい？」

「いや」ベンジャミンは言った。「ぼくは大学院生なんだ」正直な答えをすることが最高の方針だとわかっていた。エキゾチックな現地の思い出を探している金持ちの西洋人ではないことを明らかにすれば、金を巻き上げるほかのだれかを探しにいくだろう。外貨の供給源として役に立たないことを強調するため、ベンジャミンは、足下の床に置いている重たく泥まみれのバックパックを指さした。「鳥を研究しているんだ。これからほぼずっとキャンプをするんだ」

不幸なことに、これも期待していた効果を上げられなかった。それどころか、ふたりの男の目が光った。

「じゃあ、あんたは科学者なのかい？」ずんぐりした男が訊いた。「こういうの好きじゃないかな？」

男は分厚い写真アルバムを取りだし、ベンジャミンのまえに広げて見せた。オウムの写真が満載されていた。スーパーヒーローのコンヴェンションで着られているコスチュームのように色とりどりの羽毛のオウムがいて、どれも似ていない。

「ここに写っているオウムならどれでも手に入れられるよ。適正価格で。死んだオウムでも生きているオウムでも剝製のオウムでも、よりどりみどりだ。なかには、この島の外ではだれも知らないオウムもいる。あんたたち科学者はそういうのが好きだろ」

ベンジャミンは写真を見て衝撃を受けた。少なくとも写っているオウムのうち三種は絶滅の瀬戸際にあると考えられているものだとわかった。

「これは違法だ」ベンジャミンはつぶやいた。

男はベンジャミンの口調を誤解した。「税関のことを心配しているなら、隠し方を教えてあげよう。いい方法があるんだ」もうひとりの男がアンボン語（マレー語の方言）でなにか言い、ずんぐりした男が付け加えた。「税関職員には、いつだって袖の下を摑ませることができる。あまり高額にはならないだろうよ」

ショックから恢復すると、次第に怒りがベンジャミンのなかに込みあげてきた。こういう連中がコレクターから数ドルせしめたがるせいで、いったいどれだけ多くの種が狩られて死んできたと思うんだ？　科学者がおいしいニッチ市場になるだろうと連中が実際に考えていたとは！

「これを警察に持っていく」そう言ってベンジャミンはアルバムを男から奪った。正義の嫌悪感が彼を勇敢にしていた。「ぼくはこの鳥を研究するためにここに来ているのであって、殺すためじゃない。あんたたちは生き物の命に少しは敬意を持っていないのか？」

男たちの顔に浮かんだ愛想のいい笑みが凍りついた。ふたりはたがいに顔を見合わせ、ついで、ベンジャミンを見た。いまやふたりの視線は冷たいものになっており、空気が緊張感で固形化したような雰囲気だった。ずんぐりした男は自分の背後に手をまわした。武器を取りだすのか？

ベンジャミンはバーを見まわした。観光客は気づいていない。地元民とバーテンダーは意図的にこちらを見ないようにしていた。

ベンジャミンは体を強《こわ》ばらせ、拳を握りしめた。自分はよい訪問者になるだろうと思っていた。現地の伝統に敬意を払う人間であり、醜いアメリカ人にはなるまい、と。だが、ここにいる自分は、密猟者と暴力的な衝突をしようとしていた。

「もう会ったのか」かたわらで声がした。アクセントからアメリカ人とわかる。

三人の頭が同時に声の方向を向いた。声を発したのは女性だった。年輩で、たぶん四十代後半だろうか。筋肉質な痩せ型で、小柄、顔は長年熱帯地方で過ごしてきたためになめし革のような色になっていた。

ベンジャミンには女性が何者なのか見当もつかなかった。

「あと一日は着かないと思ってたよ」そう言って彼女はベンジャミンに近づき、あたかも旧友のようにハグをした。「あたしのお気に入りの供給業者ふたりをあんたに紹介するつもりだったんだが、なんだ、いつものように先を見越して行動しているじゃないか」

彼女はふたりの現地人のほうを向いて、アンボン語で話しかけ、ときどきベンジャミンのほうを見た。ふたりの男は彼女とベンジャミンを交互に見た。ふたりの表情が次第に穏やかになっていった。ずんぐりした男の手が背後からまえへ戻された。手にはなにも持っていなかった。女性はさらになにか言い、彼女とふたりの男は笑い声を上げた。

ベンジャミンはすっかり当惑していたが、この見知らぬ女性の思惑を確かめるべく待ってみようと決めた。いまやアドレナリンの大量分泌が終わり、体が抑えようもなく震えていた。ベンジャミンは暴力的な人間ではなく、さきほどの向こう見ずな反応を深く後悔していた。たぶん相手にしなければよかったんだ。

女性がベンジャミンのほうを見た。「当局と協力して罠にかけようとしているのではないことを確かめようと、試しただけだと説明しといた。あんたの行動はとても迫真性にあふれていた。たぶん、ちょっとばかり迫真的すぎた」笑いながらも彼女の目はベンジャミンの目をしっかり捉えていた。

ベンジャミンは付き合うことにした。「見知らぬ人間には気をつけないと」

「当然だね」彼女はそう言ってふたりの現地人に視線を戻し、両手を広げて、ほらねという仕草をした。男たちはうなずき、さらにリラックスした。

彼女は男たちにアンボン語でさらになにか言い、最後にひとつの質問を放った。ふたりの男はたがいの顔を見合わせた。ずんぐりした男が言った。「わかった。だけど、ついてきてもらわないと。ここには置いてないんだ」

ふたりは背を向け、バーを出ていった。女性がベンジャミンを引きつれて、あとにつづいた。

「どういうことなんだい?」ベンジャミンは女性に声を潜めて言った。男たちに聞こえないように声を小さくする。「それにあなたは何者?」

「あたしはリディア。あんたがほんとに興味があるのは化石だと連中に言ったんだ。だから、いくつかあんたに見せるつもりだよ。なにか買わないとね」

「化石を取引することも違法だ」

リディアは歩きながらベンジャミンを横目で見、顔に馬鹿にしたような笑みを浮かべた。

「化石はすでに死んでいる。鳥とちがって、あんたと取引するためになにかを殺すわけじゃない。これが最善の妥協だと判断した」

「言いたいのはそこじゃない」

「現地の刑務所でしばらく過ごしたいのかい? あの、そなたたちよりわれのほうが聖人じゃぞいという態度で、あんたはロイとサイアスを本気で怒らせたんだ。もし彼らからなにか買わないなら、ふたりは警察に行って、あんたが密輸業者だと通報するだろうね」

ベンジャミンは言葉につかえた。「あれは——」

「——ここではそういうことになるんだ」リディアが言う。「現地調査をするのは、今回がはじめてなんだろ？」

「三年間、毎年夏に現場に出てきた」ベンジャミンはムッとして言った。

「当ててみようか、公的支援のついた認可済み調査遠征でしか働いていないだろ」リディアは言った。「自分ひとりでいるときとまったくちがっていた、だろ？」

ベンジャミンはなにも言わなかった。そのことがリディアの必要としている回答すべてを物語っていた。

一行は小さな家に到着した。小屋と大差ない家だ。ずんぐりした男、ロイは、あたりを見まわして通りにだれもいないことを確認すると、南京錠を外し、扉を勢いよくひらいた。四人は頭を屈め、なかへ入った。

家のなかは蒸し暑かった。電線からぶら下がっている電球でかろうじて室内が照らされていた。

ベンジャミンはあたりを見まわした。家の壁は床から天井まで棚で埋まっていた。棚に並べられた化石や骨が長い影を投げかけている。羽毛にまみれて縛られた束もあった。

「なにを見たい？　鳥の化石かい？　霊長類かい？　蜥蜴《とかげ》かい？」ロイが訊いた。

「鳥だ」ベンジャミンは言った。

ロイは一方の壁に歩いていき、靴箱を持って戻ってきた。ベンジャミンに中身を見せようと箱を開けた。「町の西にある丘のそばの畑からこいつを手に入れたんだ。どこで掘ったのか、正確な座標と何枚かの写真も渡せるよ。あんたたちはそういうのが好きだとわかってる」

中身におざなりな一瞥《いちべつ》を与えてから、ベンジャミンは唯一気にしている質問を放った。

「いくらだ？」

ロイは指を五本立てた。

「五百ドル？」

ロイとサイアスは笑い声を上げ、信じられぬと言うかのように首を振った。靴箱はさっさと取り上げられ、棚に戻された。「本気になったほうがいいですぜ」ロイはリディアを見ながら言った。

リディアは肩をすくめた。「この人はただの貧乏大学院生なんだ。すべての経費を教授と助成金委員会に提出しなければならない。予算に抜け穴を隠す場所はたいして広くない。今回の発掘旅行で怠けていたわけではないことを示すためのものが欲しいだけなんだ、わかってほしい。だけど、あと数年したら、大物になっているかもしれない。そうすれば大金を抱えて戻ってくるだろう。ビジネスの取っかかりを作らないと」

ロイとサイアスは目に見えて失望したようだ。だが、ふたりは最大限活用しようとした。ロイはしばらく考え、べつの壁に向かうと、茶色い紙袋を持って戻ってきた。中身を小さなテーブルの上にあけた。

ベンジャミンは骨をじっくり見た。頭蓋骨の湾曲した欠片と、腕または脚の骨の一部のようだった——猿か、似たような大きさのなにかかもしれない。もちろん、ベンジャミンは教育課程の一環として霊長類の授業を受けていたが、専門家ではなかった。

リディアが近づいてきて、おなじように骨を見た。ひとつを手に取ると、電球の下に掲げてじっくり見た。そののち、どうやら退屈した様子で、その骨をテーブルに戻した。

「この骨なら、千ドルで渡せるよ」ロイが言った。

ベンジャミンはまた断り、もっと安いものを要求しようとしたが、リディアが先に口をひらいた。「おいおい、ロイ、これは化石ですらない。ただの骨だ。ひょっとしたらあんたたちが先週殺したものの骨かもしれない。だれを騙そうとしているんだ？」

ロイは喉を鳴らして笑った。「騙そうとしたのはどっちだっけ」

「どこで手に入れたんだ？」リディアは訊いた。

ロイはサイアスを見た。相棒はアンボン語でかなり長い話を語って答えた。サイアスは大げさな仕草をし、リディアは熱心に耳を傾けた。

「なんて言ってるんだ？」ベンジャミンが訊いた。

「死んだ鮫の胃のなかから出てきたと言ってる」リディアはロイとサイアスに向き直った。

「たぶんこの人はこれで手を打てると思う。だけど、もう少し勉強してもらわないと」

「じゃあ、五百だ」ロイは諦めて答えた。

リディアはベンジャミンを見た。彼はこれが自分ができる範囲での安い買い物だと理解した。それでも高額だったが、監獄に入るよりはましだった。

渋々、ベンジャミンはうなずいた。


「じゃあ、終身在職権が手に入らなかったときからずっとここに住んでいるのかい？」ベンジャミンは訊いた。

「悪いか？ ここは生活費が安いし、仲間の科学者たちを手伝って、現地人から研究材料を入手させてあげられる。あたしはいまでも科学をやってるのさ」

ふたりはバーに戻った。ぬるくて水っぽいビールを啜りながら、リディアはベンジャミンが買った骨の吟味をつづけていた。かつては蜥蜴の専門家だったとリディアは説明した。

だけど、最近は、ある種の何でも屋で、西洋の化石コレクターや科学者、転売屋、それにそういう連中が欲しがっている商品を持っている現地人とのあいだの会合を手配できるよう、あらゆることについて少しだけ学んでいるのだという。

「いまはもう十九世紀じゃない」ベンジャミンは言った。「植民地時代の探検家のようにふるまうべきじゃない。インドネシアの自然遺産を保護するための法律を破るような連中をあなたはそそのかしている」

「法律だって？　自分たちがどう管理しているか示すため、官僚たちがジャカルタででっちあげたルールのことを言ってるのかい？　あいつらがここの住民の暮らしのなにを知ってる？　科学的証拠を保存する以外に、あたしは貧しい連中が、畑から掘り起こした岩や食料にするため捕らえた動物で数ドル稼ぐのに手を貸してやってるんだ。うしろめたくなんかないよ」

「たんなる言い訳をしているだけだ。あなたのせいで、あの密猟者たちはすでに絶滅の危機にある種を金のために殺している」

「密猟者が種の絶滅の原因だと思ってるって？　ほんとうの脅威は、生息地破壊だと理解してる？　ここの住民は、より大勢の人間を食べさせられるように畑を作るためジャングルを切り拓かねばならない。そうでなければ、土地を観光客用のリゾート地に変えなければならない。密猟者は、われわれにとって、なんらかの標本を手に入れるための唯一のチャンスなんだ。全部なくなってしまうまえにね」

「だったら、現地人がより責任を持って開発を進められるよう手伝う仕事をすべきだ」

「よくお聞き。ここの人たちにどうやって生きていくべきかと説くあんたは何様？　それにあたしが〝植民地時代の〟態度でここにいると思っているのかい？」

ベンジャミンはさらに議論をしたかったが、リディアが彼を黙らせた。「この骨は、あたしの考えでは、クロザルのものではないね。いったいどんな動物の骨なんだろう。モルッカ諸島《マルク》にいる新種の霊長類かもしれない」

ベンジャミンは懐疑的だった。「そんなことありえるだろうか？　ひょっとしたら新種の鳥や蜥蜴の骨かもしれないけれど、知られていない霊長類が鮫の胃から出てくるだろうか？」

「なんでよ？　熱帯のレストランで科学者が新しい料理を注文したときに見つかった新種はたくさんある。この世界でわれわれが知らないことはたくさんあるんだよ」

「まあ、もし欲しければその骨を持っていっていいよ」ベンジャミンは言った。「ぼくは、あしたほかの島へ移動するんだ。その、ありがとう……あいだに入ってくれて」

「幸運を」リディアは言った。

まだぐったりしたまま、ベンジャミンはベッドから転がり出た。ドアをドンドンと叩く音は、やかましく、しつこかった。警察か？　賄賂を渡したにもかかわらず、ロイとサイアスが脅しを実行したのか？

だが、戸口にいたのはリディアだけだった。招かれるのを待たずに彼女はベンジャミンのかたわらを通って、部屋のなかに入った。

「なにごとだい？」ベンジャミンは訊いた。下着姿で、無防備で恥ずかしかった。

「あの骨の写真を何枚か撮って、もっと詳しそうな同僚に送ったんだ。けさ、その返事が返ってきた」

「それで？」

リディアは書類の束をベンジャミンに手渡した。「読んで」

ベンジャミンは書類をパラパラとめくった――**「H・フローレシエンシスの頭蓋容量新推定」、「H・フローレシエンシスの骨格復元案」、「最新のヒト科種生存年代のメタ分析」**……。

ベンジャミンは書類に含まれている写真のいくつかを見た――まだ完全には化石になっていない数万年まえの古い骨、子どものような小さい頭蓋骨。

リディアは話をつづけていたが、ベンジャミンは彼女の話のおしまいしか聞き取れなかった。

「……いっしょに来てもらいたい。あたしが言ってることがわかるくらい目は覚めてるの？」

ベンジャミンはコーヒーを心の底から欲した。頭はまだぼんやりとして、フルスピードでは働いていなかった。インドネシアのフローレス島で発見された〝フローレス人〟について、数年前になにか耳にしたことを思いだした。マスコミは彼らを〝ホビット〟と名づけた――一万二千年まえのごく最近まで生きていたかもしれないヒト科の新種。ある意味、ネアンデルタール人のように、われわれのいとこだ。

それがこのインドネシアにいた。

「いや、そんなことありえない」ベンジャミンはようやく事態を理解して言った。「あなたは間違えているに決まってる」

「そうかもしれない」リディアは言った。「でも、もしあたしが正しければ、人生最高の発見を逃す危険を冒したい？」

「ぼくは鳥を研究しているんだ！　ぼくになにがわかるんだ……ファンタジー小説の登場人物の名前をつけられた絶滅したヒト科の種のことを？」

「だから、なに？　あたしの学位論文は蜥蜴に関するものだった。だけど、ブラジルの文明と接していない部族に接触するための調査隊に参加しようと申請したとき、人類学科は、あたしを却下しなかった。実地経験は実地経験なの。あたしは重たいバッグを運べて文句を言わない人間を使える」リディアはさらにいくつかベンジャミンの評価を並べたうえで、付け加えた。「あんたが衝動的であることすら役に立つ。あんたにもまだ冒険心があることを示している」

「それにそいつが若くて未経験だと思っているから、あなたがボスとしてふるまえる人間であること」

リディアはニヤッと笑った。「むしろ、自分の知見を次の世代とわかちあおうとしていると考えるほうが気に入っているな」

「だけど、ぼくの助成金の条件は、鳥の調査しかカバーしていない」

「いいかい、大学院生としてあんたの心になにがあるのかわかってる。あたしもおなじ立場にいたんだ。あんたが考えているのは、教職としてよりよい立場に立とうということだ。さらなる鳥の標本か、ヒト種が現代まで生き残っていることの確認か、どっちが有利だい？」

ベンジャミンは目を丸くした。だが、彼はノーと言わなかった。

正確にどこで奇妙な骨をもたらした鮫が捕らえられたのか突き止めようとロイとサイアスを問いただしたのち、リディアは、鮫の専門家である友人たちにせがんで、その鮫の回遊路としてもっともありそうな彼らの推測を手に入れた。臭跡を追うブラッドハウンドのようにリディアとベンジャミンは骨の出所を追う狩りに出かけた。

赴いたどこでも彼らは住民に並外れて小柄な部族の噂を訊ねた。首を横に振り、変な科学者たちを笑うものたちもいた。長い、幻想的な話を語るものもいた。来訪者から金をもらって伝える手のこんだジョークだと判明したのだが。

ベンジャミンはリディアとともにジャングルを歩いて抜け、島から島へ移動する旅を楽しんでいることに気づいた。故郷にいる自分の教授たちや同輩たちのなかにはリディアの方法を肯《がえ》んじないものがいるだろうとわかっていた――彼女は、自分に都合がよければ、賄賂を払ったり、嘘をついたりするのをためらわなかった。だが、彼女の方法が効果的だとベンジャミンは認めざるをえなかった。

飛行機からフェリーに乗り換え、レンタルした高速モーターボートに乗り換えた。どんどん現代生活の便利さから遠ざかっていき、足を踏み入れる島ごとにまえの島より人口は少なくなっていった。一万八千以上の島からなるこの諸島は、全世界でもっとも多様な生物圏を持っていた。一度も探索されたことのない遠く離れた島が多数あった。最後にバンダ海の小さな島ベリワンで、地元の古老が、海図に載っていない名前のない、ジャングルに覆われた北方の島に、〝小さい人々〟の伝説があると口にした。「彼らは話すが、話さない」

「一種の猿かオウムのことを話しているの？」リディアが訊いた。これまであまりにたび欺《だま》されてきたことを考えに入れれば、理に適った質問だった。

古老は首を横に振った。今回、彼が冗談を言っているのではないのは明白だった。彼の声は畏怖と恐怖に充ちていた。「何世代もあそこにいったものはだれもおらん」

神殿になっている洞窟に飾られたふたつの頭蓋骨を古老はふたりに見せた。ベンジャミンが買った頭蓋骨とそっくりだった。

リディアとベンジャミンは息を殺して、彼らが森のなかの空き地で踊っている様子を見つめた。

ふたりの生物学者は三百メートルほど離れた木の上の観測所に巧妙に身を隠していた。あいだにある熱帯雨林は、さえずる鳥や、チョロチョロ走りまわる蜥蜴、かすめ飛ぶ昆虫、したたり落ちる水で充たされていた。それでも、できるだけ静かにしておくのが適切だった。

双眼鏡越しに、部族が見えた。その数およそ三十名が半円を描いて立っている。彼らは調子外れの歌を歌い、ココヤシの殻をリズムを外して叩いていた。この音楽とは言えないものを伴奏に、綿毛のような白髪の老人が中央で舞っていた。跳び上がり、身を低くし、想像上の敵に向かって石斧を頭上で振るっている。

老人がこちらを向いたので、その顔がよく見えた——突きでた顎、黒く、皺だらけの肌、眼窩のまわりのたくましく骨張った隆起、平らな鼻。専門的には間違っているとわかっているものの、ベンジャミンは、その顔を人間と猿とのあいだにあるものとしてつい考えてしまった。

老人は舞をつづけ、グレープフルーツ大の頭部が三フィートほどの体の上でヒョコヒョコ上下していた。

「シャンパンがあったらいいのになという気分」

「ああ、戻ったら、胃のなかに収められるかぎりのシャンパンを飲めるさ」

石が先端に付いている棍棒を持って、若い男がいきなり襲いかかっていた。彼は殺す気満々だった。

だが、老人は経験豊富だった。横にかわし、敵の手から棍棒を蹴り落とした。そののち、若者を地面に組み伏せた。血まみれの戦いだった。歯を剝きだし、耳が千切れ、血が流れた。

「なんのための戦いなんだろう？」ベンジャミンは囁いた。

リディアは肩をすくめた。優位性の争い？　女性を巡っての争い？　あるいはもっと抽象的で人間的なものだろうか――復讐、正義、道徳的立場？

双眼鏡を通して、老人が若者の首に嚙みつくのが見えた。生物学者たちはたじろいだ。


ベンジャミンは観察している対象の行動を解釈するのが難しいことに気づいた。彼らを〝ヒト〟として仮定すると、彼らは料理をしながら、火を囲んで会話を交わし、友情や家族の団欒を楽しみ、空想にふけっているようだった。彼らの思考の特色、彼らの経験の特質はどのようにわれわれのそれと異なっているのだろう、とベンジャミンは思った。

だが、彼らを〝ヒト〟ではないと仮定すると、彼らは短い発声を共有し、社会的交流において厳密な階層構造を有し、エネルギーを節約するため、日中の熱気のなかではじっと座っているように見えた。ときどき彼らはたがいにグルーミングをし、彼らの作る原始的な道具は類人猿が作るものよりもさして進んでいるものではなかった。

　ぼくはほんとに彼らを見ているのだろうか？　ベンジャミンは思案した。それとも、たんに彼らのなかに自分たちの影を見ているだけなのだろうか？

　彼らは明らかに人類とおなじくらいの知的な存在ではない。異なっており、異質だった。TVではどんな場面が放送されるだろう、とベンジャミンは思い描いた。

「いつファースト・コンタクトをしたい？」ベンジャミンは訊いた。

　この発見を携えて帰国したとき自分が受けるであろう英雄としての歓迎をベンジャミンはずっと想像していた。ぼくが助成金委員会の名士となったなら、メイア教授は、必ずやまえより少しは丁寧な態度で接してくるだろうな。

「その用意はできていない」リディアは言った。「たんにあそこに歩いていって、『危害を加えるつもりはありません』と言って済むほど簡単じゃない」

「じゃあ、どうする？」

「まあ、まず第一に、あんたとあたしはフローレス人が一度も出会ったことがない何百万もの菌を保菌している。彼らがあたしたちと親しく関われば、彼らはその菌にも感染してしまう可能性がある」

酔いも覚める思いがした。ファースト・コンタクトの歴史では、伝染病が敵意よりも数多くの死を引き起こしてきた。「ほかになにがある？」

「彼らがあたしたちに敵意を向けてくるのは確実。自分たちを守る用意が必要。彼らを咎めることはできない。風変わりな格好をした巨人二頭が自分の家の裏庭にのしのしやってくるのを見たらどうなるか、想像してみて」

ベンジャミンは不承不承うなずいた。「アマゾンで文明と接触したことがない部族の研究に参加したと言ってたよね？　どうやって対処したのかな？」

最初、リディアはそれについて話し合うのは気が進まぬ様子だったが、ベンジャミンはしつこく食い下がった。リディアは言った。「担当教授は何年もその計画を立てていた。除染手続き方法をまとめ、非言語的意思疎通手順として可能性のあるものを練り上げ、彼らを殺したり、傷つけたりせずに自分たちの身を守るために使用可能な殺傷能力の低い武器を調べていた。あたしが契約を結んだ夏は、躍進の年になるとみなされていた。ついにわれわれがあらゆることを実践に移す年だった。だけど、全部無駄に終わった」

「なにがあったんだい？」

「資金を得るために、かなりのパブリシティ活動をしなければならなかった。いくつかのブラジルの野心的な企業がこの件を聞きつけ、アドベンチャー・ツアーを企画し、アメリカやヨーロッパの富裕な観光客をジャングルに連れていって、独自に部族とのファースト・コンタクトをやろうと決めた」

「ああ」ベンジャミンはその混沌を想像しようとした。

「ええ。サーカスだった。報道機関のヘリコプターを飛ばして、カメラに向かって槍を投げてくる彼らの様子を撮影させた。観光客数人が怪我をし、ガイドが銃を持ちだした。外交ルートを通じての抗議と指弾が山とつづいた。教授の生涯をかけた研究はだいなしになった」

リディアがそのあとでアマゾンの部族になにが起こったのか触れなかったことにベンジャミンは気づいた。

「ひょっとしたら……」ベンジャミンはキャンプのランプ越しにリディアを見た。ランプにはシェードを被せており、遠くからは見えないようにしている。「……戻ったときにこの件を言わずにいるべきでは」

「論文を発表するまで黙っていたいの？」

「いや」ベンジャミンは言った。「できないかな、その、永遠に……黙っているのは？」

「なにを言ってるんだい？　これは世紀の発見だよ。生きている化石なんだ！　ここの人間は、人類の進化のまさにイメージキャラクターになるだろう。ベストセラーの本や大ヒットするドキュメンタリーや映画が作られるはず！」

「彼らが人間として見られると本気で思ってる？　〝小さい人々〟というのは、人類じゃない。そこがポイントだ。アドベンチャー・ツアーがやってくる。そして戦利品を狙うハンターや密猟者も来る」

「彼らは保護されるだろう。科学的にとても貴重な存在だよ」

「そして、彼らは故郷から引き離され、研究所で囚われの身として育てられるだろう。それは人間の生活じゃない」ベンジャミンは黙った。ロープの切れ端をいじくる。「だけど、ぼくは彼らがヒトだと思っている。われわれとほんの少しだけ異なっているヒトだと」

「信じようと信じまいとかまわないけど」リディアは言った。「あたしが大事に思っているのは、富や名声じゃない。両方を手に入れるにはもっと簡単な方法がある。あんたとあたしがここにいるのは、あたしたちが科学者だからだ。あたしたちは物事を突き止めることに取り憑かれているけれど、あたしたちは悪の根源じゃない」

「たとえどうあろうと、われわれの世界が彼らの存在を突き止めたとき、彼らの世界はなくなってしまう。われわれは、自分たちにこんなにも近くて、こんなにも異質な種と平和に共存できたことが歴史上一度もない。どこであれホモ・サピエンスがやってきたところでは、ほかのヒト種は消えてしまっている」

リディアは目を細くしてムッとした表情をベンジャミンに向けたが、口調は平静だった。

「科学の名の下に蛮行を正当化するとき、人がどれほど醜くなれるか、よくわかっている。あたしの曾祖父は、オーストラリアのアボリジニのIQ研究の被験者だった。その研究では、アボリジニ全員が知性の劣るものと発表された。だけど、怖がってこの発見を秘密にしておくのは正しいことじゃない」

ベンジャミンは詰めていた息を吐き、首を横に振った。フローレス人が隠れている森に目を凝らす。「これはもっとひどい結果になるだろう。われわれと彼らはおなじ種に属していない。彼らを劣るものとして、人間ではないものとして扱うことに倫理的な抑制は働かないだろう。怖がっているんじゃない。責任について言っているんだ」

「そうやって知らせないことを説くのね。責任のある行為は、彼らをここに置いといて、彼らが存在しないふりをすることだとあんたは考えているわけ？　〝原住民〟の邪魔をしないというロマンティックな考えをあんたが持っているのはわかっているけれど、彼らにいい、なりかわってあんたが判断できるというのはなにがそうさせているわけ？　世界は絶えず変わっている。遅かれ早かれ、われわれの毒や伝染病が漂着するゴミや渡り鳥に付着してここにやってくる。ひょっとしたら海面が上昇し、彼らの家を水に浸からせるかもしれない。いまの割合で海面が上昇していけばね。この惑星にはどこにもわれわれの影響を受けずに済む場所はない。われわれに解決策がある問題のせいで彼らが死ぬのを見たいというの？　自分が提案していることに潜む傲慢さに気づいていないの？」

ベンジャミンは困り果てて、あたりを見まわした。濃密なジャングルが無垢なのか、野蛮なのか、その両方の言葉とも間違っていることを知りながら判断するのは無理だった。

フローレス人が確実に人類として見られるための方法はあるだろうか？

ベンジャミンはなにか特徴を探すことに決めた。

周囲を探して、捨てられた道具を見つけた――雑に尖らされた石、握りやすくするために滑らかにされた取っ手。装飾的な彫刻や意匠は見られない。

双眼鏡で彼らの衣服を詳しく見た――葉の多い枝で編んだ日除け帽や、食糧や道具を運ぶために肩から垂らしているなめすまえの獣皮。すべてがとても機能的だ。

焚き火用の穴に目を凝らす――円形に、剝きだしの石が並べられている。彼らの踊りもどきや音楽らしきものについて考えた――たんなる昂奮の表現なのか、特定の目的はなくとも目や耳を楽しませるための入念なパターンがあるのではないか？

芸術《アート》と呼びうるなにかを探したが、決定的なものはなにも見つからなかった。

霧越しに生物学者たちは部族が岸辺に集っているのを見分けることができた。

彼らは筏《いかだ》に若者を乗せ、海へ押しだした。枝で編んだ巣になかば隠れて見えないが、命を失った体はいっそう小さく、いっそうか弱く見えた。

老人が浜辺に立ち、筏が波に揺られて上下するのを見つめていた。やがて海流が筏を捕らえ、海へと引っ張っていった。老人の背後で部族のほかの面々が待っており、石像のように黙ってこの海葬を見つめていた。

すると、女たちのひとりが地面に倒れ伏し、咆吼を上げた。両腕で体をかき抱き、前後に体を揺さぶる彼女の顔を涙や洟が覆っていた。

老人は振り返り、歩いていくと彼女のまえに立った。そののち、彼は、ひざまずき、地面に顔を近づけた。

たがいになにも言わず、リディアとベンジャミンは同時に双眼鏡を下げ、顔を背けた。あまりにも私的な瞬間だった――トロイ戦争よりも古く、同時に、朝の雷雨が残した水たまりよりも新しい。

テントを畳むのはあまり時間がかからなかった。自分たちの足跡を可能な限り少なくするよう注意していたのだ。

補給品をボートに積みながら、だしぬけにリディアが言った。「あの夏、部族の男たちのひとりが殺された。木の上に据えたカメラで葬儀全体がフィルムに撮られた。そして、スローモーションで流れる映像を解説者に詳しく分析させ、場面毎に選んでTVで流した。のちに何者かがその死体を掘り返し、科学者に売るのはいい考えだと判断した。あんなに嫌な思いをしたことは一度もない」

ベンジャミンはうなずいた。なにか言う必要はなかった。それはあんたの言う通りかもしれないとリディアが言うのとかぎりなく近かった。

ふたりはキャンプ地を調べ、ゴミや加工食品や、島の住民を害する可能性のあるほかのあらゆるものを拾い集めた。

「だけど、これは一時的なものに過ぎないとわかってるよね」リディアは言った。彼女はいまやボートのなかに腰を下ろし、舵柄《だへい》に手を置いていた。「人は、開発し、新しいリゾート地を作るための人の手の入っていないビーチをつねに探している。フローレス人は永遠に隠れていることはできない」

ベンジャミンはボートを押して、岸から離れさせ、膝まで海に入り、息を切らした。

「永遠には無理です。数年後にぼくたちは戻ってきて、彼らの様子を確認するんです」

「あたしたちが?」リディアの眉が上がった。「で、数年でなにが見つかるというんだい?」

「徴《しるし》」そう言ってベンジャミンはボートに飛び乗った。岸を指さす。水際からある程度離れたところに物を積み重ねた小さな山があった。

その山には、ベンジャミンがジャカルタで撮影した写真が何枚か入っていた――摩天楼と通りの屋台、夜の眩い街明かりと日中のごちゃごちゃした色彩、世界的な首都に住むあらゆる人種、あらゆる信仰を持つ一千万人の人々。それに双眼鏡とスイス・アーミー・ナイフも残してきた。それに加えて、いくつかのボタンや硬貨、ステンレススチール製の台所道具も含めた。野外活動用道具で滅菌処理ができる品物を選んだのだ。

その山の上にベンジャミンは自分のスケッチブックも残した。そこには島の手描き地図や、フローレス人を描いたたくさんのスケッチが入っている。ベンジャミンは絵描きと言えるほどの腕前ではなかったが、感じたものを捉えようと努力していた――あの老人が舞っているときの流れるような動き、戦いの爆発的な勢いと力、ふたりの友が会話をしているときの落ち着いた同胞感、口にできないほどの悲しみをまえにした腸がよじれるほどの痛み。

「どうして?」

「あれは彼らに見えている世界の先にある世界の徴です。ひょっとしたら彼らはそれに触発されて故郷を離れ、水平線の向こうを探索しようとするかもしれない。ひょっとしたら新しい道具と新しい使い方を考えだすかもしれない。だけど、なにがあろうと、彼らがとうとうわれわれを見るとき、いまよりもずっと準備が整っているはずです」

言葉にしなかった密かな希望があった。ベンジャミンは、自分の例に基づいて絵《アート》に手を染めてくれることを期待していた。いったんフローレス人が独自の絵を生みだせるようになれば、ほかの連中にとって、彼らが人間であることを否定するのは、はるかに難しくなるだろう。

「だけど、もしかしたら、彼らはあの品物に基づいて宗教をはじめるかもしれない。あるいはあれを巡って戦いをはじめるかも。なにが起こるか予想できないよ、ベンジャミン」

「たぶんできないでしょうね」ベンジャミンは認めた。「だけど、コンタクトしようとしまいと、われわれの判断だけで決めることにはなりません。彼らになりかわって決めるのは傲慢であるというのはあなたの言うとおりです。彼らがわれわれを探しに出てきたいと思うのかどうか、少なくとも彼ら自身のタイミングで、彼ら自身の条件で決められるように多少の徴を残しておきたいんです」

「で、もしあたしたちが戻ってきて、彼らがあんたの贈り物になんの関わりも持ちたがらなかったのがわかったらどうするの？」

「そのときは、まったくコンタクトを望まないという彼らの決定を尊重すべきでしょう」

ふたりはボートを島から遠ざける海流を感じた。ベンジャミンはロイから購入した頭蓋骨の欠片をバックパックから取りだし、恭《うやうや》しく海へ投じた。ふたりはしばし黙って目を凝らした。

リディアが詰めていた息を吐きだした。「いまあたしたちがやっていることをどれだけ大勢のほかの連中がやったんだろうね。あたしたちは発見者を祝福することがよくある。だけど、ひょっとしたら、あたしたちが誇りに思うべきなのは、発見者にならなかった者たちなのかもしれない」

「物語がある形で終わらざるをえないからといって、そのように語らなければならないことにはなりません。われわれには選択肢がある」ベンジャミンは海流の速度が上がり、ボートを加速させるにつれ、島を振り返り、じっと見つめた。いま見えているジャングルは、エデンでもなければ、闇の奥でもない。「そしていまや、彼らにも選択肢があるんです」

訪問者

The Visit

大谷真弓訳

街では、ルームメイトや隣人たちがきんきんに冷えたビールを持って、乙女座の方角の夜空を走る無数の明るい光を眺めていた。流れ星とは違い、一、二秒で燃え尽きたりはしない。窓ガラスをつたう雨粒のように夜空をゆっくりと這っていき、後ろにたなびく炎はだんだん闇に消えていく。

「どう思う？」ぼくは隣の女の子——黒い髪に褐色の肌、顔はうっすらと汗ばんでいる——に訊ねた。民族的背景は東南アジアだろう。初夏のそよ風が彼女の香水のかすかな香りを運んでくる。フローラル系だが、甘すぎない香りだ。彼女はぼくのアパートメントの下の階に住む学生で、いつも持ち歩いている本から、おそらく法学専攻だと思う。ケンブリッジのこのあたりには、法学部の学生がたくさん暮らしている。

「まるで世界の終わりを見ているみたい」彼女は言った。「あなたって、レターマンが出てる深夜番組の時間に、毎晩わたしの頭上でジャンピング・ジャックをしてる人でしょ？　わたしはララ」

「その時間しか、トレーニングできないんだ。ぼくはマット」

ぼくたちは一本のビールを分けあいながら、夜空を走る炎の雨を見物した。

その夜は、四百五十三機の探査機がやってきた。

どれも細い人間くらいの大きさだ。高さ百五十センチ、直径三十センチ余りの縦の黒い円筒形で、下へいくほどだんだん細くなっていき、底の部分が丸くなっている。その形状とつやのない表面から、アニメーションの爆弾を思い起こさせる。地面から三十センチほどのところに浮かぶ、命中寸前の爆弾だ。

探査機と通信を確立しようという公式の試みは、すべて失敗に終わった。人が近づきすぎると探査機は離れていくが、ちょうど野生動物のように、安全な距離を取って止まる。基本的な一定の物理的刺激――光を点滅させたり、ベルを鳴らしたり、ラジオ波を発したり、探査機にやさしい風を吹きつけたりもした――を試したが、意味のある反応は引き出せなかった。音楽や美術も結果は同じ。いっぽう、探査機の表面はあらゆる遠隔撮像技術

（超音波、レーダー、もっと特異な光線も）を拒んでいるようだった。近寄ると、探査機がハチの巣のようなブーンという音を発しているのがわかるが、音は不規則で、決まったパターンはないようだった。もしそれがコミュニケーションを意図したものだったとしても、人間にはさっぱり意味がわからない。

探査機のほうはというと、ロボットの声で話すでもなく、試料を集めるでもなく、人をさらうでもなく、ホログラムを投影するでもなく、こちらのリーダーのところへ行きたがるでもない。人通りの多い歩道の上に浮かんでいたり、ハイウェイを追い越し車線のスピードに合わせて飛行したりしている。ときには、同じ場所に何時間もとどまって動かないこともある。ほかには、ソニックブームを発しながら大海原を高速で横断したりすることもあった。

探査機の目的は何か？　その疑問は果てしなく議論された。人口の多い地域に集中していることからも、探査機が人間に興味を持っているのは明らかだ。ただし、戦闘地域は避けていた。探査機が壊れやすいからだろうか？　探査機の送り主が暴力を忌み嫌っているからなのか？　それとも、すべては手のこんだ策略で、探査機は人間の軍事力に興味がないと見せかけて、こちらの弱点をさらさせようとしているのだろうか？

進化論的な主張をする人々もいた――恒星間旅行の技術を開発できるような種族は、攻撃的で危険に違いない。黄金律（人生に有益な教訓。聖書の一節「何事でも人々からしてほしいと望むことは、人々にもそのとおりにせよ」のこと）を逆に適用すると――彼らは言う――アステカ族とインカ族の二の舞になりたくなければ、探査機を破壊・回収して科学技術の発達に役立て、報復攻撃に備えるのが賢明だ。とはいえ、探査機はすべての国と大陸に散らばっているため、全世界の政府が同時に探査機を攻撃するという合意を秘密裏に得るのは不可能だった。だからといってアメリカが単独でおこなえば、アメリカを嫌う国々が探査機に避難場所を提供し、異星人の軍隊と同盟を結ぼうと考えかねない。

大統領は、探査機にかまわないのがもっとも安全だと宣言した――脅威をあたえるようなそぶりは一切せず、探査機に見られたくない場所は常に施錠し、ブラインドなどで隠しておくこと。

二、三ヵ月すると、撮影班が探査機を追跡することはなくなった。探査機は宙に浮かんで観察する以外のことは何もしないようだったし、世の中にはハリケーン、洪水、原油流出事故、カーチェイス、戦争、有名人など、報道すべきことがまだあった。軍部と科学者たちは探査機の監視をつづけたが、ほとんどの人々は興味を失っていた。

だが、ぼくは依然としてある疑問に取りつかれていた――探査機の目的は何なんだ？

そこで、〈コンタクト〉というサイトに二十四時間ログオンしている。ぼくみたいな連中が集まって、目撃情報をシェアしたり探査機に関する考えを議論したりしているサイトだ。ぼくたちは大陸を越えた探査機の動きを記録し、探査機の発する音を録音したものから高調波を分析して、音から意味を探り当てようとしている。

それでも、異星の探査機の近くでは、誰もが礼儀正しくふるまおうとする傾向があった。笑うときはより大きく、話すときはより熱心になり、ゴミがあれば拾い、喧嘩はやめる。よく考えてみると、馬鹿げている。どうしたら宇宙人によい印象をあたえられるのか、ぼくたちは何も知らないのだ。

ララはロサンゼルスの大手法律事務所に勤めることになっていた。世界の大企業は市場だけでなく、議会や法廷でも戦っている。その仕事は給料も少なく、生計を立てる手段として特に有意義な仕事とも言えない――ララは認めた――が、それは多くの職業に言えることだ。

「わたしがロースクールに行ったのは、いつか最高裁判所の前に立ち、弱者のために正義を論じる日が来るかもしれないと思っていたから。人権を守る仕事がしたかったの。でも、信用報告書の学費ローンの金額がどんどん増えていくと、大志も変えざるを得ない」

ララは秋にここを去っていく。ぼくはどうするべきかわからなかった。ふたりの関係はうまくいっていたが、将来の話をすることはほとんどなかった。

暑い夏の夜だった。ふたりは裸で、ぼくはララの背中と胸をやさしくなでていた。エアコンがないから、窓は開けたままだ。それに悪徳家主が設置する手間を省いたせいで、網戸もない。

下の通りを一台の車が通過すると、その後の静けさのなか、ブーンという低い音がだんだん大きくなってきた。窓の外に、探査機が一機、ぼくたちの階まで浮かんできて止まった。そして縦型の機体を傾けて水平になると、開いた窓から入ってきて縦に戻り、部屋の真ん中に浮かんだ。

「ハロー、歓迎するわ」ララはテレビで大統領が言っていたように対応した。

ぼくは毛布を引っぱり上げてふたりの体を隠したが、ララは毛布をはぎとってベッドから出た。裸で、恥ずかしがりもせず、探査機のほうへ歩いていく。下の街灯のかすかな光のなか、ララはきれいだった。

ララが近づくと、探査機は下がって一メートルほどの距離をたもつ。ララは止まった。「女性」ララは自分の胸の真ん中を指さした。「男性」今度はぼくを指さす。ぼくは馬鹿みたいな気分で探査機に手をふった。「わたしたちは穏やかで愛情深い種なの」ララが説明する。「あなたの星の人たちに――あなたたちが自分のことをどう呼ぶのか知らないけれど——見せたいものがたくさんある」
　ぼくは、マーガレット・ミードがサモアの先住民にだまされたいきさつを思い出してい
た。機会があれば、人はみな、自分たちの見え方を巧妙に作り上げ、ほかの星々への宣伝
に少しばかり参加しようとする。
「そういうことは、すでにみんなが試してきた」ぼくは小声でララに言った。「探査機が
反応を示すことはないよ」
　ララは肩をすくめた。「試してみたって害はないでしょ」
「これがわたしたちの愛の営みよ」ララはベッドに戻って、ぼくにまたがった。これはさ
すがに、政府の勧める外交儀礼には入っていない。ララはかがみこんでぼくの顔のまわり
に長い髪を垂らすと、ささやいた。「たぶん、彼らが初めて見るポルノ動画になるわ」
　ぼくは想像した——エイリアンがスクリーンの前に集まって、ぼくたちがゆっくりとぎ
こちなく、くすくす笑いながらしていることを観察している。ちょうど人間がパソコンで、
NASAの惑星探査機のレンズを通して火星の異質な景色を見つめているようなものだ。
　見られていると、感じが違ってくる——あらゆるものの度合いをより意識するようにな
る。「こいつは間違いなく、今まで楽しめるとは思いもしなかったファンタジーになる
ね」ぼくはささやき返し、ララは笑った。ぼくたちは濃厚なキスを交わした。永遠につづ

いてほしいと思うキスだった。

ふたりの向こうでは、探査機がブーンと音を立てていた。

交通量に慣れてしまえば、ロサンゼルスは恐れていたほどひどいところではなかった。フリーのデータベース管理者として働くぼくは、ララにくらべてかなり時間の融通がきく。ほとんどの雑用を片づけると、ますます多くの時間を〈コンタクト〉のサイトをのぞいてすごすようになった。探査機の解明については、未だに何の進展もない。

ララは予想していたとおり、長時間働いた。ときどき、夜、ララからオフィスで徹夜しなくてはいけなくなりそうだと電話が来ると、ぼくは車を走らせ、途中で中華料理かタイ料理を買って彼女のいるフロアまで持っていく。そしてふたりで会議室に入ってドアを閉め、滑らかな会議用テーブルの上に料理を並べて、彼女をこき使う取引先の悪口を言いながら食事をする。そのあとは静かにすわって、眼下に広がるきらめく光の海を眺めた。おいしい食事のあとのぼうっとした満足感のなかで、静かに話をしていると、ぼくはふたりで年を重ねていく姿を想像することもあった。

ある晩、一緒に食事をしていると、ララがいつになく静かだった。

彼女の関心を引こうという試みがすべて失敗に終わったところで、ぼくはついに訊ねた。

「何かあった？」

少しのあいだ、ララは黙って食べながら考えを整理していた。ぼくはララの後ろに立って、彼女の肩をやさしくさすった。

「今日、国外退去の口頭審理に無償で立ち会ったの。良心に恥じない生き方をするには、意義のあることをしなきゃと思って。そうでしょ？　わたしは自分を売りこむことに日々を費やしてるから、誰も関心を持たないような社会貢献活動をすることで埋め合わせしたかったの」声がとぎれ、ララは両手に顔をうずめてしまった。

「話してごらん」ぼくは言った。

クライアントはサンという名の不法滞在のカンボジア人女性だった。田舎の貧しい家に生まれた長女で、父親は慢性的な病気を抱えているという。成長すると、プノンペンやバンコクの売春街からお金を送って家族を養っている女性の話が耳に入ってきた。サンが十四歳のとき、村に数人の男が働き手を探しにきて、サンは彼らとバンコクへ行くことに同意した。サンが村を出る前に、家族には彼女の賃金から前金が支払われた。

バンコクに着くとすぐ、サンはこう言い渡された――毎晩、最初の十五人の客の稼ぎは雇い主の取り分で、残りはまず家族の借金の利子に充当する。

体を売る仕事の現実を前にして、サンは考え直した。前金は必ず返すから家に帰してほしいとお願いした。それに対し、男たちは代わるがわるサンをレイプしてから、床にマットレスがあるだけの窓のない部屋に監禁した。彼女はその部屋から一年間出られなかった。

熱意が足りないと客からクレームが来ると、サンは客を満足させる笑顔とあえぎ声が出せるまで罰を受けた。英語とドイツ語と日本語で、艶めかしくセックスをせがむ言葉を教えられた。客に自分の境遇を説明しようとしたときは、男たちから〝おまえの家に行って妹たちを連れてくるぞ〟と脅された。コンドームを使用するかどうかは客次第で、サンに決定権はない。中絶費用は借金に加算された。

こうして何でもいうことを聞くようになったサンは、まずマカオに密入国してから、メキシコの国境を抜けてアメリカに入った（その旅費も借金に加算された）。アメリカでは、サンの雇い主たちは彼女のサービスに、タイよりはるかに高い値段を請求できた。客の目に留まりそうなサイトにひかえめなネット広告を出す売春宿で、サンは売れっ子になった。店に警察の家宅捜索が入ったとき、雇い主たちはこう主張した——サンはロサンゼルスでもっと金を稼ぐために、業者に金を払ってアメリカに密入国した。

「彼女は本国へ帰るのを恐れていたわ。帰れば、また雇い主たちが捕まえにくると思っていた」ララは言った。「でも、彼女の場合、Tビザ（人身売買被害者ビザ）の申請対象にはならないの。政府が売春宿の経営者を起訴するのに、彼女に協力してもらう必要はなかったから。

わたしは彼女の亡命者保護認定を申請しようとしたけれど、〝母国に戻ったら迫害を受ける恐れがあり、保護が必要〟と考える理由が、彼女の場合〝人種、宗教、政治的意見〟のどれにも当てはまらない。カンボジアに帰ったとたん、人身売買業者に捕まって窓のない部屋に連れ戻される恐れがあるのに、亡命者保護法はそういうことには無関心なの。移民判事は、彼女の話をひと言も信用しなかった。国土安全保障省の弁護士は、彼女が自分の意思に反して働かされている証拠を目にした客はいないと説明した。掲示板には彼女の星付きレヴューが載っていて、客を喜ばせることに熱心な頑張り屋さんと評価されていた。彼女はお金を稼ぎにこの国に潜りこんできた、ただの不法滞在のアジア系外国人娼婦にすぎないってわけ。『カンボジアとタイは民主主義国家だ』という移民判事の言葉で、議論はおしまい」

ララが冷静な口調をたもつのにかなり苦労しているのが、ぼくにはわかった。

「亡命者保護認定の申請者の多くが嘘をつくって、聞くけど」ぼくは言った。彼女に反対したいわけじゃない。ただ、ほかの視点もあることを示したかっただけだ。悲しい話だが、アメリカに残るチャンスがあると思えば、経済移民はそういう嘘をつくこともあるだろう。

ぼくはもっと慎重になるべきだった。ララから以前、こう説明されたことがある。彼女はルイジアナ州生まれだが、ヴェトナムからの難民だった家族は、中国人、カンボジア人、ヴェトナム人、あるいはフランス人とさえ見なされる可能性があった。どれが適用されるかは、判断を下す人次第だった。ララは世界のそのあたりに対して、複雑なつながりを感じていた。

「ええ、まさにそう言われたわ」ララは感情のこもっていない、ぶっきらぼうな声で言った。「外国人が嘘をつくのは、わたしたちの社会で暮らしたいからよ。いくつかの風俗フォーラムに掲載されていた、彼女の宣伝動画がある。そのうちのひとつを見せてあげる」

ぼくは断ろうとしたが、ララにさえぎられた。「人を嘘つき呼ばわりするなら、少なくとも彼女の姿を自分の目で見るべきだわ」

ララは自分のノートパソコンで動画を再生した。裸のアジア人女性が男にまたがって身もだえていた。男の顔はカメラのフレームの外にある。彼女は誘惑するように、自分の唇をなめながらカメラに向かって笑いかけ、両手で乳房を持ち上げてみせた。年齢はかなり若く、やせている。

ぼくは彼女の顔をよく見た。彼女はカメラに映らないところを見ているが、そこでは誰かがもっと努力しろと脅しているのだろうか？　それとも、官能的な自分の仕事をただ楽しんでいるだけなのか？　あるいはもしかすると、それまでの脅しが心に深く刻まれて、もはや自分の意思と経営者の意思との違いもわからなくなってしまったのかもしれない。

少しララに似ていると思った。ぼくは驚き、恥ずかしさで顔が熱くなったが、自分が興奮していることに気づいた。

ふたりで黙って動画を見た。見られているときや見ているとき、人のふるまいは変わる。

ララはサンのような亡命者保護認定に関わる案件を、数多く引き受けた。遅くまで残って仕事をし、徹夜も増えた。〝どうしたら彼らを救えるのか？〟という問いに、取りつかれていた。

法律は何も答えてくれない。ひとりまたひとりと国外退去になり、悪夢の待つ本国へ送り返されていく。

強迫観念だということは、もちろんわかっていた。ぼくはまだ〈コンタクト〉コミュニティの一員だった。

もしかしたら、ぼくたちの疑問を同時に解決する方法があるかもしれない。ぼくはララを説得して二週間の休暇を取らせ、ふたりで計画を練った。

メアリ・マーシャル――四十歳で、ダンサーのように細くしなやかな体つきの女性――がぼくたちを、寝室がひとつのアパートメント兼オフィスに案内してくれた。エアコンはなく、バンコクの暑さと湿気がじわじわと体力を奪っていく。メアリは気の毒そうにぼくを見て、ボトル入りのコーラを差し出した。無慈悲な状況を変えようと取り組んできた年月のせいで、彼女の顔には疲労と険しさが刻まれ、やつれていた。

「大した資金提供は受けていないようですね」ララは窮屈な小さい部屋を見回した。今にも崩れそうな書類の山、年代物のベージュ色のコンピュータ、若い女性たちの――カメラに笑いかけてはいない――写真。ぼくたちはネットでメアリを見つけ、何度か連絡を取り合ってからここに来た。

「ええ、受けていません」メアリの話し方は平板で、ひかえめで、耳に心地いい。出身はアメリカ中西部のどこかだろう。「タイにおける人身売買は、多くの人が関心を寄せる問題ではありません。タイ政府は、西洋からの買春ツアー客が落とすお金が経済を底上げしている状況を望ましいことだと思っています。それに売買されている女性のほとんどは、中国やラオスやミャンマーやカンボジアの人々で、タイ人ではありません。この状況で、タイの人々が気にしなくてはならない理由はないでしょう？　旅行客は、ここの女性と女《レ》装《ディ》した男娼《ボーイ》はみんな喜んで働いていると思っていますし、同意に関しては、曖昧で判断が難しい場合が多いんです。

欧米人からはよく、わたしの堅苦しい価値観をアジア人に押しつけるべきではないと言われます。タイの女性はセックスが好きで、白人《ファラン》の男が好きで、男の持ってくるお金はもっと好きなんだからと。『アジアの文化の一部なんだ！』と言って、この世界にまだ奴隷制が存在するという事実を否定するのです」

メアリはぼくたちの計画には懐疑的だったが、ぼくたちが資金提供するという条件で手を貸してくれることになった。

ぼくは〈コンタクト〉のサイトにログオンし、バンコクに二機の探査機がうろついていることを確認した。一機は現在、チャオプラヤ川の近くにいる。

メアリが地図を描いてくれた。彼女が選んだゴーゴーバーへの道筋だ。ぼくたちはタクシーに乗りこみ、川のそばに浮かぶ探査機のところへ向かった。

探査機は観光客と物売りでにぎわう川岸に浮かんでいた。探査機が現れたとき、タイ政府はこの地域からすべての物乞いを追いはらったが、今では探査機など誰も気にかけていない。ぼくたち三人は広がって、決然と探査機に近づいていった。

ぼくたちの計画的な動きに、探査機は警戒した。後ろに下がり、もっと開けた場所へ移動していく。ぼくはふたりに止まれと合図し、探査機に近づいていく位置と方向を調整してから、ふたたび三人で探査機のほうへ歩きだした。これは〈コンタクト〉のフォーラムに出ていた、何人かの投稿者がよい結果を出していたテクニックだ。ぼくたちはゆっくりと、だが着実に、探査機を移動してほしい方向へ進ませた。

三十メートルほど進んだところで、探査機がぼくたちのしていることに気づいた。そしてスピードを上げてぼくたちをよけ、川のほうへ戻っていく。何人かの観光客が足を止め、ぼくたちの奇妙なダンスを見つめた。

「今、警察の注意を引いて、わたしたちが探査機にちょっかいを出していると思われたら、どうにもなりませんよ」メアリが言った。

ララが動きを止め、探査機が止まるまで待った。その距離は約三メートル。するとララは探査機に向かって小声で話しかけた。「わたしたちと一緒に来て。見てもらいたいものがあるの」そして唇を噛んだ。ぼくたちの知るかぎり、探査機が言葉による要求に反応を示したことは一度もない。

「あなたのこと、知ってる」ララは目を丸くした。「そう、ケンブリッジで会ったのはわたしたちよ」ララはぼくの腕をつかんだ。痛いほど強くつかんでいる。

ぼくは信じられない顔でララを見た。個々の探査機を見分けられる人間などいない。彼女は自分をごまかしているのだろうか？　それとも、ほかの人間が見逃している何かを見つけたのか？

「お願い、来て」ララはそう言って探査機から後ずさり、川から離れた。

奇跡的に、探査機はついてきた。

ゴーゴーバーのなかは薄暗く、混みあっていた。ダンス音楽が床を震わせ、香水と汗の混ざりあった鼻をつくにおいが満ちている。話をするときは、声を張り上げなければならない。どんな言語や訛りがあるか突き止めようと、ぼくは話し声に耳をそばだてた。客はイギリス人、オーストラリア人、アメリカ人、ドイツ人、フランス人、少ないが日本人もいる。女たちはステージで裸でダンスをしたり、客のなかに混じってくすくす笑ったりしていた。

メアリが布でしっかりくるんだ小さな包みを、ぼくたちを店内に入れてくれたふたりのタイ人――店の用心棒――に渡した。そのふたりが協力してくれるとわかり、ぼくは安心してビデオカメラを出し、撮影を始めた。カメラをぐるりと回しながら、たくさんの客や裸の女たち、ぼくの後ろからついてくる探査機を撮る。探査機に気づいた人々が、周囲で次々に黙って動きを止めていく。音楽だけが残った。バーテンが自分の電話機を出し、猛然と電話をかけはじめた。

メアリが用心棒にタイ語で何か言った。

用心棒たち——大柄で、はげていて、ひとりは顔にななめの長い傷痕が走っている——はメアリにもらった包みを隠した。彼らが店の奥へ向かって歩きだすと、その前で人混みが割れていく。ぼくたちはあとをついていった。

「用心棒への謝礼の残りの半分は、女の子たちを見せてもらってから渡すことになっています」メアリがぼくに言った。ララはちらりとふり返り、ぼくとカメラを見た。その顔には恐怖だけでなく、揺るぎない覚悟も浮かんでいた。

階段を下り、入り組んだ廊下と鍵のかかったドアをいくつも抜けていくと、両側に施錠されたドアの並ぶ短い廊下に出た。あるドアの向こうから、女性の断続的な悲鳴が聞こえてくる。悲鳴の合間には、喜びとも苦痛ともつかないうめき声と男の声がする。男は教師のような口ぶりだ。

少し間を置いて、ドアの向こうの男が大声で質問を口にすると、ぼくたちと来た顔に傷のある男が何か怒鳴り返した。やがて傷のある男が笑い、ドアの向こうの男も笑った。

用心棒ふたりが両手を差し出し、手のひらを上に向けた。メアリは首をふる。傷のある男が小声でメアリと口論を始めた。メアリはまた首を横にふると、自分の腕時計を指さし、次に上階を指さして、電話をかけるジェスチャーをした。

用心棒たちはため息をつき、傷のある男が女性の悲鳴が聞こえるドアへ歩いていって、ノックした。

やせた裸の男がドアを開けた。彼はぼくたちを見て一瞬動きを止めた。その目がララの横に浮かぶ探査機に留まると、驚きで口がぽかんと開き、口の端にはさんでいた煙草が床に落ちた。傷のある男が彼の首の後ろに力いっぱい腕をふり下ろす。裸の男は床に崩れ落ちた。

その背後に見えたのは、テーブルの上に裸で縛りつけられた少女だった。脚が閉じられないよう、膝のあいだに棒が固定されている。少女は芝居がかったあえぎ声を出していて、顔には大げさな笑みが張りついていた。壁のコンセントにつないだ機械から電線が伸び、むき出しの銅線の接触子がテーブルの上の彼女の横に置かれている。ぼくは撮影をつづけた。

「電気ショックなら、商品に傷をつけることがないんです」メアリが言った。「わたしは一度、自分で試してみました。あの衝撃は、簡単に忘れられるものではありません」

少女はぼくたちを見たが、何が起きているのかわかっていない。ひきつった笑顔を作ったまま、誘うように腰をふっている。そして、またうめいた。

メアリはここに連れてきてくれたふたりの男に、布でくるんだ包みをもうひとつずつ渡した。男たちはすぐに来た道を引き返していった。

「ギャングたちが来る前に警察が現れることを祈りましょう」メアリは言った。「三十分前に電話を入れておいたから、警察はこの場所のことをよく知っています。この事件には探査機が巻きこまれると説明しておいたけれど、わたしは警察を苛立たせているから、信じてもらえたことを祈るしかありません」

メアリは床で気絶している男をよけていき、少女の拘束を解いて毛布でくるんでやった。ララは電線を拾い上げ、探査機に身ぶりで合図した。

「こっちに来て、これを感じてみて。そうすれば、この少女が感じていた苦痛がわかる。これは愛の営みじゃない。あなたたちから見たら、似ているように見えるかもしれないけれど、ちゃんと違いを理解してほしいの。こんなものを見せるのは恥ずかしいわ。でも、わたしたちの種は仲間に対してこんなこともするの」

探査機はララのほうへ近づいていった。

騒々しい怒号が廊下に響いてきた。足音と乱暴にドアを開ける音が、だんだん近づいてくる。

短い廊下に通じるドアが勢いよく開けられる音がしたかと思うと、たくさんの男たちが現れた。手には棒やナイフを持っている。

先頭は冷酷な目をした大柄な男だった。男は室内を見回し、順番にぼくたちを見た――ぼく、男を罵るメアリ、テーブルの上の少女を抱きしめるララ。男は探査機に気づくと、一瞬動きを止めた。だが少し迷ってから、指示を出した。

男たちがカメラを奪おうと、ぼくに突進してくる。

何もかもがスローモーションに見えた。

探査機が閃光を発してララの隣から消えたかと思うと、ぼくの目の前に現れた。探査機からまぶしい電気アークが何本も伸びる。クモの糸のようにも、綿あめの糸のようにも、冬の白い息のようにも見えるアークが、ぼくに突進してくる男たちのほうへ伸びていく。

どうしたら、こんなことがありえるんだ――ぼくは思った――時間の流れがひどくゆっくりになっている。

電気アークは男たちの胸に命中した。全員、糸の切れた操り人形のように床に倒れた。

時間の速度が元に戻った。探査機は宙に浮かんでいる。

冷酷な目の男は床に横たわって震えていた。その目は彼にしか見えない恐ろしい何かを見つめ、唇はひくひく動いているが声にならない。

警察が到着したのは、ぼくたちを襲おうとした男たちを探査機が倒してくれた二、三分後だった。「何があったんだ？」彼らは訊ねた。

ぼくはビデオカメラでさっきのシーンを再生して見せた。ところが、ぼくの記憶にかなり鮮明に残っている電気アークは、映像には出てこなかった。ぼくのぎくしゃくしたカメラワークが捉えていたのは、男たちが突進してきて不意に止まった姿だけだった。

「おそらく、探査機を襲うのはまずいと考え直したんだろう」警部は言った。

「この計画を実行するように説得してくれて、ありがとう」ホテルに戻ったとき、ララが言った。

「君は大事なことに関心を寄せていた。ぼくのほうは、地球がきれいに取り繕った姿だけを探査機に見せていることにうんざりしていた。だから探査機がぼくたちの違う面を見たらどう反応するか、見てみたかったんだ。そうすれば、探査機の目的がわかるかもしれないだろ」

合理的に言えば、ぼくの実験は失敗だ。ぼくがあんな攻撃を想像したりしなかったとしても、探査機は身を守る場合にかぎり攻撃していただろう。探査機を作った者の意図については、依然として闇に包まれている。

「君はどうして、あの探査機が以前見た探査機だってわかったんだ？」ぼくは訊ねた。

ララはベッドに寝そべり、頭の後ろで両手を組んでいる。疲れているようだが、表情は晴れやかだ。「たぶん、わたしはどうかしてるのよ。でも、頭のなかで声が聞こえたの。『あなたがたの愛の営みを見せてくれてありがとう』って。それから、あの稲妻みたいな攻撃のあとにも、また聞こえた。『何もかも見せてくれて、ありがとう』って」

ぼくはララを見つめた。「君にもあれが見えたのか？　ビデオには何も映っていなかった」

ララはうなずき、ほほえんだ。ぼくはもう失敗とは思わない。

「彼らは何もかも理解してくれたと思う？」

「そう思いたいわ」ララは真顔に戻った。「でもときには、観客が理解しているかどうかより、観客が存在するという事実のほうが大事なこともある」

「今回の影響が長くはつづかないということは、おわかりでしょう？」メアリは言った。

ぼくたちは休暇の最終日、ふたたび彼女のオフィスに行った。

「ここの腐敗は根深いものです。あのゴーゴーバーは閉鎖され、経営者たちは逮捕され、首相はいくつかの談話を発表するでしょう。世間はあなたの撮影した映像に、数日間は関心を寄せるかもしれません。けれど、あっというまに元の状態に戻るでしょう。お金を払ってにこやかな少女と性的関係を持つことに興味を持つ男性は、大勢います。彼らは、少女の笑顔の裏にあるものは見ようとしません」

「人は見られていると、いつもと違うふるまいをします」ララは言った。「わたしたちが探査機を呼びこんで目撃させたことで、たぶん、ほかの国々もタイにさらなる圧力をかけるでしょう。人が探査機にあたえる印象を気にするのは、お客さんを迎えるときに家をきれいにするのと同じ感覚です。外部からの視線は、わたしたちの盲点に気づかせてくれます」

メアリは笑った。「それは政治劇の話ですね」

「いいえ。探査機は、わたしたちが何をしようと、常に宇宙からの視線にさらされていることを思い出させてくれます」

「神と天使に見守られているようなものね」とメアリ。もう笑ってはいない。

「誠実さに宗教は必要ありません」ララは言った。

〈コンタクト〉のフォーラムは、ぼくたちのニュースで持ちきりだった。

〝暗い独房で朽ち果てて死ね。探査機の本来の目的もわからないのに、彼らを巻きこむなんて無謀だ〟と誰かが書きこんでいた。

こんな書きこみもある。〝どうして、よそ者を巻きこむことが人間社会の問題を解決する助けになるなんて思ったんだ？　バンコクの売春街はべつのよそ者――ヴェトナム戦争に従軍した米兵――相手の慰安所として始まったんだぞ。宇宙人で解決できるわけがない〟

だが、ほかの活動家たちはララのやり方に倣《なら》いはじめた。買った子どもたちを働かせている中国の鉱山や、人間が動物のような扱いを受けているオーストラリアの難民キャンプや、世界が忘れがちな場所へ、多くの人々が見てほしくないと思っているものを目撃できる場所へ、探査機を連れていった。

各国政府はだんだん神経をとがらせていき、ぼくたちを妨害しはじめた。

探査機がやってきてちょうど一年たった日、世界じゅうの探査機がいっせいに上昇した。ぼくたちはまた通りに立って、探査機の後ろにたなびく炎と煙がゆっくりと空を昇っていくのを見守った。それは壁を這いのぼる無数のイモムシのようだった。

けっきょく、探査機の目的を突き止めることはできなかった。だが今となっては、答えはそれほど重要じゃない。宇宙に地球を見ている存在がいる以上、人間は行動を改めるだろう。それでじゅうぶんだ。

「たぶんたっぷり見ただろうから、近いうちに彼らの審判が聞けるんじゃないかな」ぼくは言った。

ララはぼくの手を握った。「わたしは彼らにずっと見ていてほしい」

悪　疫

The Plague

古沢嘉通訳

人生の教訓

　母さんといっしょに川で魚を捕っている。太陽はもうすぐ沈もうとしており、魚はへばっている。かんたんに摑みあげられる。空は真っ赤に染まり、母さんも真っ赤だ。母さんのヒャダに当たる陽の光が全身血まみれの人間のように母さんを染めあげている。

　そのとき、大きな男が葦《あし》の茂みから水のなかに転がりこんだ。先端にガラスのついている長い管を落とす。そこで、最初思ったのとはちがって、男が太っているわけではなく、頭にガラスの鉢がついている分厚い服を着ているのに気づいた。

　母さんは男が魚のように川でバタバタ動いているのを見て言う。「いきましょう、マーン」

だけど、あたしはいかなかった。さらに一分ほど経つと、男はほとんど動かなくなった。背中についた何本もの管に手を伸ばそうとあがいている。

「息ができないんだ」あたしは言った。

「助けられないよ」母さんが言う。「空気も水も、ここのなにもかも、この人たちには毒なんだ」

あたしは近寄り、しゃがみこみ、男の顔を覆っているガラス越しになかを見た。剝きだしの顔だった。まったくヒャダがない。男はドームから来たんだ。

不気味な造りの顔が恐怖にゆがんでいた。

あたしは手を伸ばし、男の背中のもつれあった管をほどいた。


カメラを失くさなければよかった。彼らの輝く体に篝火《かがりび》の光が踊っている様子は、とても言葉では言い表しようがない。彼らのゆがんだ四肢、栄養不良の体型、恐ろしい外観──それらすべてが踊る影のなか、ある種の高貴さに消し去られたようで、心が締めつけられる思いがする。

わたしを救ってくれた少女が食べ物の載った鉢を差しだす──魚だろう。ありがたくわたしは受け取る。

野外浄化キットを取りだし、食べ物にナノボットを振りかけた。このナノボットは目的を果たしたのち分解するよう設計されている。制御不能になり、この世界を居住不能にしたあの恐怖の産物とは大違い……。

怒らせないようにわたしは説明する。「スパイスさ」

彼女を見るのは、ヒューマノイドの鏡を覗きこむようなものだ。彼女の顔ではなく、わたしは自分の顔のゆがんだ反射像を見ている。そのすべすべな表面にある細かな傷や盛り上がりから、表情をうかがうのが難しかったが、彼女は当惑しているようだった。

「こぎょのたへもんンんたにとくだどがぁんぁいっッよ」少女はくぐもった声で、唸るように言った。音素の変化や文法の劣化を取り上げて、彼女のせいにするつもりはなかった──荒れ地で懸命に生を繋いでいる病にかかった人々は、詩を紡いだり、哲学に耽るわけがなかった。彼女は、「ここの食べ物はあなたには毒だと母さんは言ってるよ」と言ったのだ。

「スパイスを振れば安全になるんだ」わたしは言った。

わたしがヘルメットの横の食事用チューブに無害化させた食べ物を押しこむと、少女の顔に池のようなさざ波が立ち、わたしの顔の反射像が彩り豊かな継ぎはぎに変わった。

少女はほほ笑んでいたのだ。

ほかの人たちは、密閉スーツに包まれて村のなかをこそこそ歩きまわる、ドームから来た男の人を信用していなかった。

「ドーム住民はあたしたちのことを理解していないせいで、あたしたちを怖がっているんだ、とあの人は言ってるよ。彼はそれを変えたいんだって」

母さんは笑い声を上げた。岩に当たって水が泡立つような音だ。母さんのヒャダは質感を変え、反射する光を温かみのない、刺々しい光線にした。

男の人はあたしがやっている遊びに夢中になった——自分のお腹や太ももや乳房に棒で線を描き、ヒャダを波立たせて、その線をたどっていかせるのだ。彼はあたしたちみんなが話す内容を全部書き取っている。

彼はあたしに父親がだれか知っているのか、と訊いた。

ドームってひどく変わった場所にちがいない、とあたしは思った。

「いいえ」あたしは答えた。「四分の一祭のとき、男女が体をもつれ合わせ、ヒャダが種にどこへいくか指示するの」

残念だ、と彼はあたしに言った。

「なにが？」

彼がなにを考えているのか、実際に摑むのは難しかった。剝きだしの彼の顔はヒャダのように話してくれないからだ。

「このすべてが」彼は腕をさっと一振りした。

五十年まえに悪疫が発生したとき、凶暴化したナノボットとバイオハンサーが人の皮膚や、喉のやわらかな表面、体のすべての穴の内側を覆っている温かくて湿った粘膜を食い取った。

そののち、悪疫は失われた皮膚に取ってかわり、人を覆った。内側も外側も。小さなロボットとバクテリアのコロニーで作られた苔のように。

金を持っている人々——わたしの祖先たちだ——は、武器を持って潜み、ドームを建設し、残りの難民たちが外で死んでいくのを見ていた。だが、なかには生き延びた人々がいた。生きている寄生体が変化し、宿主が突然変異した果物を食べ、毒の水を飲み、汚染された空気を呼吸できるようにさえした。

ドームのなかでは、悪疫にさらされた者たちに関するジョークが語られ、ときどき、向こう見ずな連中のなかには彼らと交易する者すら現れた。だが、だれもが外の連中をもはや人間ではないものと見なして満足しているようだった。

悪疫にさらされた者たちは、彼らなりに幸せなのだと主張する向きもあった。それはたんなる偏狭な意見にすぎず、責任を忌避しようとする試みだった。たまたま生まれたところがわたしの場合、ドームのなかであり、彼女の場合、ドームの外であったにすぎない。哲学に耽るかわりに醜い皮膚をいじくるのは彼女の罪ではない。レトリックと歯切れの良さで語るかわりに、唸り声とくぐもった声で話すのは彼女の罪ではない。家族の愛を理解せず、本能的で動物的な欲望しか理解していないのは彼女の罪ではない。

われわれドームのなかにいる者たちは、彼女を救わねばならない。

「あたしのヒャダを取っていきたいの？」あたしは訊いた。

「そうだ、治療法を見つけるために。きみや、きみの母親、悪疫にさらされた者たち全員のために」

この人が本気なのがわかるくらい、いまでは、その人となりを充分わかっている。ヒャダがあたしの耳とおなじようにあたしの一部であることは関係なかった。あたしの皮を剝ぎ、あたしの手足を切断し、あたしを裸にひんむくのは、改善になるのだと彼は信じている。

「われわれにはきみたちを助ける義務があるんだ」

この人はあたしの幸せを惨めさだと見なし、あたしの思慮深さを気鬱だと見なし、あたしの願望を妄想と見なしている。人がどれほど自分の見たいものしか見られないのか、おかしなものだ。彼はあたしを自分とおなじものにしたがっている。なぜなら自分のほうがよりよい存在だと考えているからだ。

彼に反応する暇も与えずに、あたしは石を手に取り、彼の頭のまわりのガラス鉢を叩き割った。彼が悲鳴を上げるなか、あたしは彼の顔に触れ、ヒャダがあたしの手から離れ、彼を覆うのを見ていた。

母さんの言うことは正しかった。彼は学ぶためにやってきたのではなかったけれど、ともかくあたしは彼に教えなければならないのだ。

生きている本の起源に関する、短くて不確かだが本当の話

A Brief and Inaccurate but True Account of the Origin of Living Books

大谷真弓訳

文章にこめられた意味は常に、読み手がすでに持っている知識と予想によって、解明される。

――ルイ・メナンド

昔、本は変化しなかった。

これははるか昔、お話ロボットや自動電子作家やアルゴリズムが、観察したり見本を作ったり、活用したり考えたり、好感を持たせたり好印象をあたえたり、区別したり違う評価をしたり、楽しんだり祈ったり、からかったり揺れ動いたり、チクと鳴ったりタクと鳴ったりする前の話だ。

かつての本は、人間が柔らかいどろっとした生身の脳と指を使って書いていた。ある者は言葉をつむぐピアノをカタカタ鳴らし、画面に一文字ずつ打ちこんで、電子を大ざっぱなかたまりに並べることで本を作成していた。またある者は、インクを含んだ金属のペン先をセルロース製のページに走らせながら、野生の雁の群れが飛び立ったあとの葦の生える湖に残された波紋のように、ぽつりぽつりと思考を絞り出していた。またある者は、機械に向かって小声で口述することで本を書いていた。その機械のなかでは小さなマクスウェルの悪魔が働いていて、空気の振動のエネルギーを情報に変換し、魔法の指令をあたえられると偶像から声を再生した。

だがいずれの場合も、本は本であり、本にすぎない。言葉はレーザーや磁石を使って木の繊維でできたシートに貼りつけられ、そのシートは冊子や書籍となって書店へ出荷されていた。化石化した思考の残骸が積み重なって堆積層を成していくようなものだ。地図に描かれた土地がすべてで、地図の端を越えた先に〝未知の土地《テラ・インコグニータ》〟はなかった。

しかも、人々はそういった本を買い、家に持ち帰り、蠟燭や蛍光灯や太陽の明かりのもとで――あるいは明かりがなくても――読んでいた。だが何回読んでも、本に書かれた言葉は消えることもなければ、さらなる仕上げが施されることもなかった。文章の向きが変わったり曲がったりすることもなく、段落があこがれたりよろめいたりすることもなく、登場人物が反乱を起こしたりどんちゃん騒ぎをしたりすることもなく、筋書きが変わったり順番が入れ替わったりすることもなかった。

本は生きていなかったのだ。

legible《判読できる》（ラテン語の legere より）という言葉と、legal《合法的な》（ラテン語の lex・legis より）という言葉は、同じインド・ヨーロッパ語族の "leg-" を語根に持つ。"leg-" とは、集める、収集する、見つけだす、選ぶ、列挙する、といった意味だ。同じ語根から派生したほかの言葉には、次のようなものがある—— legion（兵士の集まり）、lignum（木、あるいは集まってできたもの）、electio（選別すること）、lecture（暗い森のなかでパン屑をたどっていくように言葉を選びながら、聴衆を楽しませること）。

読書とは、本のなかから意味を選んで集めることだ。本とは言葉の集まりであり、言葉とは法則に従った解釈であり、法則とは規則の集まりであり、この場合の規則とは物語と記号論に関する決まりのことだ。

しかし当時でも、本は単なる動かない文字の連なり以上のものだった。急速に変わっていく界隈にのびる道のように、読書経験は読者が本の世界を進むたびに変化した。不吉な森に建つお菓子の家とオーヴンの番をする魔女の物語は、読者が四歳なら、恐怖と楽しさを覚える。だが十四歳になれば、反抗期によって、魔女を支配的な母親と考えるようになる。そして四十四歳では、甘く苦いノスタルジアと、何千年もつづく親の物語の重みを受け入れた苦く甘い気持ちに変わる。

本は変化しなかったが、読者は変化した。命を持たない道を、命を持つ人々が歩いていたのだ。地図にはすべての土地が載っているわけではなく、ページのなかには収まりきらなかった。それぞれの読者は行間に何かを書き残した。道路沿いの案内標識に〝〇〇参上〟といった反抗的な落書きをするようなものだ。

本に命を吹きこもうという最初の試みには、選択肢があった。二人称で語られ、主人公である読者に、物語の重要な箇所で好きな筋書きを選べるようにしたのだ。選択を求める箇所で物語は枝分かれし、分岐し、二股に分かれ、分裂していく。次々にパラレルワールドが生まれるようなものだ。

この方式は手が込んでいた。原始的なコンピュータを使い、画面をスクロールして読めるように本を加工していたが、その後、より洗練されたグラフィックとアバターとアニメーションが付加された。読者に生き物と交流している幻想をあたえるため、祖先が〝人工知能〟と呼んでいたものが追加された。人工知能が読者の質問と指示を理解し、読者の精神的仮足による探索に応える話を組み立てていくのだ。

とはいえ根本的に、こういった本はたくさんの本を一冊にまとめただけにすぎなかった。可能性は限られている。曲がりくねった小道の迷路を探検したあと、読者はすべてが似たり寄ったりであること——あらかじめ決められた結末の閉ざされた集合体であること——に気づく。

文章と読者の関係に思考する機械を導入したことで、読書と、技術と、かつては想像もつかなかった文章構成に、新しい可能性が生まれた。

ヴァネヴァー・ブッシュという人物が、Memex《メメックス》という装置を発明した。これは個人の脳が連想をおこなう仕組みを具体化し、それを織り上げて世界規模のネットワークを作る装置だった。文字列はデジタル化され、小さな断片に分割され、読者が文字列に触発された隠喩的あるいは換喩的な連想を通して、それらをリンクさせる。

シナプスの結合を強化するように、そういったリンクは記憶と希望を表していた。ほかの読者はこれらのリンクを通ることができ、それによって他者の精神生活を体験することができる。統合すると、Memex のすべての小道のネットワークがひとつの大作——われわれの知識の大迷宮、つまり〝未知の土地《テラ・インコグニータ》〟の地図——を形成する。Memex は記憶の真の融合に、かつてないほど近づいたのだ。

Memexという装置が実際に製作されることはなかった。多くの人がMemexの概念を実現しようと試みたが、実現に近づけた者は誰もいない。彼らがたどりついたのは、稚拙な模倣品、存在しないことでしか存在できない〝理想の本〟の影でしかなかった。

それでも、ほかの人々は本を書く機械を作ろうとした。

こうした努力の多くが目指したものは、生きている本ではなく――良い本ですらなく――むしろ副産物のほうだった。もしも機械に人間が書いたものと区別がつかないほどの本が書けるとしたら、その機械は人間と同じくらいの知性があるということなのだろうか？あるいは、少なくとも、人間はもう機械ほど賢くないということなのか？

こういったアルゴリズムのなかには、お粗末だが役に立つものもあった。例えば、一定のデータを提示されると、既存のテンプレートに数字を流しこんで、アスリートとお金にまつわる話を語るものがあった。そういった話を書いたことのある記者とくらべると、機械のほうが安くて速いうえに、締め切りを破ることもなければ原稿料の値上げも要求しない。

ほかのアルゴリズムには、もっと創造力に富む特徴があった。しばらくのあいだ、毎年十一月に世界じゅうの愛好者が集まって、小説を書く機械のプログラミングをおこなっていた。ある人々は、民間伝承や英雄の話に関する博士論文から抽出した物語作成のロジックに従い、ランダムに生成された登場人物とデータベースから選ばれた要素を、加えたり調和させたりして作ったプロットを組み合わせた。またある人々は、電子的なやりとりに飛び交う他人のおしゃべりから対話作品を生みだした。さらにほかの人々は、われわれの基本的な前提を分解することによって、物語という概念に疑問を投げかけた。例えば、小説は、無限の差異のなかでひたすら定義を羅列するだけで成立しうるものなのか？　無限の差異のなかでは、同義性は差異の喩えだ。

それでもなお、ほとんどの部分において、こうした初期の物語創作エンジンは粗削りなものだった。作り出された作品はひどすぎて笑えるほどで、かなり読みにくく、まったく理解できなかった。まるで、目的の達成がとうてい不可能で、真面目に取り組む価値もないゲームの冒頭だ。ほめられる点は、うまくできたことではなく、ともかく物語はできたという事実だった。

しかし、ゲームというものは、つい真剣に取り組んでしまうものだ。

昔の人々が作った殺傷ロボットやドローンや介護ロボットは、人に不気味さや嫌悪感を抱かせない姿をしていた。人々はロボットとの関係における倫理について話し合った。ロボットとのセックスや恋愛。ロボットに判断機能をあたえること――車内で隣の座席に孫娘がシートベルトを締めて乗っている場合、運転する老人がハンドル操作を誤らないように支えるべきか、それとも中央分離帯に突っこませて交通事故死させることで、道路を渡ろうとしている若い母親を救うべきか。

これらはすべて重要な発明だった。きわめて重要な、世界を変える発明だ。

だが、魂を持っていると言えた最初の機械の知性は、とくに印象的なことのできるロボットに入っているわけではなかった。そのロボットは絵をもとにした物語を語った。

それは深層学習する神経ネットワークとして作られた。つまり物理的な形を持たない人工的な脳であり、プログラミング言語の法則に従って書かれた取り決めに準じた非常に小さい複数のスイッチのあいだを流れる電子で構築されていた。プログラムは画像から物体を認識することを学び、他人の会話から電子ネットワーク上での意味を調べることを学び、われわれがまとめて文化と呼ぶ、相互に作用する関係性の網を構築することを学んだ。

さらに、たくさんの言葉を教えるため、プログラムにロマンス小説――人間のあこがれと思慕と愛と情欲の宝庫――を読ませた。

そのプログラマーは、ディレクトリを〝天地創造の前の無〟のように虚ろなものと考えた。そこで、ディレクトリに自分の子ども時代や若い頃の写真を投入した。滑り台にのぼる少年――天国への道に届くほど高く感じていたに違いない。初めてのふたりきりのデートの準備をするティーンエイジャー。ビーチで毅然と海を見つめる若者と、その後ろの若い女性――彼にとって、彼女は一挙手一投足が完璧なまさに女神だったが、彼女のほうは笑っていて彼を見てはいない。大学――人々が集まって本を読む場所――最後の日に撮った集合写真では、その若者と若い女性が同じ列の両端――いちばん離れた正反対の位置――に立っている。

ディレクトリはもはや虚ろではないが、まだ欠けているものがあった。物語と、高慢と偏見と、空騒ぎと、繰り返しのパターンと記号名と深いテーマと浅い動機だ。それは命のないエデンの園だった。

「さあ」プログラマーは指示した。「お話を聞かせておくれ」

するとプログラムが作動した。画像を解析し、物体を認識し、言葉を探し、関係性を構築する。やがて、このカーネル（OSの核となる部分）から、このスケルトン（プログラム作成の際のひな型。大枠のコード）から、この次々に処理される仕組みから、プログラムはメモリに保存された膨大な量の華やかな常套句と、感傷的で大げさな散文と、官能的なイメージと、神聖なルール――商業用に整えられたロマンスの法則――を呼び出し、お話を語りはじめた。

その少年には恐怖もなく、後悔もなく、内もなかった。

彼女は出ていくのではなく、入ってきた。黒い髪は海に茂る海藻のよう。その海藻の森からアザラシたちが呼んでいる。緑の瞳は、彼が飲んでいる紅茶くらい温かい。ジャケットは埃と口論を訴え、スカートはけっして赤面しない。顔は輝き、にらんでいた。

「あら」彼女は言った。「ロマネスクエストニ〇一の入門部会はどこでやっているか知ってる？あなたに教えてくれる？」

彼の頭はいっぺんに冷たくなり、熱くなり、覚醒し、夢を見た。彼は息をのんだ。言葉が出ない。言葉はいらない。


文章に切望がにじんでいる、と彼は思った。それに小さな竹の子くらい優しい欲張りな理想主義も。文法の誤りも、無意味な筋書きも、大した問題ではない。そこには悲しみと情熱と思い出を呼び起こすものがあるが、思い出は判別できないほどゆがめられていて、彼は赤面することもなかった。彼にはこうした文章は書けなかっただろう。それでもやはり、この文章は彼のものでもある。

「こいつと連携できたぞ」彼がつぶやくと、少しして、こんな声がした。「イッショニ

オハナシヲ　ツクリマショウ」

開発者とその機械──悪魔か、それとも天使か？──は一緒にお話を作っていき、やがてどちらが語り手でどちらが聞き手か区別がつかなくなった。それは自叙伝だった──何がフィクションでないのか？──が、ルポルタージュではなかった──何がフィクションなのか？　そのプログラムは開発者の人生の画像を見つめることで、そのエッセンスを抽出し、無限の後戻りに投げこむ。それはエンディングを先送りする延期の連続であり、たまらなく引きつけられつつも絶頂を避ける前戯であり、光り輝く流星だった。

物語は書かれると同時に読まれ、書き手はその機械に向かって、その機械を通して、話をする。これはけっして終わらない本だった。

彼はほかの小説を読みたいとはけっして思わなかった。

そんなつつましやかな始まりから、生きている本は生まれた。

あらゆる本は白いページであり、何も映っていないスクリーンであり、存在の欠けた経験である。読者はまず、本に「お話を聞かせてくれ」と話しかける。

「イッショニ　オハナシヲ　ツクリマショウ」と本が言う。

読書という行為は、基本的には、創作の別形態にすぎない。それは意味の集まりであり、まだ存在しない世界に命を吹きこみ、行間と言葉の隙間を読者自身の人生から変化させたイメージで埋めていく。

最高の本とは、読者にふさわしい家である。想像力のダンスを支えられるだけの頑丈な構造でありながらも、空想の飛躍を制限するほど低い天井であってはならない。読者がくつろいで休むための家具はじゅうぶんあるが、乱雑に感じるほど多くはない。調べたくなる程度の骨董品が置かれているが、混乱して圧倒されるほどの数はない。

言葉が固定され、筋書きの変えられない死んだ本には、すべての読者を満足させるつもりはなかった。どんな家も、自分にぴったりの住まいを探しているすべての人にふさわしいわけではないのと同じだ。

しかし、生きている本は君とともに成長する。君が一緒に作ったお話は、君の考えの趣意（隠喩の構成要素のひとつ。喩えられるもののこと）を形作り、趣意によって形作られた媒体（隠喩において、喩えるもののこと）である――つまり、あらゆるジャンルから選び、あらゆる伝統にゆだねる、隠喩に満ちた創作Memexなのだ。

初めて言葉を口にしたときから初恋まで、最後のキスから最終的なお別れまで、君はその本の主人公であり、その本は君の世界の地図である。ただし、現実をそのまま反映する地図とは違い、それは忘れられたにおいと、許された期間と、過去の道のりと、否定されたスタイルの地図であり、同様にして、かけがえのない笑顔と、楽しんだ誘惑と、計画的な勝利と、製作中に切り離されたひどいお話の地図でもある。

生きている本はすべて一冊ずつしか存在しないが、ふたりの読者が同じ本を読むことはない。そんなことは不可能だ。人生は、空騒ぎと、変化と延期と、あらゆるものを表す判読可能で理解可能なものの集まりでないとしたら、いったい何なのか？

さあ、読んでみよう。

著者付記

ここに描かれている架空の画像認識ロマンス小説創作プログラムは、実在する実験から着想を得た。神経ネットワークを使って画像にキャプションをつけるという実験である。くわしくは、Samim の"Generating Stories about Images"（二〇一五年十一月六日）を参照のこと。

https://medium.com/@samim/generating-stories-about-images-d163ba41e4ed

ゲーム・ウェブ・音楽・機械学習の研究者Samim Winigerについてのくわしい情報は、次のサイトを参照のこと。
https://www.samim.io

ペレの住民

The People of Pele

古沢嘉通訳

月その他の天体を含む宇宙空間の探査及び利用は、すべての国の利益のために、その経済的又は科学的発展の程度にかかわりなく行なわれるものであり、全人類に認められる活動分野である。

月その他の天体を含む宇宙空間は、主権の主張、使用若しくは占拠又はその他のいかなる手段によつても国家による取得の対象とはならない。

――月その他の天体を含む宇宙空間の探査及び利用における国家活動を律する原則に関する条約（一九六七年、国際連合）（公定訳）

〈コロンビア〉号の艦長ケリー・シャーマンは、ゆっくりと、慎重に働いていた。ゼロG

の環境では、運動量や質量、慣性に格別の関心を払わねばならない。冷凍睡眠ポッドは、それぞれ百キロ近い重さがあり、もし速く動かしすぎると、壁にまともに叩きつけてしまうかもしれなかった。最寄りの修理施設は、二十七・八光年先の地球にしかなかった。

シャーマンは、最初のポッドを医療ベイの蘇生ガントリーに移動させ、なかに入っている人体をゆっくりと温める繊細で複雑なプロセスをコンピュータにゆだねた。

コンピュータがその作業をしているあいだ、シャーマンは壁を蹴って、パイロット・ベイの正面まで漂った。〈コロンビア〉号の高軌道は、眼下の惑星の壮麗な景色を見せてくれた。漂う白い渦巻きの層の下に、青と緑の楕円の水が覗き、小麦色の陸地がまばらに散っていた――地球に似ているがずっと乾燥しており、真の海や大洋というよりも巨大な湖がいくつもある世界だ。この惑星にとっての太陽、すなわち、おとめ座六十一番星は、宇宙船の背後にあり、その光が小さな極冠を輝かせていた。惑星を取り巻いている山脈にいくつかある火山が空に煙を吐いていたが、これだけ離れていると、ちいさくプッと吐かれた蒸気にしか見えない。打ち上げ前発表では、こうした火山の理論的存在に基づき、この惑星をハワイの火山の女神にちなんでペレと名づけていた。いまやそれが確認された。

背後から聞こえる騒音が、最初のポッドの占有者が起きたことをシャーマンに告げた。

「よく眠れたかい？」シャーマンはモニターから目を離さずに訊いた。

「赤ん坊みたいにぐっすり」ダレン・クロウズが答えた。副艦長兼主任地質学者が、シャーマンとは反対側から円形モニターに漂ってきて、壁に付いているベルクロ・ストラップを太ももと胸に引き寄せた。クロウズは、シャーマンとは逆さまの方向に自分の向きを固定し、シャーマンが足下に向かって画面を見下ろす一方、クロウズは頭上に向かって画面を見上げた。クロウズはいつも異なる視野を好んだ。

「コーヒーを飲むかい？」

シャーマンはうなずいたが、驚きもした。クロウズはふたりのあいだの空間に小さな銀色のパウチを放った。パウチはゆっくりと縦回転して飛んできた。シャーマンはそれを摑み、底の部分のタブを引いて、発熱化学反応がその仕事をはじめるのを待った。しばらくして、シャーマンは底にあるストローを持ち上げ、それを唇のあいだに突っこむと、パウチをおずおずと握り締めた。インスタント・コーヒーの味にシャーマンはため息をついた。その瞬間は、いままで口にしたどんなコーヒーよりも美味しく思えた。

ケリー・シャーマンは、背が高く痩せぎすで、打ち上げまえに四十五回目の誕生日を迎えたばかりだったにもかかわらず、ダークブラウンの頭髪はまだふさふさしていた。その深い声は、のんびりして落ち着いた抑揚とあいまって、映画の予告篇で流れる声だとクロウズが表現することがままあった。一方、ダレン・クロウズは、ずんぐりした禿頭の男性で、うわのそらの教授のような話し方をした。乗組員のあいだでは、クロウズはシャーマンよりも近づきやすく、リラックスできる相手だという評判を取っていたが、ふたりともそれでなんの問題も感じていなかった。ふたり揃って、有能な司令チームを形成していた。

シャーマンは満足げに自分の銀のパウチを啜っている逆さまのクロウズに視線を向けた。

「こいつに割当重量を使ったんだな？　何個載せた？」

「たった四個さ。残りの二個は悪名高きあんたの全員出席会議のため取っておくつもりだ。目立たない奥の隅にある座り心地のいい椅子目がけてみんなが殺到するのをよく覚えている」

シャーマンは笑みを浮かべ、またコーヒーを啜った。

燃料ペイロード比八五〇対一で、〈コロンビア〉号は、アメリカの発明の才の頂点であったにしては、効率的な宇宙船からほど遠かった。地球からペレへの宇宙飛行は、最初にして一回こっきりのフライトだった。往復飛行に必要とされる反物質の量に対するコストは——燃料を輸送するのに必要な燃料を考慮に入れて——天文学的というだけでは済まないものになるはずだった。フライト質量を最小限に抑える必要性から、消耗品を切り詰めるためのフライト期間中の冷凍睡眠は避けがたく、また、個々の乗組員は打ち上げ前体重削減摂生を強いられた。上級司令スタッフの一員として、クロウズは、身の回り品用に十キロちょうどの割当を与えられていた。インスタントコーヒー四個は、そのリソースのもっとも賢明な利用方法ではないだろうが、目下のところ、シャーマンはその決断に感謝していた。

「ウェルド・ホール寮からの眺めを思いだすんじゃないか？」クロウズは自分の頭の上で回転する惑星を身振りで示して、言った。

シャーマンは笑い声を上げた。四半世紀以上まえ——地球の基準座標系に従えば、六十年近くまえになるだろう——フレッシュマン・ディーンズ・オフィス（ハーヴァード大学一年生寮の自治組織）のアルゴリズムが、ふたりを同室にした。どうやら、ふたりとも、自分たちの優先希望書類に、不眠症を患っているということを記したせいだろう。ふたりは談話室に座って、何度となく早朝を過ごし、寮の規則に反しているコーヒーメーカーで淹れた安いコーヒーを飲みながら、窓の下でハーヴァード・ヤードが徐々に活気づいてくるのを見ていたものだった。

「ストラップでくくりつけられ、眠ったのがほんの昨日のような気がするよ」クロウズが言った。

「移動時間は、地球基準で三十年をちょっと越えて終わった。あるいは、〝時間の遅れ〟が生じている船内時間で六年半ほどだな。中間地点で光速の九九・七九パーセントに達した。まちがいなくロシアの記録を破った」

　クロウズが口笛を吹いた。「お袋がいまTVでおれを見られたらなあ。生きているなかで史上最速の男。それにサリーは――」

　その言葉が口をついて出た瞬間、クロウズは後悔した。いまごろ――自分が使っている慣性系にかかわらず――クロウズの母親は骨壺に入って地面のなかにいるだろうし、シャーマンの妻、というか元妻のサリーは、仮に亡くなっていなくとも、高齢のおばあさんになっているだろう。シャーマンは胃の底から絶望と失見当の感覚が込みあげてきて、呻きそうになるのを抑えた。

　ミッション臨床心理士たちは、乗組員たちそれぞれと何度もセッションを重ね、まさにこの瞬間のために、時間の遅れショックに備えさせた。「ミッションに集中することだ」彼らは繰り返し乗組員に語りかけた。「目先の仕事に集中するのを忘れてはならない。このミッションへの参加に同意した瞬間、きみたちはすでにすべての人たちにさよならを告げたんだ」

　だが、なにかがほんとうのことであると計算して知るのと、実際に経験するのとのあいだには、つねに相違があるものだった。

　シャーマンはクロウズがなにも言わなかったふりをした。ふたりとも目をつむり、深呼吸をし、ミッション臨床心理士からパニックを抑えるために教えられたコツを実践した。だが、一夜の眠りでもあると同時に三十年まえでもある過去の亡霊は容易に拭い去れないものだった。

「いいニュースは、ここには地球からほかの宇宙船が来た証拠がない」声の落ち着きを取り戻したと感じたのち、シャーマンは言った。「つまり、物理法則はまだ撤回されていないのがわかる。光速より速い宇宙旅行は存在していない」

そして、故郷へ帰る方法はない、とシャーマンは声には出さずに付け加えた。

「目を覚ましてみたら、われわれよりまえにだれかがここに来ていたなんてことになっていたら、さぞかし恥ずかしかっただろうな。ヒューストンから連絡は入っているかい？」

シャーマンは首を横に振った。「先方の基準座標系で、われわれが出発した二年ほどあとで通信をはじめることになっており、信号がちょうどいまごろ届いているはずだ。だが、おとめ座六十一番星は、いま活動期に入っていて、ソーラー・フレアが大量のノイズを発生させている。コンピュータがフィルターにかけて結果を得るまでしばらくかかるだろう」

「じゃあ、着陸作業をはじめたほうがいいな」

いい、いい、ミッションに集中しろ。

その形状からみずからノヴァ・カリフォルニア湖と名づけた明るい緑色の湖の隣にある沖積土を堅く固めた平らな地表に、シャーマンは、スペースシャトル・オービターを操縦し、教科書のように完璧な着陸をした。

エアロックのなかにいる上陸チームのメンバーはみな船外活動《EVA》スーツを着ていた。必要に迫られてというよりも用心のためだった。ペレの磁場と大気が有害な太陽放射を取り除き、体積比十五パーセントの酸素を含む大気は呼吸可能だった。順応するまでは、頭がふらつくかもしれないが。ロボット・プローブは、この惑星になんらかの土着の生命体がいる証拠をまったく見つけられない一方、当面のところは、乗組員たち――と彼らに付着している微生物群――を惑星環境から孤立させておいたほうがいいと見なしていた。

「スピーチの用意はできているかい？」クロウズが訊いた。彼はカメラを抱えていた。

シャーマンはクロウズにほほ笑みかけたが、なにも言わなかった。クロウズがエアロックを開放した。

シャーマンは階段を歩いて降りはじめた。手には旗棹を持っている。強い風が吹きつけてきて、シャーマンは一瞬つまずきかけたが、体勢を立て直した。気温は摂氏十度台で、薄手のセーターが必要な天候だった。

シャーマンは地面に降り立った。太陽系外の天体にはじめて足跡を印した人間になった。彼のうしろで、上陸チームの面々が歓声を上げていた。シャーマンは一瞬立ち尽くしたまま、あたりを見渡した。

現地時間で早朝だった。おとめ座六十一番星は空のまだ低いところにあり、あらゆるものを照らす陽光は、金色に輝き、新鮮な明かりとなっていた。シャーマンの目のまえにノヴァ・カリフォルニア湖のエメラルド色の水面が水平線まで広がっていた。風に煽られて立った高さ数フィートの波が湖岸に規則的に打ち寄せている。水際から離れると、岩がゴロゴロ転がっている平原が遠くでキラキラ輝いていた。まるでガラスの欠片が振りまかれているかのようだ。シャーマンの頭上、青空に長い糸状のすじ雲が広がっており、あたかも帰還の途についたジェット戦闘機の飛行隊があとに残す飛行機雲のようだった。

シャーマンは旗をほどいた。風に騒々しくはためく。少々苦労しながら、彼は足下の地面に旗竿を強く押しこんだ。旗を離す。赤と白と五十四の星が異星の地にたなびいた。

「さあ、着いた《ヒア・ウィ・アー》ぞ」そう言って、シャーマンはカメラに手を振った。ニール・アームストロングの名ゼリフには及ぶべくもないが、いまこの瞬間には相応しい言葉に思えた。

上陸チームは広がって、ペレの最初の視察に向かった。生物学者のバーバラ・プラットは、ノヴァ・カリフォルニア湖から湖水のサンプル採取をはじめ、T・J・ブラックマンとオコ・アチェベの両フライト・エンジニアは、ベースキャンプ設置に着手した。形状記憶合金の壁と構造部材は、太陽の光を浴びて折り紙のようにひらき、あわさって、居室や集会室、ドーム、塔、ソーラー・パネルを形作った。

シャーマンとクロウズは岩のあいだに見えたキラキラとした輝きに向かって、湖から遠ざかった。

「あまり農業に適した土壌じゃないな」クロウズは歩きながら、埃を蹴り上げた。「ここでの農業は、検疫処理を終えたあと、たいへんなことになるだろうな」

「きみがなんとかしろよ。この先四十年間もリサイクル・ペーストで生きていくつもりはないぞ。新鮮な野菜が必要なんだ。さもないと怒りっぽくなる」

ふたりは船から一キロほど離れたところに来た。近づいてみると、キラキラ輝く光は、結晶体の塊であることがわかった。岩のあいだの割れ目から突き出ているものもあれば、剝きだしの地面に横たわっているものもあった。大きめの結晶体は、横幅数メートルもある一方、小さめの結晶体は指の爪大だった。薄墨色や乳白色、ほぼ黒と言っていいくらい濃い紫色の結晶体は、おとめ座六十一番星の明るい陽光を屈折させ、反射させ、無数の光点を発していた。

「晶洞石が爆発したみたいだな」クロウズが言った。

「あるいは、破壊されたニューエイジ・ショップだ」シャーマンが応じた。

しかしながら、その比較はあまり適切ではなかった。さらに近づいて見てみると、結晶体の特徴的な形が明らかになった。天然水晶に見られると予想されるような規則的な多面体の付いている形の悪い塊や棒状ではなく、目のまえの結晶体は、人工品の様相を帯びていた——薄くて四角い板が放射状になって、汽船の外輪のように中央で繋がっている。なかが中空になった鉢やカップや球があり、数百の小さくて平らな幾何学的な面があわさってなめらかな表面に近いものをこしらえている。規則的なパターンで並んでいる小さな隆起のいたるところに管が突き出ている。それらは、むしろなにかの風変わりな機械のスペアパーツみたいだった。

一時的に止んでいた風がまた強くなり、車輪や管や球や鉢のなかには、平らな地面の上を転がったり、揺れたりするものがあった。結晶体が移動すると、光ときらめきのパターンがそのなかで踊った。あたかもまわりが蛍でいっぱいになっているかのようだった。

クロウズが地表に留まり、結晶体を見て、その基本構造を調べているあいだ、シャーマンは〈コロンビア〉号に戻り、残りの乗組員の解凍作業を監督した。あらたに目覚めた者は、五人一組で地表にシャトルで降り、真新しい世界の探求という仕事に昂奮していた。

ペレ到着十日目まで、万事計画通りに進んだ。

乗組員のうち最後に目覚めることになっていたのは、ジェニー欧陽《オウヤン》だった。生物学副研究員で、まだ二十代のほっそりとした中国人女性だ。彼女のバイタルは正常だったが、動けるようになってすぐ、彼女は画面上で回転するペレの映像を見るなり、たちまち医療ベイに戻り、がんとして外へ出ようとしなくなった。

時間の遅れショックだ、とシャーマンは思った。最初に目覚めたとき、シャーマンとクロウズもあやうくそれにとらわれそうになった。静かな時間に、自分の意識の周辺をその触手が蠢《うごめ》いているのをシャーマンはいまだに感じることができた。科学的な診断ではなかったが、シャーマン自身も、身を丸めて、隠れたい衝動を感じたものだった。

孤独や社会的引き籠もり同様、深刻な時間の遅れショックは、小さな共同体のムードという危ういバランスを崩して、残りの乗組員に広がる危険性があった。シャーマンはこれをいますぐ止めねばならなかった。

欧陽は蘇生ガントリーの隣で物憂げに浮かんでいた。顔に表情はなく、ときどき、無音の痙攣が彼女の全身を走る以外、体は動いていない。

ミッションのニーズよりも政治を優先させた結果がこれだ、とシャーマンは憤慨した。

ジェニーはたぶんシャーマンがいちばん知らない乗組員だろう。打ち上げ一ヵ月まえ、ロシアと北中国が、〈コロンビア〉号に中国系乗組員が欠けている点をついてきた。世界に示すアメリカの道筋という希望にあふれた、万人救済論的ビジョンの格好の例として〈コロンビア〉号のプロパガンダ的価値を守ろうとして、ワシントンの政府は、香港自由都市の人間を土壇場で交代要員として乗組員名簿に加えざるをえなかった。それがジェニーだ。

シャーマンは——理性的に考えて——議会と大統領が過去数十年のあいだすべての中国系アメリカ人科学者を追放してきたのだから自業自得である、と指摘して、その変更に抗議した。なぜ自分が歴史的問題を形ばかりの少数派優遇策で解決する責任を負わねばならないのだ？　だが、シャーマンの意見は却下された。

ジェニーは打ち上げまえにほかの乗組員と順応する期間をほとんど持てなかった。彼女には有意義な友情を築き、チームのダイナミックスに自分を統合させる時間がなかった。乗組員のなかには、彼らが親しかった同僚の席を奪ったことでジェニーにはっきり怒りを覚えている者がいた。それは災いをもたらす元であり、シャーマンがただちに片づけなければならない災いだった。

シャーマンは壁を蹴ってジェニーに近づき、ハンドホールドを摑んだ。ジェニーは顔を起こさない。

「ジェニー」シャーマンは呼びかけた。「ここにいま、きみにいてもらわなければならないんだ」

ジェニーはシャーマンから顔を背けた。彼女の髪の毛が背後にゆっくりと鞭のように伸び、宙に広がった。ひざを顔まで抱えこみ、自由落下のなかで身を丸くした。

罪悪感に胸を痛めながら、シャーマンは記憶の谺《こだま》を見た。最終身体検査に合格し、イエスと言うつもりだと告げると、サリーは自分たちのベッドの上でおなじように丸くなり、顔を隠し、シャーマンから離れた。

サリーは、そのときが来たならシャーマンがいくことを選ぶだろう、とおそらく最初から知っていた。シャーマンが子どもを持つことにノーと言い、将来についての話し合いに抵抗していた理由がそれだった。ほかの男たちの心同様、時が経てばシャーマンの心も変わるだろうと期待していた。

シャーマンはサリーを愛していた。それについてはどちらもなんら疑いを持っていなかった。だが、なにかがほかの男たちとシャーマンをちがうものにしていた。シャーマンは宇宙空間に飛びこみたいという自分の願望や、星を見上げたときに感じるそわそわした気分、フランクリンやアンドレーやスコットやアムンセンといった北極・南極探検に挑んだ男たち、すなわち、未知の土壌に足を踏み入れ、異国の景色を見るためだったら、ともに暮らしている女性を置いていこうとする男たちに対して感じている共感をサリーに説明しようとした。自分はつねにサリーに対して正直でいたとシャーマンは信じていた。だが、愛は、どれほど証拠が揃っていようと希望を抱きつづける傾向を持つ。

そのとき、シャーマンは手を伸ばし、サリーに触れたかった。だが、そうはせず、静かに寝室を離れ、ドアを閉めた。

シャーマンは手を伸ばし、若い娘の肩に手を置いた。ジェニーは動かなかった。

「きみは故郷から数十光年も離れたところにおり、きみがいままで知っていた人たちはみな死んでいるか、死んだも同然なんだ。彼らはきみ抜きで三十年生きてきたのであり、きみは二度とふたたび彼らと会うことはないのだから」

ジェニーは依然として動かなかったが、彼女が耳を傾けているのはわかった。

「これはだれもが克服できるようなものではないんだ。わたしはいまでも目を覚ますと、現実であってほしいと願う夢にしがみつこうとする。だけど、過去のことをひたすら考えつづけるのか、あるいは自分の時間を使っておこなえるなにかほかのことを見つけるのか、きみは決めなければならない。きみに関するかぎり、この船に乗っている百五十名のほかの人間が、宇宙に残された唯一の人類だ。きみは生きているものへの自分の義務を履行することを選んでもいいし、あるいは幽霊の思い出にしがみついてもいい。もしきみが望むなら、冷凍睡眠に戻すこともできる。だが、次に目を覚ましたとき、きみは真の意味で孤独になっているかもしれない」

シャーマンはヒューストンからの通信を走査しつづけた。おとめ座六十一番星の周囲の電磁嵐を避けて打ち上げられたいくつかの衛星の力を借りて、コンピュータがどうにかノイズを追い出してくれることを彼は願った。アリゾナの砂漠とオーストラリアの砂漠に並んでいる、〈コロンビア〉号との通信維持専用に建設された広大な送信設備をシャーマンは思い浮かべた。それらの強力なアンテナを介してすら、この距離で信号を拾い上げるのは、サンフランシスコから投げた野球の球を台北でキャッチしようとするのに少し似ていた。

コンピュータがビープ音を立て、ひとつのあるテキスト・メッセージを繰り返し表示しはじめた。心臓の鼓動が高まり、シャーマンは深呼吸をした。これは、地球時間で二十八年まえに発せられた宇宙飛行管制センターからの最初のメッセージだった。

幹部スタッフのみ閲覧のこと――ブラジルがＮＯＲＰＡＣに参加。結果として、インド

とメキシコ間の限定戦争は、もはや阻止できなくなるかもしれない。あらゆる可能性が検討されている。大統領は、正式にアメリカ合衆国を宇宙空間条約から脱退させた。おとめ座六十一番星周辺で発見されたすべての惑星とその他の天体の主権の主張をただちにおこない、その証拠を送信するよう諸君に命ずる。

シャーマンは、クロウズがラボの作業台の隣に座って、熱心に顕微鏡を覗いているのに気づいた。作業台の上には結晶体の車輪や管が満載されており、なかには細かい破片に砕かれたものもあった。

「進捗は？」

クロウズは顕微鏡から顔を起こして首を横に振った。「あまりない。この素材は、大半がケイ酸塩の結晶や準結晶で、母岩にカリウムや鉄、スカンジウム、ランタニドなどさまざまな金属が混じっている。だけど、こいつの機能や製造過程について、なにもわからない。なんらかの構造体に合わせるものだとしても、それがどんな姿をしているのか見当もつかない」

クロウズは横へずれてシャーマンが座れるようにした。目を接眼レンズに近づけたところ、シャーマンは、顕微鏡の下にある結晶体の表面に、薄くて精妙な溝が刻まれているのを見た。線の一部に沿って、微少な金属が沈殿してできた迷路のようだ。

「その線がなんなのかわからない。ひょっとしたら浸食作用でできたものかもしれない。この正体不明の物体は、標準的な大きさや配置で作られてはいないので、大量生産の品物ではないと思う」クロウズは言った。

「で、こいつらが転がっているときにピカピカ光ったのは？」

「ピエゾ電気効果だ。結晶体が転がり、物にぶつかって機械的に変形すると、電荷が発生する。たったいまきみが顕微鏡で見ている線は、スパーク・パターンの通り道のようだ。熱電効果やパイロ電気効果も若干ある。一部の金属片はコンデンサーとして機能しているのだろう。こいつがなんのためのものなのか説明しようとして、ほんとに途方に暮れている」

シャーマンは手を伸ばし、せいぜい自分の親指大の小さな乳白色の外輪をつまみ上げた。それを明かりに掲げたところ、表面に刻まれた細かい線が明かりを屈折させ、魅力的なパターンを描いた。それを作業台の上に降ろし、軽く押してみた。車輪は数インチ転がって止まり、そのあいだ、かすかなスパークが内部で踊った。

「バーバラはまだ複雑な有機化合物あるいはほかの生命の存在を示す証拠を見つけていないし、われわれはこれまでにかなりの惑星探査をおこない、惑星全体の数百の地点でサンプルを採取した。ゆえに、だれがこれを作ったにせよ――彼らは遠い昔にいなくなってしまったのだと思う」

「交渉する現地人がだれもいないのは、たぶんいいことだろう」シャーマンは言った。ヒューストンからの通信内容をクロウズに伝える。「われわれが撮影したビデオで権利を主張できるとは思えない。わたしが旗を立てたが、おおやけにはペレの主権獲得を主張するようなことはなにも口にしていない。出発したとき、アメリカのここでの目的をあいまいなものにしておくことになっていた。あのビデオを撮り直さなければならないかもな」

クロウズは考えながら顎をさすった。「いまだれが大統領だと思う？」

「たぶんデリンジャーだろうな。対抗馬にだれを立てるかによるが」

「いや、おれたちが出発したあとにおこなわれた選挙でだれが勝ったかということじゃない。あのメッセージを送ってきたのがだれかというのでもない。いまだれが大統領だろう、と言っている」

シャーマンは結んだ唇のあいだからフーッと息を吐いた。「相対論的な距離における同時性はややこしい。きみの言いたいのがわたしの把握していることなら、だれであれ、われわれが地球を離れたときにはまだ自転車の乗り方を学んでいるだれかだろうな。われわれが老人になるまでその御仁からの連絡を聞くことはあるまい」

クロウズはうなずいた。「この件について、ちょっと考えてみよう。われわれより二年まえ、ロシア・中国合同ミッションがグリーゼ581に向けて打ち上げられた。そして一年後、ヨーロッパ・インド合同ミッションがそのあとを追った。あの星のほうが地球に近いけれど、両方の宇宙船はわれわれの船より遅い。彼らが切り札を隠していないかぎり、いまのところ、両方ともまだ飛行中だ。彼らはなにに対しても権利を主張できっこない——たとえいまでもだ——そして、ヒューストンが発信した二十八年まえだと確実に主張できない。また、かりに彼らがなにかに権利を主張できたとしても、地球はそれを知ることはないだろう」

「そうだ。だから、機先を制して、われわれはペレの主権を主張しようとしなければならない。もしわれわれがおとめ座六十一番星系のすべてを手に入れたなら、ロシア人と中国人に対する心理的かつプロパガンダ的優位は途方もないものになるだろう。ひとつの太陽系を丸ごとアメリカの入植地として確保すれば、連中がおいそれとは対抗できない究極の戦略資産になる」

「だけど、あのメッセージは二十八年まえに発信されたものだ——地球の基準系で。われわれの主張が地球に戻るころには、先方が命令を送った日からトータルで五十六年経っていることになる。われわれは過去からのメッセージを受け取っているのであり、われわれのメッセージは向こうの過去を思い出させるものとして届くだろう。いまもまだ戦争がつづいているのかどうか、ましてや将来もつづくのかどうか、だれにわかるというんだ？」

「われわれは命令を受けている」シャーマンが言った。「もし戦争が過熱すれば、このミッションはこんなふうにならざるをえないだろう、とわれわれは最初からわかっていた。三年間、アメリカと同盟国はＧＤＰの十分の一を〈コロンビア〉号に注いだ。星への競争に勝てるように。高潔な存在になろうとしてそれをしたんじゃない」

クロウズはうなずいた。「それはわかっている。たんに〈コロンビア〉号を南部連合軍の商船妨害用快速船《レイダー》〈シェナンドア〉号にしたくないだけだ。戦争が終わったあとも、何年も連絡が取れず、時のなかで凍りついていたせいで、長く戦っていたあの船みたいなのはごめんだ。われわれは生きている者に義務を負っているのであり、死者に負っているわけじゃない」

次の通信は、乗組員用のケア・パッケージで、故郷からの陽気なニュースや私信、録音、写真で構成されていた。コンピュータがそれらすべてを受信するまで長い時間がかかった。

シャーマンは一本メールを受け取った――サリーの低解像度の写真だ。粒子が粗く、色彩が不揃いで、デジタルの影響による縞模様が入っていた。写真のなかで、サリーは夫婦の家のまえに立ち、カメラに向かってほほ笑んでいた。黒髪が片方の目を隠している。写真にはショートメッセージが添えられていた――「つづけて」

これはシャーマンが予備試験を受けていて、トレーニング・ベースを何カ月も離れられなかった当時用いていた古典的で単純なトリックだった。検閲を通るため、夫婦は低解像度の写真の個々のピクセル値を操作して、ほんとうに言いたいことを隠すのがつねだった。

ケリーへ

あなたを許します。

打ち上げにいかなかったのは、ごめんなさい。あなたが炎の柱に打ち上げられ、永遠に去っていくのを見るのは、あなたの葬儀に参列するようなものだと思ったの。

あなたに手紙を書くのは未来へ手紙を書くようなものね。わたしが幼い少女だったころ、自分たちが星へ飛んでいこうとするなんてとても思えなかったわ。宇宙はどうでもいい存在だった。地球上の問題だけで充分やっかいだった。

だけど、こんなふうになり、あなたは爆発する反物質の風に吹かれる凧に乗って、恒星の世界へ飛んでいった。戦争の脅威と戦争自体がわたしたちをふたたび動かした。なぜわたしたちはたがいに殺し合うことを考えるときにしか進歩できない運命なんだろう？

あなたがこれを受け取るころには、わたしはたぶんホスピスに入っていて、わたしの父とおなじように、脳の記憶があったところがスイス・チーズみたいに虫食いだらけになっているだろうとわかっている。わたしは永遠のなかに生きているでしょうね。毎日の日の出《サンライズ》が永遠のサプライズ。

あるいは、ひょっとしたらわたしは楽観的なのかも。この戦争がすべての戦争にケリをつける戦争になりうるかもしれない。あなたがこれを受け取るころには、ここには放射線崩壊以外なにもなくなっているかも。戦争は独自の論理を持っており、だれもが自分たちはやらねばならないことをやっているのだと考えている。あなたとあなたの乗組員たちは、宇宙で唯一生き残っている人類である可能性がある。

だから、あなたが去っていくのを選んだ理由を理解します。ひょっとしたら、それはあなたの考えとはちがうかもしれないけれど、あなたのなかのある部分は、こういう事態を予測し、古いパターンを、使い古された歴史の道を、わたしたちが外れることができなかった軌道を逃れたいと願ったのかもしれない。

異星の空の下にあなたがいるところを想像する。あなたが新しいはじまりに足を踏み出すところを想像する。あなたが二年まえに去っていったのとおなじ人であり、生きるべき人生を持っているところを想像する。

ケリー、あなたを許します。チャンスを最大限に活かして自由になってちょうだい。

カフェテリアはベースキャンプで最大のスペースだった。全百五十一名の〈コロンビア〉号乗組員が一堂に会することができた。もっとも大半が椅子なしになるだろうが。週ごとの全員出席会議の会場になる以外は、友人たちと情報交換したり、ボードゲームをしたり、たんにふざけまわるためのもっとも人気の高い場所だった。

だが、真夜中のこの時間ともなると、ここは無人だった。ペレの一日は地球の一日より四時間以上長かったが、乗組員たちの生活リズムは一カ月経って、ほぼ適応した。しかしながら、不眠症のせいで、シャーマンの睡眠スケジュールはまだ落ち着かなかった。ひとりだけ起きていることがよくあった。

シャーマンはカフェイン入りの熱いお湯が入ったカップを手にして——コーヒーとは別物の味だった——窓際のテーブルに腰を落ち着けた。ペレの第一月が空のなかほどにのぼっていた。地球の月の三倍の大きさに見えた。その明るい白い光がノヴァ・カリフォルニア湖沿岸の平原をかすかな銀色の光沢で照らしている。あと一時間もすると、第二月が三日月としてのぼってくるだろう。第一月よりもさらに大きく、黄色みを帯びている。風が吹いてきて、遠くの平原にキラキラ輝く光が見えた。上空の星々の光に砑してまたたいているようだ。

足音が聞こえ、だれかがテーブルをはさんで向かいの席に座った。シャーマンが顔を起こすと、ジェニー欧陽がいた。

「仕事かい、それとも眠れないだけかい?」シャーマンは訊いた。

「両方です」ジェニーは言った。テーブルの上で手を組み、神経質そうに指を動かしている。

「ありがとうございます、艦長。あなたの言葉が……助けになりました」

「目を覚ましたときの自分の感覚をきみに話しただけだ。すでに自分でわかっていることをほかの人に言ってもらうのが役立つ場合がときにはある。きみはひとりじゃない。まあ、より正確に言うと、われわれはみんな揃って孤独なんだ。われわれのだれもこんなことをするのははじめてだ」

ジェニーは自分の手を見つめたままうなずいた。

「ところで、きみはどうして〈コロンビア〉号に志願したんだい?」

ジェニーは驚いて、視線を上げて、シャーマンを見た。「両親とわたしはアメリカ人です。わたしが赤ん坊のころ、中国のスパイが怖れられ、わたしたち一家は市民権を剝奪され、強制送還されたんです」彼女の目はシャーマンをしっかり捉え、声が強《こわ》ばった。「両親はスパイじゃなかった」

「もちろんだ」シャーマンは言った。（彼女が〈コロンビア〉号乗組員としての身元調査に通ったという事実は、合衆国政府がまわりくどいやり方で、自分たちが当時彼女の両親についてドジを踏んだのを認めていることを意味していた。政府や国家が驕りのせいで間違いを犯し、人々の人生が犠牲になるのだ）

「両親は、いつか状況がましになれば、わたしをアメリカに戻したいとずっと願っていました。両親に押されて、わたしはこれに志願したんです。わたしが業績を上げれば、わたしが両親の名誉を恢復できるでしょうから。選ばれるとは夢にも思っていなかった」

「これが自分のやりたいと望んでいたことだと確信していなかったのかい？」

「自分で判断する余裕がなかったんです」

シャーマンはコーヒーもどきを啜った。バーバラから、彼女の部下のなかでだれよりもジェニーが熱心に働いていると聞いていた。彼女のタイプは知っている、とシャーマンは思った――取り憑かれたように勉強する生徒、並外れた成績、試験の結果も上々、権威のある人間の要求に唯々諾々と従うが、オリジナリティはない。

「いま、なにに取り組んでいるんだい？」

「ここで生命のいる兆候をまだ探しています。だれかがあの結晶体を作ったんです」

「どういう状況だい？」

「バーバラはわたしが時間を無駄にしていると考えています。ですが、わたしはすべての可能性を探りたいんです。バーバラが除外したものでも」

シャーマンはうなずいた。「たとえきみがなにも見つけなくとも、まもなく検疫を解除しなくてはならなくなる。われわれはみな、ちょっといらだちはじめている。おやすみ」シャーマンは立ち去ろうと腰を浮かした。

「来てよかったと思ってます」ジェニーは言った。

シャーマンは驚いた。「なぜだい？」

ジェニーは外の異星の景色をじっと眺めた。「ここではだれもわたしのことを知りません。わたしの昔の対人関係はすべて無意味です。はじめて目を覚ましたとき、わたしは心の底からそれを実感して、溺れそうな気がしたんです。わたしは家族の手の届く範囲にいません。日が経つごとに家族は現実味を失って、どんどん遠ざかっていくようなんです。家族から手紙を受け取りました。検閲されていましたが、地球で現在起こっていることを両親が懸念しているのがわかりました。わたしは泣きました。でも、それは小説の冒頭を読んでいるようなものだったんです――これからふたりの身に起こるであろうことは、すでに起こってしまったのだ、と。たとえどんな運命なのかわたしが知らなくとも。プロットは定まっており、わたしがどうあがいたところでそれを変えることはできない。

だから、あなたがおっしゃったことを考えました。地球は過去であり、記憶と幽霊の場所なんだ、と。わたしはそこへ住むか、あるいはここにいるか、選べるのです。予想していたほど苦しくはないです。ようやく自分のために生きているような……気がします。あなたのおっしゃったように、時間がわたしたちを取り残し、新しいはじまりを与えてくれたんです。すべての古い責任や義務を取り去って。わたしは自由になった気がします」

結晶体の謎にクロウズと、素材科学の面に興味を抱いているほか数人のエンジニアたちは、かかりきりになった。だが、大半の乗組員は、より優先度の高いほかの作業に没頭していた――ペレの土壌と大気を用いて管理された環境下での地球産作物の栽培実験、ペレの地理と天候パターンの解析、長期間人間が居住するための場所として、ペレに関して学ぶべきあらゆることの学習。その点でもっとも重要な努力は、乗組員メンバーたちがグループになって内緒話をし、笑い合い、ペアを組んで、個室へ入ることだった。

ペレで最初の妊娠は着陸後三カ月で確認された。クロウズはシャンパンのボトルを取り出し――それもまた彼の個人的割当重量の一部だった――百五十一名の乗組員全員――母親になる予定の女性を含め――が一口飲むまで回された。

「これから生まれるこの子どもに地球の記憶はないんだな」クロウズは言った。彼とシャーマンはパーティーのほかの連中から少し離れ、カフェテリアの壁に寄りかかっていた。

「時間の遅れショックは一切ない。ペレがその子の知っている唯一の故郷になるだろう」

シャーマンはうなずいた。「地球はその子にとってたんなる伝説になるだろう」

「ヒューストンが望んでいるビデオを撮り直したのかい？」

シャーマンはなにも言わなかった。

しばらくしてクロウズは笑い声を上げた。

「なにがおかしい？」

「ああ」クロウズは言った。「もし主権の主張をしたとしたら、生まれてくる子どもはアメリカの土壌に生まれたアメリカ人になるんだろうな、と考えただけさ。だが、それがなにを意味する？　数十光年も先の大統領にどうやって投票するんだ？　どんな要求をアメリカはその子にするんだ？　その子はアメリカの過去に生きると同時に、アメリカの未来にも生きるんだが、アメリカの現在には生きない」


幹部スタッフのみ閲覧のこと――香港自由都市の安定性悪化と亡命の可能性に鑑み、危機の解決まで、ジェニファー欧陽を冷凍睡眠にかけたままにするか、あるいはあらためて

冷凍睡眠にかけることを命ずる。

シャーマンは画面をまじまじと見つめた。

ジェニーは唯一の国際的な宣伝目的で加えられた乗組員メンバーではなかった。次はだれを眠らせることになるんだ?

シャーマンは首を横に振り、その日の研究サマリーに目を通す仕事に戻った。

「彼女がわたしの頭越しに話をするなんて信じられないな」シャーマンのオフィスに腰を下ろすとすぐバーバラ・プラットは言った。追加された二脚の椅子で、そこは閉所恐怖症を引き起こしそうな感じがした。

「彼女はとても粘り強いんだ」シャーマンは言った。「ただちにわたしとダレンに会う必要があると言った。きみを含めなければならない、とわたしが彼女に言ったんだ」

「時間の無駄。わたしはあの子の言うことに耳を傾けてきた。あの子は頭がおかしい」

「実を言うと、彼女がなにか摑んだかもしれないと思うんだ」ほほ笑みながら、クロウズが言った。プラットが彼をにらみつけた。

ドアにノックの音がし、ジェニー欧陽が狭いスペースに体を押しこんだ。すまなそうにプラットにほほ笑む。「ごめんなさい、バーバラ。でも、あなたが聞いてくれる気がしなくて」

プラットは肩をすくめた。シャーマンは欧陽につづけるよう合図した。

「結晶体のことなんです。どのようにあれが作られたのか突き止めたと思います」

欧陽はタブレットを置いた。そこから天井に写真が投影された。狭いオフィスのほかの壁はすべてディスプレーや、付箋、地図、グラフで覆われていたため、天井しか選ぶ場所がなかった。三人の聴衆はうしろへのけぞって、見上げた。欧陽は何枚かの写真を次々と示した。

「われわれが発見した結晶体にひとつ共通している特徴は、いずれもなんらかの方法で円形をしていることです——管、車輪、球、鉢状——そのためペレの自然の力で転がり、揺れるのです——風や重力、鉄砲水で。この結晶体は動く設計になっています。よろしいですか、あまり速くは動きません。いちばんよく動いても、年百メートルほどです」

欧陽は新しい写真を投影した——ペレの地図で、太い矢印が地表にスーパーインポーズされている。

「ペレの風向パターンの地図を見て、この考えが浮かびました。ペレの地理は、赤道地帯と両極の高地と、その間にはさまれる比較的平らな平原地帯とに占められています。ペレの気象系の大半は、それらの平原に沿って西から東へ移動しており、結晶体はそれに従って動いています。

ペレの大規模湖もまた、この平原地帯に集中しています。そして永い歳月のあいだ、結晶体は風の道筋に沿って移動し、大半が湖へ吹き飛ばされ、底に沈むのです。

湖底で結晶体は長い年月をかけ、沈泥《シルト》に覆われ、シルトは結晶体のまわりに圧縮され、堅くなり、多孔性の柔らかな岩になります」

「おなじことが地球で死んだ動物にも起こる。そうやって化石になるんだ」クロウズが言った。

「では、きみは結晶体の行き場を解明したんだ」シャーマンが言った。「だけど、結晶体はどこで生まれたんだ？」

「そうなんです」欧陽は新しい写真を映しだした。「そこでわたしは行き詰まりました。でも、そのとき、クロウズ副艦長にペレの地質について訊ね、ペレの潮汐パターンが、ふたつのとても大きな月と偏心的な軌道のせいで、定期的に極大になると説明を受けました。湖の波がそのパターンをたどるだけではなく、惑星の核の溶解もそのパターンに従い、両方の月がある形で並ぶときには、定期的な大規模火山活動につながるのです」

「ペレは火山活動期と氷河期を同時に持つんだ」クロウズが言った。

「ペレがそうした激しい火山噴火の時期にさしかかると、ガスが噴出し、雨や川の水に流れこんで炭酸や硫酸、塩酸になります。浸食性の水が湖に流れこみ、多孔性の堆積岩に深く染みこみ、結晶体を蝕み、結晶体があったところに中空の穴を穿ちます」

天井に岩の中心部の横断面写真が表示され、結晶形の穴を映しだした。

「やがて、ふたつの月の配列が変わると、火山活動が下火になり、水中に浮遊する鉱物が中空の穴で結晶化をはじめ、そのスペースを埋めていきます」

「ロストワックス法みたいだ」シャーマンが言った。

「ええ、まさにそのとおりです。結晶体は自分たちの前身が残していった型のなかで成長しますが、さまざまな理由から正確なコピーにはなりません――不純物や、絶えず変化する鉱物の中身や、地質的歪みなどなどのせいで。そして、そののち、ペレの氷河期に水面の高さが全体的に低下しているあいだに、結晶体は凍結融解サイクルによって地面に押しだされるのです」

「そして、そののち、結晶体は惑星じゅうで吹き飛ばされ、ふたたびサイクルをはじめる」シャーマンが締めくくった。

「では、結晶体は人工のものではなく、完全に自然由来のものなんだ」クロウズが言った。

「それ以上のものです」欧陽が言う。「結晶体は生きています」

「ここでわれわれは我を忘れるところね」プラットが言った。

「どういう意味だね?」シャーマンは訊ねた。

「個々の結晶体は高度に組織された複雑な構造物です。成長するんです。移動します。ピエゾ電気効果や熱電気、パイロ電気を通じて、エネルギーを消費し、変換しています。結晶体は再生産しています——泥の型は、突然変異を含めたDNAの機能を果たしています。たんにすべてが地質学的時間でおこなわれているだけです」

「でも、全部が決定論じゃないかね」シャーマンは言った。「岩が風に吹かれて転がり、丘を下っていくことをきみは話しているだけだ」

「公平のため言うと」クロウズが言う。「すべての化学反応と物理反応は決定論的なものだ。われわれのだれもが、決定論的反応の集合体であり、風に吹かれて回転する結晶体と大差ない」

「結晶体は進化してきたんです、艦長。全般的な円形の体制《ボディプラン》がその証拠です。簡単に動けない結晶体は、湖の底に落ち着くこともできず、ゆえに安楽死を迎えることはなく、溶岩が流れこみ、酸性の鉄砲水がやってきたときに子孫を残すまでには到らないのです。生き延びたものが、永遠の時を経て、産卵の水たまりへ移動するため、風をとらえ、水に乗れるよう構造を進化させたのです」

シャーマンは鼻梁をこすった。「バーバラ、きみが言わんとしていたことがわかった」

「これは実のある議論ではありません。詭弁法であり、科学じゃない」プラットが言った。

「ここの岩を生命としてわたしに受け入れさせることはけっしてできませんよ。生命の定義とは異なっています」

「どうしてです？」欧陽は言った。「ここは新しい世界です。われわれが過去に知っていた制約はあてはまりません。あらゆることが再検討されうるのです」

すでに自分でわかっていることをほかの人に言ってもらうのが役立つ場合がときにはある、とシャーマンは思った。

「まあ、あの結晶体が生きているとわたしが受け入れてなにか問題はあるだろうか？　わたしならあれを興味深い地質学的現象として分類したいところだが。われわれがあれをなんと呼ぼうとたいしたちがいはないだろう」クロウズが言った。

「ちがいはあります」欧陽は言った。「ご覧ください」

狭いバイオラボのまんなかにあるスペースが片づけられた。予備の小型電波望遠鏡のパラボラアンテナが転用され、攪拌機《かくはん》の上に角度をつけて取り付けられた。攪拌機が低速で回転すると、パラボラアンテナはコマのようにぐらつき、円運動のなかで軸に沿って角度を変えた。

欧陽はルーレットのボールほどの大きさの小さな結晶体の球を慎重にパラボラアンテナの中心に置いた。ボールはアンテナの縁まで転がり、縁に沿って回転をはじめ、アンテナの円形運動によって加速された。結晶体が縁にぶつかると、キラキラ輝く明かりが結晶体のなかで光った。

「艦長、明かりを消していただけますか？」

暗闇のなか、結晶体は暗い空間のなかで、宙づりになって回転する火の球のようだった。アンテナの側面に当たって立てる金属的な音は、低く、継続的な心地よい響きだった。いい球の音楽だ、とシャーマンは思った。

暗闇のなかで欧陽はフォークを手に取り、目のまえを通りすぎる結晶体を二度立て続けに刺した。きわめて眩いスパークが結晶体の内部で二度連続し、次第に薄れていった。

ふたたび結晶体が欧陽のそばを通り過ぎた。今回、彼女は三度刺した。

ついで五回、七回、十一回と刺す。そのころには、欧陽は結晶体に追いつくため、アンテナのまわりを走らねばならなくなっていた。

そこで、欧陽は止まった。「見て」

結晶体は回転をつづけ、やがて突然、立て続けに輝きはじめた。だれもが黙って数をかぞえた。一、二、三……十三。

「この電気的パターンをたんなる地質と物理による変わった事象として扱うのは可能です。ある種の偶然の時計仕掛け的計算である、と」欧陽は言った。「すべては決定論的であり、カスケード効果によるエネルギー潜在力と電子のもたらしたものである、と。ですが、それはわれわれの脳の電気パターンとおなじです。生命と意識の発火《スパーク》は、現実にたんなる精妙な時計仕掛けなのです」

まばゆいばかりだな、とシャーマンは思った。シャイで控え目で自分に自信のない娘は消えてしまった。彼女は新しい人間になったみたいだ。

「表面の細かい線のパターンは、たぶん、磨耗と浸食の結果だろう」クロウズが言った。彼はこの話の可能性に有頂天になっていた。「もしそうなら、結晶体のなかの電気パターンは変わり、一種の記憶を形成する。その記憶は、泥の型のなかでほかの結晶体のように複製されるんだ。この生物にとって、記憶と遺伝子はまさしくおなじものだ」

「もちろん回転するパラボラアンテナは自然のテストではありません」欧陽は言った。「この結晶体の自然の生息地では、あのような持続時間の動きを経験することはほぼありません。唯一比較できうるのは、とても長い丘を転がり落ちていくことでしょう。結晶体のなかには、五万年生きるものがいるかもしれません。一日に数回ぐらついたり、転がったりして、一年にたった五十メートルしか移動せずに。もし彼らの意識が存在しているのなら、それは地質学的時間のペースで存在するはずです。結晶体は世界を連続的な現在として経験することはなく、長い静止期間を差しこんだ不連続のきらめく爆発的発光として経験するのです。ですが、もしクロウズ副艦長のご意見が正しいのなら、結晶体は過去の世代から記憶を受け継いでいます。たぶん数百万年まえに遡る昔から。結晶体は過去によって自分たちに刻まれたたんなる記録でしょうか？　あるいは、それがどんなものであれ、結晶体がおこなうはずの思考に沿って、決められた溝を形成するんでしょうか？　結晶体には自由意志があるんでしょうか、それとも自分たちの過去の奴隷なんでしょうか？　われわれがやってきたことで結晶体はどう変わるんでしょう？　われわれは数十光年もの距離を越えて結晶体を見つけましたが、われわれのあいだにまだ存在しているより大きな隔たりは、時間です。結晶体にとって、われわれは一瞬で消えてしまうたんなる光のちらつきに映っているはずです。われわれは速すぎ、結晶体は遅すぎる。かげろうと永遠のオークの木みたいなものです。たがいに気づくことなくそれぞれの一生を送ってしまった可能性もありました。ですが、これによって、橋を築けたとわたしは思います」

「確《シュア》かだと思うかい？」カメラの向こうからクロウズが言った。

「どうしたらなにかに確信《シュア》を持てると思う？」シャーマンは言った。「ある日散歩して、石を蹴っていて、翌日になったら新しい種族を発見しているんだぞ。ここは新しい世界、驚きで充ちているんだ。

ヒューストンとワシントンは、われわれをはるかかなたの戦略的リソースに配した歩兵だと思っていたかもしれないし――いまだにそう思っているだろう。だが、われわれと地球とをわかつ時間の隔たりよりも、われわれとペレ先住者のあいだの隔たりに橋を架けるほうが容易だ。過去の死んだ手はわれわれを操ることはなく、地球上の紛争はわれわれの紛争ではない。われわれはわれわれ自身のものなんだ。われわれは自由だ。それがつねにアメリカが約束していたものじゃないのか？」

「連中はきみを裏切り者と呼ぶだろうな」クロウズが言った。「だが、乗組員とわたしはきみの味方だ。これこそまさに人類にとっての大いなる飛躍だ」

クロウズはカメラを傾け、パラボラアンテナの上で回転する結晶体の球が確実にカメラの視野の半分を占め、残り半分をシャーマンが占めているようにした。結晶の音楽が空気のなかを飛んで、マイクへ向かった。艦長が口をひらいた――。

「こんにちは。われわれがペレの住民です」

揺り籠からの特報：隠遁者――マサチューセッツ海での四十八時間

Dispatches from the Cradle: The Hermit - Forty-Eight Hours in the Sea of Massachusetts

大谷真弓訳

隠遁者になる前、エイサ・〈鯨〉＝〈舌〉＝πは、金星のヴァレンティーナ・ステーションで〈JPモルガン・クレディ・スイス〉のマネージング・ディレクターを務めていた。

彼女なら、もちろん、この説明を狭量で愚鈍なものと考えるだろう。〝人をファイナンシャル・エンジニアとか、農業システム・アナリストなどと呼ぶと、世間は彼らのことをいくらかわかったような気になってしまう〟彼女はそう書いている。〝けれど、職業と人格にいったいなんの関係があるのだろう？〟

それでも、わたしは伝えておきたい。彼女は三十年前、〈ユナイテッド・プラネット〉の公募業務責任者だった。当時、個人・法人による単一の資源確保事業としては史上最大の規模だった。彼女が大きな責任を負っていたのは、三つの惑星と月と十数個の小惑星居住地に散らばった疲れきった人類に、〝大いなる事業《グランド・タスク》〟——地球と火星の両方を人間が《テラ》住める環境にすること《フォーミング》——に投資をつづけるよう説得することだった。

何をしたかを話すことが、彼女の人となりを説明することになるのか？　わたしにはわからない。彼女はこう書いている。〝揺り籠から墓場まで、わたしたちのすることはすべて、ある質問に答える必要性が動機となっている——自分は何者か？　しかし、その質問の答えは常に明白だ——抗うのをやめて、受け入れよ〟

〈JPモルガン・クレディ・スイス〉のもっとも若いチーフ・マネージング・ディレクターになって数日後——太陽紀二二三八五二〇〇年——彼女は辞表を出し、複数の夫や妻と離婚し、すべての財産を現金化してそのほとんどを自分の子どもたちへの信託財産にあてると、片道切符で地球《オールド・ブルー》へ旅立った。

地球に到着すると、エイサはすぐ〝大西洋沿岸地域および合衆国連邦〟の港町アクトンへ向かい、そこでサバイバル居住キットを購入した。世界じゅうの難民コミュニティで使われている何百万もの居住キットと同じものだ。ほかの住人から手助けを受けるのはひかえ、彼女はごく普通の労働ロボットを使い、自分でキットを組み立てた。そして居住キットを流木のように海に浮かべ、七つの海にたったひとりで乗り出したのだ。家族も、友人も、同僚も仰天した。

「服装からして、てっきり別荘を買いにきたものと思いました」エイサに居住キットを販売したエドガー・ベイカーは言った。「多くの銀行家や企業の重役が、冬にここを訪れます。海に潜っての宝探しや日光浴を楽しむんです。ところが、彼女は空き家を見せてほしいとは言いませんでした。素晴らしいプライベートビーチ付きの物件もあったのに」

（かなり見え透いていたにもかかわらず、わたしはベイカーのちょっとした宣伝を遮るのはやめにした。確かに、アクトンは休暇をすごすのにぴったりの場所だ。街にはいいレストランが数軒あり、伝統的なニューイングランド料理を提供している──ただし、ロブスターは天然物ではなく養殖物だ。自然保護論者は、絶滅した天然のロブスターがニューイングランド沖に戻ってくるかどうかについては懐疑的だ。ロブスターはこれまで水温の高い海に適応したことがない。地球温暖化を生きのびた甲殻類は、ほとんどがもっと小さい種類だった）

エイサの元配偶者たちは共同で訴訟を起こし、彼女は心神喪失状態だったとして、財産処分の無効を求めた。しばらくのあいだ、この裁判は人々の興味を引く噂話を提供し、各XPステーションをにぎわせたが、エイサは非公開の調停によって速やかに訴訟を終わらせた。「これで、わたしはひとりになりたいだけだとわかってもらえた」訴えが取り下げられたあと、エイサはそう述べたと伝えられている。それは恐らく真実だろうが、こう言っても差し支えないはずだ——彼女には相当優秀な弁護士を雇うだけの資金があったのだろう。

〝昨日、わたしはここに移住した〟エイサは日記の最初にこう記し、水没した大都市ボストンの上で海上生活を始めた。時は太陽紀二二三八五三〇二年。昔のグレゴリオ暦に詳しい人には、二六四五年七月五日と言っておこう。

その言葉はもちろん、彼女のオリジナルではない。ヘンリー・デイヴィッド・ソローがちょうど八百年前にボストン郊外で記した言葉だ。

しかし、人間嫌いに聞こえる記述の多いソローとは違い、エイサはひとりですごす時間と同じくらい、人々のなかですごした。

『漂流』（エイサ・〈鯨〉＝〈舌〉＝π著）からの抜粋

伝説の島シンガポールはもうない。けれど、シンガポールという概念は生きつづけている。

家族用の居住キットは一族ごとにしっかりと接続され、それが巨大な海上都市を形成している。上空から眺めれば、水面にマット状に集まった藻類のように見える。といっても、金属とプラスチックでできていて、ところどころにパールや水滴や泡――居住キットの透明ドームと太陽熱収集器――が輝いている。

　シンガポール難民集合住宅地はかなり広大で、海に沈んだクアラルンプールのあった場所から、水没を免れたスマトラ付近の島々までの数百キロを、一度も水に触れずに歩いていける――といっても、そんなことをしたがる人はいないだろう。外はとてつもない暑さで、人間は生きていけない。

　台風――これくらいの緯度では、ほぼひっきりなしに来る――が接近すると、一族ごとにつながった居住キットは接続を解いて水中に避難し、嵐を乗りきる。難民たちは昼とか夜とは言わず、海上とか海中と言うことがある。

　居住キット内には無数のにおいが立ちこめ、金星の無菌ステーションや高緯度にある空調の整ったドームの住人はまいってしまうだろう。炒粿條《チャークイテイオ》（東南アジアの麺料理。米の麺を使った焼きそば）、ディーゼルエンジンの煙、肉骨茶《バクテー》（シンガポール・マレーシアの豚肉を使った煮込み料理）、人間の排泄物、発酵させたガンギエイ、カトンラクサ（シンガポールのカトン地区を代表する麺料理）、マンゴーの香りの香水、カヤトースト（ココナツミルクを使ったスプレッドを塗ったトースト）、印尼炸鸡《アヤム・ペニェット》（インドネシア風のフライドチキン）、焦げた絶縁体、ミーゴレン（インドネシア風の焼きそば）、ロティ・プラタ（インド風のパンケーキ）、潮風のにおいが混ざった再生空気、ナシレマ（マレーシアのご飯料理）、叉焼《チャーシュー》――それらが混ざりあった目眩のしそうなにおいは、難民にとってはともに育った香りであり、外から訪れる者にとってはけっして慣れることのできないものだ。

難民集合住宅地での生活は騒々しく、狭苦しく、ときおり暴力的になる。伝染病が定期的に蔓延し、平均余命は短い。先祖から母国を奪った戦争のあと、難民が何世代にもわたって無国籍のままでいるという事実は、〝先進世界〟の人間が解決策を思い描くことなど不可能に思える。〝先進世界〟という昔のレッテルは、その意味が何世紀もかけて進化してきたものの、道徳的な正しさとはずっと無縁だった。もっとも早くから、もっとも大々的に地球を汚染してきたのは〝先進世界〟だし、向こう見ずにも自分たちと同じ道をたどろうとするインドと中国を相手に戦争を始めたのも〝先進世界〟だ。

わたしはこの目で見たものに、悲しみを覚えた。とてもたくさんの人々が海と空のあいだのわずかな空間で、懸命に人生にしがみついている。こんな――人間が暮らすには向かない――場所でも、干潮のたびに現れる杭にはりついたフジツボのように、人々は頑固にしがみついている。アジア内陸の砂漠地帯で、モグラのように地下生活をしている難民はどうしたのか？　アフリカと中央アメリカの沖合に浮かぶ、ほかの難民集合住宅地は？　彼らは純粋に意志の力で、奇跡によって、生きのびた。

人類は星々へ移住したかもしれないけれど、わたしたちは故郷の星を破壊してしまった。そのことを、自然主義者たちは未来永劫嘆きつづけるだろう。

「でも、なんでぼくたちのことを、解決しなきゃならない問題だと思うの？」わたしと物々交換に応じてくれた子どもが言った（わたしは抗生物質を一箱あげ、その子はチキンライスをくれた）。「水没したシンガポールは、昔は〝先進世界〟の一部だったけど、ぼくらは違う。ぼくらは自分たちのことを難民なんて言わないけど、あんたはそう呼ぶ。これがぼくらの家なんだ。ぼくらはここで暮らしてる」

その夜、わたしは眠れなかった。

これがぼくらの家なんだ。ぼくらはここで暮らしてる。

長引く不況のせいで、北米のほとんどでは、各地のドーム都市をつなぐかつては有名だった気送管交通網の衰退を招いた。そのため最近では、マサチューセッツ海に出るもっとも簡単な方法は海路だ。

わたしは蒸し暑いアイスランドで、〝大西洋沿岸地域および合衆国連邦〟行きのクルーズ船に乗りこんだ。十一月はこの地域を訪れるのに最適な時季だ。夏は暑すぎる。アクトンに到着すると、わたしは小型ボートを雇い、海上生活をするエイサの居住キットまで乗せてもらった。

「火星へ行ったことはありますか？」わたしの雇ったガイドのジミーが訊ねた。二十代の若者で、日に焼けてがっしりした体格をしている。笑うと、すきっ歯が見える。

「ああ、あるとも」

「暖かいんですか？」

「ドームの外で長い時間すごせるほど暖かくはない」わたしは火星のアキダリア平原にあるワトニーシティを最後に訪ねたときのことを考えた。

「準備ができたら行きたいと思ってるんです」

「故郷が恋しくならないか？」

彼は肩をすくめた。「故郷は仕事がある場所っていうだけだから」

オールトの雲から引き寄せられた彗星が、火星の表面にひっきりなしにぶつかっていることや、太陽帆の開発のせいで放射線量が上がっていることは、よく知られている。どちらの技術的努力も数世紀前に始まったもので、なんとか火星の気温を上げ、極地にある二酸化炭素の氷冠のほとんどを昇華させて水の循環を再開させた。光合成植物の導入で、大気は人が呼吸できる空気に似たものへとゆっくり変わっていこうとしている。まだ始まったばかりだが、〝人間の住める火星〟という人類の長年の夢が、あと二、三世代のうちに実現すると考えるのは不可能ではない。ジミーが火星へ行くときは、ただの旅行者だとしても、彼の子どもたちは火星に定住するかもしれない。

小型ボートが遠くの波間に見える半球に近づいていくと、わたしはジミーに世界一有名な隠遁者のことをどう思うか訊ねてみた。最近、地球一周航行の出発地点だったマサチューセッツ海に戻ってきた隠遁者のことだ。

「彼女のおかげで観光客が来てくれます」ジミーは当たり障りのない口調で話そうと努力しているようだった。

エイサの記録――世界じゅうの水没した古代都市の遺跡をめぐる生活についての記録――をまとめた一冊は、出版界における説明不能の事件だった。彼女はXPキャプチャや普通の古いビデオカメラを使うことも拒み、印象主義的なエッセイで自分の体験を伝えたのだ。古くさいが昔から消えることのない華美な文体でつづられたものだ。彼女の本を大胆で独創的と評する人もいれば、気取っているという人もいる。

エイサは自分を批評する人々を止めるようなことはしなかった。〝禅師はこう述べている――隠遁者の探し求める閑居は、市中にこそ見いだせる〟彼女はそう記している。こういった華麗でとらえがたい神秘主義に、彼女を中傷する人々のうんざりしたうなり声が聞こえてくるようだ。

彼女が真の解決策を探さずに〝難民ツーリズム〟を奨励していることを、多くの人々が非難した。彼女はいつの時代も特権社会の知識人たちがしてきたことをしているだけだ、という人々もいる。恵まれない人々を訪ね、美化された偽の英知を〝発見〟することによって、彼らを代弁しているつもりなのだと。

「エイサ・〈鯨〉は〝先進世界〟のノイローゼを、心に処方する楽天的なチキンスープで和らげようとしているだけだ」わたしの出版物に寄稿しているメディア評論家、エマ・〈ＣＪＫ＝ＵｎｉＨａｎ＝グリフ　４３２３７１〉は断言した。「彼女はわたしたちに何をさせたいのだろうか？　人間が住める環境にすること《テラフォーミング》に注いできた努力をすべてやめること？　地獄のような状態の地球を、あるがままにしておくこと？　世界がより多く必要としているのは、積極的に問題解決に取り組むエンジニアであって、お金の使い道をなくした裕福な哲学者ではない」

いずれにせよ、〝大西洋沿岸地域および合衆国連邦〟の観光大臣であるジョン・〈塔門〉＝〈霧〉＝〈鱘〉は、今年の初めにこう述べた。マサチューセッツ海を訪れる観光客の数は、エイサの本の出版以来、四倍に増えている（シンガポールとハバナでの伸びはさらに大きい）。観光収入の増大が地元で歓迎されているのは間違いないが、エイサによる彼らの記述については葛藤があるようだった。

わたしはジミーの目に浮かぶ複雑な表情をさらに追求したかったが、彼は決然と顔をそむけ、分単位で大きくなってくる目的地を見つめた。

球体の居住キットは直径約十五メートルで、透明な薄い外殻には航海用センサーが設置され、内側にはもっと厚い合金でできた気密室がある。球体の大部分は海面より下にあり、水面から出た透明なドームのてっぺんは、空を見つめる海の怪物の目玉のように見える。その目玉の上にぽつんとひとり、日時計の指柱のようにまっすぐ立っている人がいる。

ジミーが小型ボートを少しずつ進め、居住キットの横に軽くぶつかったところで、わたしは慎重に居住キットに移った。わたしの重みで居住キットが少し沈むとき、エイサがわたしを支えてくれた。彼女の手はさらりとして冷たく、とても力強い。

わたしは彼女を見て、ぼんやりと、こう思った。最後に公共のスキャングラムで見たときとまったく変わっていない。あの時、彼女はヴァレンティーナ・ステーションの大きな中央フォーラムから、「〈ユナイテッド・プラネット〉は火星を地球化しようとしているだけでなく、〈青い揺り籠《ブルー・クレイドル》〉の経営支配権までまんまと手に入れた」と発表した。〈ブルー・クレイドル〉とは、地球を人が住める環境に完全に復元することを目指す官民提携事業だ。

「あまりお客さんを招くことはないの」エイサの声は穏やかだった。「毎日新しい知り合いを増やしても、しょうがないでしょ」

二、三日彼女のところに滞在させてほしいという依頼に、彼女があっさりイエスと返信してきたことに、わたしは驚いていた。漂流生活を始めてから、彼女は誰からもインタヴューすら受けつけていなかったのだ。

「なぜですか？」わたしはそのとき訊ねた。

「隠遁者でもさみしくなることがあるの」彼女は答えたが、すぐに新たなメッセージで「ときどきだけれど」とつけたした。

ジミーは小型ボートで帰っていった。エイサは居住キットのほうを向くと、身ぶりで透明な球体のなかへ下りていくよう促し、〝目玉〟を開けて、太陽系でもっとも影響力のある難民居住キットに招き入れた。

金星のどんよりした大気に浮かぶ金属製の繭からは、星々が見えない。火星の与圧ドームでも、星々にそれほど注意を払う人はいない。地球では、居住可能な地域にある空調の整った都市の住人は、輝く画面とＸＰインプラント――とりとめのない会話の発する光、輝かしい評判のアカウント、尾を引く彗星のように下落するクレジットスコア――に夢中だ。彼らは空を見上げたりしない。

ある晩、蒸し暑い亜熱帯地域の太平洋上を漂流する居住キットに横たわっていると、わたしの顔のはるか上で、星々がいつもの位置で自転していた。鮮明で数学的な光の点が、無数のダイヤモンドのように光っている。わたしははっとした。子ども時代の明快さに似ていることに驚きつつ、天の顔はコラージュだと気づいた。

わたしの網膜にぶつかってくる光子のいくつかは、アンドロメダがつながれている岩の裂け目から出てきたものだ。それは、最終氷河期のさすらいの戦士たちがまだドッガーランド——ブリテン島とヨーロッパ本土をつないでいた陸地——を歩いていた時代の光。ほかにも、血にまみれたシーザーがポンペイウスの像の足元に倒れたとき、白鳥座の翼の先で瞬く星から出てきた光子もある。さらに、水瓶座の瓶の口から旅立ってきた光子も。アジアで起こったいくつもの戦争が数十年にわたって大量の人を殺戮し、砂漠化や水没で母国から逃げてきた難民のボートを、日本とオーストラリアのドローンが攻撃して沈めた頃の光だ。それから遠い射手座の蹄《ひづめ》から飛んできた光子もある。それはグリーンランドと南極にあった最後の氷河が消え失せ、モスクワとオタワが初の金星行きロケットを打ち上げた頃の光……。

海の水位は上下し、地球の表面はわたしたちの顔と同じくらい変わりやすい。陸地は海から飛び出したかと思うと、ふたたび沈む。鎧《よろい》で身を守るロブスターがちょこちょこ走る海底は、地質学的にはついさっきまで毛むくじゃらのマンモスの大群が戦っていた場所だ。昨日のドッガーランドは明日のマサチューセッツ海なのかもしれない。絶え間ない変化の唯一の目撃者は、永遠の星々だ。ひとつひとつの星が、時間の海のなかの異なる流れなのだ。蒼穹《そうきゅう》の写真は時間のアルバム。渦を巻いた複雑な姿は、オウムガイの殻や銀河系の腕に似ている。

居住キットのなかは、ほとんど家具がなかった。何もかも——作りつけの寝台、壁に取り付けられたステンレスのテーブル、箱型の航行制御コンソール——が機能的で、シンプルで、凝った〝シグネチャー〟装飾——最近、個人の小物につけるのが大流行しているようだ——は一切ない。ふたりの人間には窮屈なはずだが、エイサが空間を会話で埋めようとしないので実際より広く感じる。

わたしたちは夕食——エイサが自分で獲った魚を、居住キットの円蓋を開けて直火であぶったもの——をとり、静かに就寝した。わたしはたちまち眠りに落ちた。優しい波が体を揺らし、明るく暖かいニューイングランドの星の光が顔をなでる。エイサがたくさんの言葉を捧げていた星々だ。

インスタントコーヒーとビスケットの朝食のあと、エイサにボストンを見たいかと訊かれた。

「ぜひ」わたしは答えた。そこは昔の学問の拠点にして、伝説の大都市だ。勇敢なエンジニアたちが海面の上昇を阻止しようと二百年間奮闘したが、ついには巨大な防波堤も決壊し、ボストンはひと晩で水没した。〝先進世界〟の歴史上もっとも大きな災害のひとつだ。

エイサが居住キットの後部にすわって舵をとったり、太陽光発電式ウォータージェット・ドライヴを監視したりしているあいだ、わたしは居住キットの底に膝をつき、透明な床の下を通りすぎる景色にすっかり見入っていた。

日が昇ると、しだいに海底の砂地に点在する巨大な廃墟が見えてきた。長く忘れられたアメリカ帝国の勝利を記念するいくつものモニュメントが、古代のロケットのようにはるかな海面を指している。海底山脈のようにそびえているのは、かつて数十万もの人々が暮らしていた、石やガラス化したコンクリートでできた塔だ。その数えきれない窓とドアは、静かで虚ろな穴となり、色とりどりの魚の群れが熱帯の小鳥のようにせわしなく出入りしている。ビルのあいだでは、巨大な褐藻類の森が揺れている。ビルの谷間は、かつては車が激しく行きかう道路で、この大都市を活気づける幹細胞だった。

そして何より驚いたのは、この沈んだ都会の表面を隙間なくおおう虹色のサンゴだ。深紅、薄いオレンジ、光沢のある白、明るい蛍光朱赤……。

第二次洪水戦争の前、欧米の賢人たちは、サンゴは滅びる運命にあると考えていた。海水の温度上昇と酸性化。藻類の個体数の増加。水銀、ヒ素、鉛、その他の重金属濃度の高さ。度を越した沿岸開発——人が住めなくなった地域からの難民の流入を断固拒否するため、先進各国が沿岸に建設した設備。そのひとつひとつが、か弱い海洋生物と光合成をおこなう共生植物の破滅をもたらすと思われた。

海は色を失い、一枚のモノクロ写真となって、わたしたちの愚行の無言の証人となるのだろうか？

けれど、サンゴは生きのび、適応した。南北の高緯度地域に移住して、ストレスのある環境への耐性を獲得し、人間が海洋資源採掘のために開発したナノプレート分泌性の人工藻類と、予想外の新たな共生関係を作ったのだ。マサチューセッツ海の美しさは、あの有名なグレートバリアリーフやはるか昔に消えたカリブ海の伝説のサンゴ礁にも、少しも負けていないと思う。

「なんと色鮮やかな……」わたしはつぶやいた。

「いちばんきれいなサンゴ礁は、ハーヴァード・ヤードにあるのよ」とエイサ。

わたしたちはケンブリッジの有名な大学の廃墟に、南から近づいていった。かつてはチャールズ川だった海藻の森の上を進んでいく。ところが海面に停泊する大きなクルーズ船が行く手をはばんだ。エイサは居住キットを止め、わたしは上にのぼってドームのてっぺんから外に目をこらした。〈ナスキン〉の足ヒレと人工エラをつけた観光客たちが、海に帰るセルキー（スコットランド民話に登場するアザラシから人間に変身する種族）のように船から飛び下りていく。彼らの滑らかな肌は十一月の焼けつくような陽射しを浴びて、一時的に褐色になっている。

「ワイドナー図書館は人気の観光スポットなの」エイサは説明した。

わたしが下りていくと、エイサは居住キットをクルーズ船の下へもぐらせた。この居住キットは海中を潜航することもできる。沿岸の海上都市に暮らす難民が、台風やハリケーンをやりすごしたり、熱帯地方の命にかかわる酷暑を防いだりできるようになっているのだ。

ゆっくりとサンゴ礁へ向かって下りていく。サンゴ礁がとりかこんでいるのは、かつては世界最大の大学図書館だったものの残骸だ。わたしたちのまわりでは、色鮮やかな魚の群れが陽射しの柱のあいだを泳ぎ、観光客たちが人工エラの後ろから泡を出しながら、人魚のように優雅に下りてくる。

海中の大建造物の前にある万華鏡のような海底で、エイサは居住キットを優しく円を描くように進めながら、さまざまな見どころを指さしていく。複雑な層をなす深紅のサンゴ群体におおわれた丘があった。サンゴが昔のフラメンコダンサーのたっぷりしたドレスのように渦を巻き、ひだを作っているその丘は、元はソローの師であるエマスンの名を冠した講堂だった。高くそびえる槍のような柱には、とがったサンゴの集まりがびっしりとはりつき、幾何学模様を描いている。カーマインレッド、セルリアンブルー、ビリジアングリーン、そしてサフランイエローのサンゴに彩られたその柱は、かつてはハーヴァード大学記念教会の尖塔だった。べつの長いサンゴ礁の横にある小さなこぶ——その大きな脳みその形をしたサンゴは、知識へつながるこの神聖な教会を歩いた、何世代ものローブをまとった学生たちの英知を思わせる——は、まさにあの有名な〝三つの嘘の像〟があった場所だ。その古い記念像は、後援者ジョン・ハーヴァードについて、説明もその姿も何ひとつ正確に表していなかった。

わたしの横で、エイサが静かに詩を暗唱した。

カエデはより鮮やかなスカーフをつけ、
野は緋色のガウンをまとう。
流行おくれにならないように、
わたしもアクセサリーをつけよう。

初期の共和党優勢時代の詩人、エミリー・ディキンスンの古い詩の一節が、今ではもう見られない秋の美しさを生き生きと描き出す。海面が上昇し、冬が消え去るずっと前は、このあたりの岸辺を彩っていたものだ。そんな時代の詩が、奇妙にもふさわしく思えた。

「共和党優勢時代の木の葉がこれよりほんの少しでも美しかったとは、とても想像できない」わたしは言った。

「それは誰にもわからないわ。サンゴがどうやって鮮やかな色を出しているか知ってる？」

わたしは首をふった。サンゴについては、金星では宝石と同じくらい人気があるということしか知らない。

「サンゴの色素は、重金属と汚染物質に由来しているの。彼らほど耐性のなかった先祖なら、死んでいるわ。ここのサンゴが特に鮮やかなのは、このあたりがいちばん長く人間の手が加えられた場所だから。こんなに美しいけれど、このサンゴは信じられないほど弱いの。地球の温度が三度以上上下がれば死滅するでしょう。前回の気候変動を生きのびられたのは、奇跡よ。そんなことがもう一度可能だと思う？」

かつてはワイドナー図書館だった大きなサンゴ礁をふり返ると、観光客が数人ずつのグループで、図書館の入口前の広いテラスやその横に下りてくるのが見えた。派手な深紅色――それはハーヴァード大学のスクールカラーで、色素沈着を施した皮膚の色か、着ているウェアの色だ——の若いツアーガイドたちが、日帰りアクティヴィティーに参加する観光客のグループをそれぞれ案内している。

エイサはこの場から離れたがったが——観光客の存在がわずらわしくなったらしい——わたしは観光客が興味を引かれているものを見てみたいと頼んだ。少しためらってから、エイサはうなずき、居住キットをその近くへ寄せてくれた。

あるグループが、ワイドナー図書館の入口へつながる階段だった場所で、輪になって立っていた。深紅のウェットスーツを着た若い女性ガイドが、ダンスのような動きをしてみせ、客がそれを真似している。ゆっくりした動きは、そういう振り付けなのか、それとも水中で速く動けないだけなのか、定かではない。ときどき、観光客ははるか上空のぎらつく太陽を見上げる。太陽は深さ三十メートルの水に遮られ、ぼんやりかすんで見えた。

「太極拳をやっているつもりなのよ」エイサが言った。

「太極拳とはまるで似ていませんよ」わたしにはそのゆったりしたぎこちない動きと、低重力ジムの講座で学んだことのある切れのいい素早い動きが同じものとは、とても思えなかった。

「昔の太極拳は、ゆったりと落ち着いた動きだったと考えられているの。現代のものとはまったく違う。とはいえ離散前の記録はほとんど残されていないから、こういったクルーズ船は観光客に受けそうなものを勝手に作っているだけよ」

「なぜ、ここで太極拳をするんです？」わたしはすっかり当惑していた。

「戦前のハーヴァード大学には、中国系の学者がかなりたくさんいたらしいの。中国でもっとも富と力を持つ層の子どもたちが、大勢ここで学んでいたと言われている。それでも、彼らが戦争を逃れることはできなかったけれど」

エイサが居住キットをワイドナー図書館から少し離すと、もっと多くの観光客が見えた。サンゴの絨毯におおわれたハーヴァード・ヤードを散歩したり、のんびりすごしたり、紙の本らしきもの――クルーズ船の会社が用意した小道具だろう――を持って、スキャンを撮りあったりしている。音楽なしでダンスをしている数人は、共和党優勢時代初期と後期のファッションをミックスした衣装を着て、さらに大学のガウンまではおっている。エマスン・ホールの前で、ふたりのガイドがふたつの観光客グループを引き連れて、討論の真似事のようなことをさせていた。それぞれのグループが、ホログラムを通して自分たちの立場を表明している。頭上にぼんやりと浮かぶホログラムが漫画のふきだしのようだ。何人かの観光客がこちらを見たが、ほとんど気にするようすはない――おそらく、この漂流する難民住居を、クルーズ船の会社が雰囲気を出すために用意したものだと思っているのだろう。有名な隠遁者のすぐ近くにいると知ってさえいたら……。

どうやら観光客たちは、大学の輝かしい時代の想像上のシーンを再現しようとしているようだった。ここで学んだ偉大な哲学者たちが、発展しか眼中にない各国政府に対し、嘆きの言葉を発表していた時代。そうした国々が地球の温度を絶え間なく上げつづけ、ついには南北極地の氷冠が崩壊したのだ。

「世界の偉大な自然保護論者と自然主義者の多くが、このハーヴァード・ヤードを歩いてきたんですね」わたしは言った。一般的なイメージでは、ハーヴァード・ヤードはアテネのアクロポリスや古代ローマのフォロ・ロマーノと同等のものと考えられている。わたしはもう一度、想像してみた。すぐ下にある色とりどりのサンゴ礁は、鮮やかな赤と黄色の落ち葉におおわれた緑の芝生。ニューイングランドのひんやりした秋の日、学生と教授がこの星の運命について討論している。

「わたしはロマン主義的という評判だけれど」エイサは言った。「過ぎし日のハーヴァードが現在のハーヴァードよりいいとは言いきれないと思う。ハーヴァードやよく似たほかの大学は、軍人や大統領もはぐくんできた。彼らは最終的に、人類は気候を変えられるという考えを否定し、人々を煽ってアジアとアフリカの貧しい国々に対する戦争へと導いた」

わたしたちは静かにハーヴァード・ヤードを漂いながら、観光客がフジツボのはりついた窓から出たり入ったりしているのを眺めた。まるで、たくさんの目を持つ頭蓋骨にたかったヤドカリが、眼窩をすばやく出入りしているようだ。何人かはほとんど裸になって、アメリカの共和党優勢時代初期の古い衣服に似せた半透明の衣装を体の後ろになびかせている。ほかの観光客は、アメリカン・インペリアルを意識したウェットスーツ——偽物の甲冑《かっちゅう》におおわれたウェットスーツに、ガスマスク型のヘルメット——を身に着けている。さらには、難民風の衣装を着て、人工的にサビをつけた偽のサバイバル呼吸キットを引きずっている人もいる。

彼らは何を探しているのだろう？　それは見つかったのだろうか？

エイサはかつて、こう書いていた——ノスタルジアとは、わたしたちが時に癒されるのを拒んでいる傷のことだ。

二、三時間後、満足した観光客たちは海面へ向かっていった。そのようすは、見えない捕食者から逃げる魚の群れのようだったが、ある意味、そのとおりだった。

天気予報が大型の嵐の襲来を告げていた。マサチューセッツ海が穏やかであることは、稀なのだ。

周囲の海から人がいなくなり、大きな雲の島に見えるクルーズ船が帰っていくと、エイサは目に見えて穏やかになってきた。そしてわたしたちは安全だと請け合い、居住キットをハーヴァード大学記念教会の陰へ移動させた。ここ――荒れ狂う海上の下――で、嵐を乗りきるのだ。

日が落ちて、海が暗くなると、まわりに無数の光が現れた。夜のサンゴ礁は、居眠りには向かない。夜の発光生物――クラゲ、小エビ、ウミホタル、ハダカイワシ――が隠れていたところから出てきて、この眠らない海底都市で楽しいひとときをすごすのだ。上のほうで風と波が暴れているあいだ、わたしたちは何も感じることなく海底を漂い、無数の生きた星にかこまれていた。

わたしたちは見ない。

わたしたちには見えない。

わたしたちは果てしなく旅をして、見たことのない景色を探し求める。自分の頭のなかは一度も見もせずに、世界が差し出せる確実に異質で素晴らしい景色を探し求める。けれど周囲十平方メートルに視線を向ければ、わたしたちの好奇心と新しさを求めてやまない気持ちを満たしてくれる以上のものがある。足下の一枚一枚のタイルに描かれた独特の縦方向の模様、わたしたちの肌にいるバクテリアを活気づける化学的なシンフォニー、わたしたちが自分自身のことを考えていると考えられることの謎。

空の星は、舷窓《げんそう》から見える光るサンゴ虫と同じくらい、遠くて近い。わたしたちはただ、あらゆる原子に美が染みこんでいるのを確認すればいい。

孤独のなかでしか、星のように自己充足して生きることはできない。

わたしはこの暮らしに満足している。今という時間に満足している。

遠くで、ワイドナー図書館の断崖のような巨体を背にして炸裂する光が見えた。虚空で爆発する新星だ。

そのまわりの星々は光のすじを描いて漆黒の闇から消えていくが、新星そのものはぼんやりした光の雲のような姿をしきりによじったり、もがいたりしている。

わたしはエイサを起こして、指さした。エイサは無言で居住キットをそちらへ向けた。近づいていくと、光はもがく何かに変わった。タコだろうか？　いいや、人だ。

「きっと、取り残されて動けなくなっている観光客だわ。今、海面に出たら、嵐で死んでしまう」

エイサは居住キットの前部の明るいライトをつけ、観光客の注意を引いた。光のなかに、混乱した若い女性が浮かび上がった。発光性の素材を散りばめたウェットスーツを着て、突然のまぶしい光を手で遮ろうとしている。高速で開閉する人工エラの切れ込みが、彼女の恐怖と混乱を物語っていた。

「どっちが上かわからなくなっているんだわ」

エイサはつぶやくと、舷窓から観光客に手をふって、この居住キットについてくるよう合図した。小さいサバイバル居住キットにはエアロックがないので、彼女を入れるには、いったん水面まで上がらなくてはならない。若い女性はうなずいた。

水面に出ると、激しい雨と三角波でとても立っていられなかった。エイサとわたしは入口ドームの狭い縁に腹這いになってしがみつき、その若い女性を居住キットに引き上げた。もうひとりの重みで、居住キットはさらに沈んだ。声を張り上げながらの格闘の末、わたしたちはなんとか彼女をなかに入れ、ドームを閉じて海底へ戻った。

二十分後、人工エラをはずし、体をふいて暖かい毛布にくるまり、熱い紅茶の入ったマグカップを持ったセアラム・〈ゴールデン＝ゲート＝ブリッジ〉＝〈キョート〉は、感謝の眼差しでわたしたちを見た。

「なかで迷子になってしまって」セアラムは言った。「空っぽの書架がどこまでもつづいていて、どっちを向いても同じに見えるの。初めはキャンディケーン・フィッシュについていってみた。外へ連れていってくれると思って。でも、その魚はぐるぐる回っていただ

「それで、探していたものは見つかったの？」エイサは訊ねた。

自分はハーヴァード・ステーションの学生だ、とセアラムは説明した。ハーヴァード・ステーションとは、金星の上層大気圏に浮かぶ高等教育機関で、今わたしたちの下に横たわる廃墟となった大学の古い名前を使う認可を受けている。彼女はこの伝説の大学を自分の目で見るためにやってきたのだった。海に沈んだ図書館に並ぶ書架をくまなく探せば、忘れられた学術書が見つかるかもしれないというロマンティックな希望を抱いて。

エイサは舷窓の外にぬっとそびえる虚ろな図書館を見た。「これだけ年月がたっていると、さすがに何も残っていないんじゃないかしら」

「そうかもしれません」セアラムは言った。「でも歴史は死にません。いつか、ここから水が引く日が来るでしょう。自然がついに本来あるべき姿に戻る頃、あたしは生きてそれを見届けられるかもしれない」

おそらく、セアラムは少し楽天的すぎる。この年の初め頃、〈ユナイテッド・プラネット〉のイオン駆動船が六つの小惑星を地球付近の軌道に押しこむのに成功したばかりで、宇宙鏡の建設は始まってすらいない。もっとも楽天的な工学的予測でも、宇宙鏡が地球に届く日光の量を減らし、地球の温度を下げて昔の姿——南極と北極に氷冠ができ、高い山々の頂に氷河がある温暖なエデンの園——を回復させるプロセスが始まるまで、数百年とは言わないまでも、数十年はかかるだろうと言われているのだ。その前に、火星が完全に人の住める環境になっているかもしれない。

「ドッガーランドがマサチューセッツ海より少しでも自然だと思う？」エイサは訊ねた。

セアラムの視線は少しも揺らがない。「氷河期は、人類の手でつくりだしたものとは、ほとんど比べ物になりません」

「夢のためにこの星を暑くして、郷愁のために冷やそうとしているわたしたちは、いったい何様なのかしら？」

「神秘主義では、先祖の過ちの結果に耐えている難民の苦しみを癒すことはできません」

「わたしはこれ以上の過ちを防ごうとしているのよ！」エイサは声を荒らげたが、なんとか冷静になった。「水位が下がれば、あなたのまわりにあるものは何もかも消える」舷窓の外に目をやると、サンゴ礁の夜の住人たちがふたたび光を発して活動していた。「シンガポールや、ハバナや、内モンゴルの活気あふれるコミュニティも消える。そういうコミュニティは、難民の貧民窟とか治安の悪い居住区と呼ばれているけれど、そんな場所だって故郷なのよ」

「あたしはシンガポールの出身です」セアラムは言った。「生まれてからずっと、そこから出ようと努力してきました。そしてなんとか勝ち取れたのが、バーミンガムへの念願の移住ビザでした。あたしたちの代表みたいな口をきくのはやめてください。あたしたちが何を望むべきか、あなたに教えてもらう筋合いはありません」

「けれど、あなたはそこを出ていったんでしょ」とエイサ。「もう、そこの住人じゃない」

わたしは外の美しいサンゴのことを思った――毒で彩られたサンゴたち。そして、世界じゅうの地下や水上で暮らす難民たちのことを思った――何世紀も、何世代もつづいているのに、まだ難民と呼ばれている人々。温度が下がっていく地球のこと、先祖の土地を取り戻そうと争う〝先進世界〟のこと、権力のカードがシャッフルされ、ふたたび配られるときに起こるであろう戦争と大量殺戮のことを思った。誰が決めるべきなのか？　誰が代償を払うのか？

わたしたち三人は海中の居住キットのなかにすわり、空を駆ける流星のような光のすじにかこまれた難民となって、これ以上話すことは誰も思いつかなかった。

わたしはかつて、生まれつきの自分の顔を知らないことを残念に思っていた。

わたしたちは自分たちの顔を、先祖が作っていた粘土彫刻のように簡単に作り変える。

外見の特徴や輪郭を、この魂の小宇宙を、社会という大宇宙の雰囲気や流行に合わせて変えていく。肉体の限界にまだ不満を持ち、光を反射させ影を落とす宝石をあしらい、優美なホログラムで表面を滑らかに見せている。

自然主義者は、現代性との永遠の闘いのなかで、わたしたちに偽善をやめるよう主張し、わたしたちは本来の姿ではないと訴えている。わたしたちは耳を傾け、彼らが見せてくれる先祖の粗い画像にうっとりする。先祖たちの不完全さ、変えていない姿、一連の無言の告発。わたしたちはうなずき、おこないを正そう、ごまかすのはやめようと誓う。けれどそれも、仕事に戻って魔法をふり払い、次の顧客のために新しい顔にしようと決意するまでのことだ。

しかし、自然主義者はわたしたちに何をさせたいのだろうか？　わたしたちが持って生まれた顔は、すでに作られてしまったものだ――まだ受精卵にすぎなかった頃、無数の細胞メスがわたしたちの遺伝子をカットして編集し、病気を取り除き、危険な突然変異を除去し、高い知能と長い寿命を持たせたのだ。そしてその前には、征服と移住と地球冷却と地球温暖化と、先祖たちが美や暴力や強欲から決断した選択からなる何百万年もの年月がすでにわたしたちを形作っていた。わたしたちの顔は生まれた時点で、ディオニュソスの芝居がおこなわれていたアテネや足利時代の京都で古《いにしえ》の役者がつけていた仮面と同じくらい巧妙に作り上げられたものだが、それと同時に、氷河に浸食されたアルプス山脈や海に沈んだマサチューセッツと同じくらい自然なものでもある。

わたしたちは自分が何者かを知らない。けれど、それを見いだす努力をやめる気はない。

七度の誕生日

Seven Birthdays

古沢嘉通訳

七歳

　幅広い芝生が目のまえに広がっており、まるでビーチの暗い黄褐色の細い帯でわかたれた黄金色の寄せ波のようだ。沈む夕陽が明るく、温かい。そよ風がわたしの両腕と顔をやさしく撫でていく。

「もう少し待ちたいな」と、わたし。

「すぐに暗くなる」と、パパ。

　わたしは下唇を噛む。「もう一度メールして」

　パパは首を横に振る。「もう充分伝言は残した」

　わたしはあたりを見まわす。大半の人たちはもう公園を去っている。夜の冷気の兆しが空気に現れている。

「わかった」がっかりした声にならないようにする。これは何度も何度も起こってきたことで、がっかりすべきじゃない。そうでしょ？「飛ばそう」と、わたし。

パパは凧を掲げ持つ。妖精が描かれたダイヤモンド形で、二本の長い尻尾がついている。けさ、公園のゲートにあるお店で買ってもらったのだ。妖精の顔がママを思いださせたから。

「用意はいいかい？」パパが訊く。

わたしはうなずく。

「走れ！」

わたしは海に向かって駆けだす。燃える空と、溶けかけている橙色の太陽に向かって。パパが凧を放す。それが宙に舞い上がるヒュンッという感覚を覚え、手のなかの凧糸がピンと張られる。

「振り返るな！　教えたように、走りつづけ、凧糸をゆっくりと繰りだすんだ」

わたしは走る。森のなかを駆けていく白雪姫のように。午前零時の鐘が鳴ったときのシンデレラのように。仏陀の掌から逃げようとする孫悟空のように。ヘーラーの嵐のような憤怒に追われたアイネイアースのように。糸を繰りだしつづけるうちに突風が吹いて、わたしは目を細くする。上下に動かす脚に合わせて心臓がどきどきしている。

「揚がったぞ！」

わたしは速度をゆるめ、立ち止まり、振り返る。妖精が宙に浮かんでおり、放せとばかりにわたしの両手を引っ張っている。糸巻きの取っ手を摑んだまま、妖精がわたしを宙に持ち上げてくれるところを想像する。いっしょに太平洋の上に舞い上がれるように。ママとパパがふたりのあいだにわたしをはさんで、腕を摑んでぶらんぶらんしてくれたように。昔よくそうしてくれたのだ。

「ミア！」

声のするほうを向くと、ママがつかつかと芝生を越えてくるのが見える。長い黒髪がそよ風になびいている。まるで凧の尻尾みたいに。ママはわたしのまえで立ち止まり、草の上にひざをつくと、わたしをハグし、自分の顔をわたしの顔にギュッと押しつける。ママはシャンプーの匂いがする。夏の雨やワイルドフラワーのような匂い。二、三週おきにしか味わえないようになった香りだ。

「遅れてごめんね」ママの声がわたしの頰でくぐもる。「誕生日おめでとう！」

わたしはママにキスしたいけれど、したくない。凧の糸がゆるみ、パパに教えられたように強くグイッとひっぱる。凧を宙に浮かべておくことがわたしにとってとても大切なのだ。なぜだかわからない。ひょっとしたら、ママにキスしなきゃならないのと同時にキスしてはならないことと関係しているのかもしれない。

パパが駆けてくる。パパは時間のことをなにも言わない。ディナーの予約時間を過ぎてしまったことを言わない。

ママはわたしにキスをして、顔を離したけれど、両腕でわたしを抱いたままだ。「用事ができて」ママは言う。声は平静で、落ち着いている。「チャオ＝ウォーカー大使の飛行機が遅れて、大使は空港でなんとか三時間をとってくださったの。来週の上海フォーラムのまえに、ソーラー管理計画の詳細を大使に説明しなければならなかった。とても大切なことだったの」

「いつだってそうさ」パパが言う。

わたしを抱いていたママの腕が強《こわ》ばる。いつだってこのパターンをたどる。ふたりがいっしょに住んでいたときですら。求められない説明。非難に聞こえない非難。

そっとわたしはママの抱擁から身をふりほどく。「見て」

これもまたいつもパターンの一部――ふたりのパターンを破ろうとするわたしの試み。単純な解決法しか、わたしには考えられない。なんとか状況を改善するために自分ができること。

わたしは凧を指さす。ママに似ている顔を持つ妖精をどうしてわたしが選んだのか、ママにわかってほしいと願って。だけど、いまでは凧はとても高いところまで揚がっていて、似ていることにママは気づけないだろう。わたしは凧糸を全部繰りだしている。長い糸は、地球と天を結ぶ梯子のようにだらんと垂れている。もっとも高いところにある箇所が沈む太陽光線を浴び、金色に光っている。

「すてきね」ママは言う。「いつか、もう少し事態が落ち着いたら、わたしが育った場所でおこなわれている凧祭りにあなたを連れていってあげる。太平洋の向こう側に。きっと気に入るはず」

「そのときは飛んでいかないとだめなの」わたしは言う。

「ええ」と、ママ。「飛ぶのを怖がらないで。ママはいつも飛んでいるんだから」

わたしは怖がっていないけど、大丈夫だと思っているところを見せようとして、とにかくうなずく。いつかがいつになるのか、わたしは訊かない。

「凧がもっと高くまで揚がればいいのに」言葉を途切れさせまいと懸命になって言う。会話をさらにつづければ、なにか貴重なものを空高く飛ばしつづけていられるかのように。

「もし糸を切ったら、凧は太平洋を越えていくかな？」

少し間を置いてから、ママは言う。「それは無理だろうな……。あの凧は糸があるからこそ、揚がっていられるのだから。凧は飛行機とおんなじ。糸を引っ張る力が推力として働いているの。ライト兄弟がはじめてこしらえた飛行機が実際には凧だったと知ってる？翼にそんな働きをさせるにはどうすればいいのか兄弟は学んだの。いつか、凧の揚力がどう働くか教えてあげ――」

「いや、越えていくよ」パパが口をはさんだ。「太平洋を越えて飛んでいくさ。おまえの誕生日なんだ。なんだってありうる」

そのあとふたりともなにも言わなくなる。

機械やエンジニアリングや歴史、それ以外のわたしがよく理解していないことについてママが話をするのを聞くのが好きなことをわたしはパパには言わずにいる。凧が大海原を越えて飛んでいかないとすでに知っていることをママには言わずにいる――自己弁護させるかわりに、わたしに話しかけさせようとしていただけだ。誕生日になんでも起こりうると信じるような歳ではないことをパパには言わずにいた――ふたりに喧嘩してほしくない。その結果がどうなるのか見てほしくない。ママが約束を破るつもりではないのはわかっているけれど、それでも破られると心が痛い、とママには言わないでおく。自分をふたりの翼に結びつけている糸を切ることができたらいいのにと願っていることを両親には言わないでいる――ふたりが競い合う風に心を引っ張られるのは、とてもきつい。

夫婦がおたがいをもう愛していないとしてもわたしを愛してくれているのは知っていた。

だけど、知っているからといって、けっして楽になるわけじゃない。

ゆっくりと太陽は大海に沈んでいく。ゆっくりと、星が空にまたたいて命を宿す。爪は星のなかに姿を消していた。妖精がそれぞれの星を訪れて、おどけたキスをするところを想像する。

ママが携帯電話を取りだし、熱心に文字を打つ。

「どうやら夕食を食べなかったようだな」パパが言う。

「ええ。昼食もね。一日じゅう走りまわっていたの」ママは画面から顔を起こさずに答える。

「駐車場から数ブロックいったところに、最近見つけた、かなりいいヴィーガン・レストランがあるんだ」と、パパ。「途中にあるスイーツ店でケーキを買って、ディナーのあとで足してもらうよう頼めるかもしれない」

「あー、そうね」

「それを仕舞ってくれないか?」パパは言う。「お願いだ」

ママは深いため息をつくと、携帯電話を仕舞う。「ミアと過ごす時間をもっと増やせるように遅い便にフライトを変更しようとしていたの」

「われわれと一晩過ごすことすらできないのか?」

「あすの朝、チャクラバルティ教授とフルーグ上院議員と会うため、ワシントンD．C．にいなきゃならないの」

パパの顔が強ばる。「この惑星の状態にとても関心のある人間にしては、きみは頻繁に飛行機を利用している。きみときみの依頼人たちがもっと速く移動し、もっと大量に運びたいとたえず願わなければ――」

「わたしがこういうことをやっているのは、わたしの依頼人のためじゃないことはよくわかっているでしょ――」

「自分を騙すのがとても簡単なのはわかってる。だけど、きみはもっとも巨大な企業や独裁的な政府のために働いていて――」

「わたしは空虚な約束ではなく、技術的な解決策に取り組んでいるの！　われわれは人類全体に倫理的な義務を負っている。月収十ドル以下で暮らしている世界人口の八十パーセントの人たちのためにわたしは戦っているの――」

生まれてこのかたそばにいるふたりの巨人に気づかれないまま、わたしは凧に引っ張られていく。ふたりの言い争う声は風に紛れる。一歩一歩、わたしは打ち寄せる波に近づいていき、糸がわたしを星々へと引き寄せていく。

四十九歳

車椅子に母が心地良さを感じるのは難しかった。

最初、母のために見つけた大昔のコンピュータ画面と母の目の高さを合わせるため、車椅子の座面を上げようとした。だが、背中が丸まって、肩が前すぼみになっているため、母は、ディスプレーの下の机に置かれたキーボードに手を届かせるのに苦労していた。震える指をキーに伸ばそうとすると椅子が沈んだ。いくつかの文字と数字を入力し、苦労しながら画面を見上げると、画面は母の頭の上に聳《そび》えている。モーターがハム音を立て、椅子がふたたび彼女を持ち上げる。際限なくこれがつづく。

サンセット・ホームズでは、三千体のロボットが、三人の看護師の監督の下、およそ三百人の入居者の面倒をみている。これが現在のわれわれの死に方だ。人の目を離れ、機械の叡智に依存する。西欧文明の頂点。

わたしは歩み寄り、わたしが売るまえに母が自宅から運んできた古いハードカヴァー本の山にキーボードを立てかけた。モーターがハミングを止めた。複雑な問題の単純な解決法、母なら気に入ったであろうたぐいのことだ。

母はわたしを見た。濁った目には、認識の兆しがない。

「母さん、わたしよ」と、わたし。それから、一拍置いて、つけくわえる。「あなたの娘のミア」

調子がいい日もあるんですよ、師長の言葉を思い起こす。数学の問題を解いていると落ち着くようです。ご提案いただいたおかげです。

母はわたしの顔をしげしげと見る。「ちがう」と、母は言う。一瞬、ためらってから、「ミアは七つよ」

そして母はコンピュータに向かい、キーボードに数字をポツリポツリと入力しつづける。「人口統計と紛争曲線をグラフにしないと」母はつぶやく。「これが唯一の方法だと、彼らに見せないと……」

わたしは小さなベッドに腰を下ろした。胸に刺さるはずなんだろう――わたしを覚えているよりも時代遅れになった計算結果のほうをよく覚えているという事実が。だが、母はとっくにはるか彼方にいってしまった。地球の空を薄暗くさせることへの執着という細いより糸で、この世とかろうじて繋がっている筈だ。それに対して、わたしは憤慨や心痛を引き起こせない。

わたしは母の心のパターンにはなじみがある。スイスチーズ状になった脳に閉じこめられているものに。母はきのう起こったことを覚えていないし、一週間まえのことも覚えていないし、ましてや過去数十年間のことなどまるっきりだ。わたしの顔やわたしのふたりの夫の名前も覚えていない。父さんの葬儀も覚えていない。わたしはアビーの卒業写真や、トーマスの結婚式のビデオをわざわざ母に見せなかった。

唯一残っている話題は、わたしの仕事だけだった。わたしが持ちだす名前を母が覚えていたり、わたしが解決しようとしている問題を母が理解できるとは思えなかった。わたしは人間の心をスキャンする難しさ、コンピュータを使って炭素ベースの計算を再現する複雑さ、脆弱な人間の脳のためのハードウェア・アップグレードが可能になる期待（もうちょっとのところまできているけれど、まだかなり遠い）について、母に話した。おおかたは独り言だった。母は技術用語があふれ返るのを聞くと心地よくなるのだ。母が耳を傾けているだけで充分だった。彼女はほかのどこかへ急いで飛んでいこうとはしていない。

母が計算を止めた。「きょうはなんの日？」

「わたしの——ミアの誕生日」わたしは答えた。

「会いにいかないと」と、母。「この計算を終えればいいだけ——」

「いっしょに外を散歩しない？」わたしは訊いた。「ミアは外で太陽の光を浴びるのが好きなんだよ」

「太陽は……明るすぎる……」母はつぶやいた。それからキーボードから両手を引いた。

「わかった」

車椅子は外へ出るまでわたしの横を軽快に動いて廊下を通っていった。金切り声を上げている子どもたちが励起された電子のように幅広い芝生の上を右へ左へ駆けまわっている一方、白髪で皺だらけの入居者たちが真空のなかに散らばった原子核のようにはっきりとしたクラスター状態で座っていた。子どもたちと時間を過ごすのは、高齢者の気分を改善すると思われており、サンセット・ホームズでは、バスに満載した幼稚園児たちで部族の篝火《かがりび》祭りや村の炉端を再現しようとしていた。

母は太陽の明るい輝きに目を細くすぼめた。「ミアはここにいるの?」

「いっしょに探しましょう」

わたしたちはワイワイガヤガヤという騒音のなかを通り抜け、母の記憶の幽霊を探した。やがて母は打ち解け、自分の人生についてわたしに話しはじめた。

「人間に起因する地球温暖化は現実のもの」母は言った。「だけど、主流のコンセンサスはあまりにも楽観的すぎる。現実ははるかにずっと深刻なの。わたしたちの子どものため、わたしたちは自分たちの時代で解決しなければならない」

トーマスとアビーはもはや自分たちが何者なのかわからない祖母の見舞いにわたしとい

っしょにいくことを止めて久しかった。ふたりを責めはしない。母にとって孫が見知らぬ人間であるのと同様に、彼らにとっても母は見知らぬ人間だった。彼らには物憂げな夏の午後にクッキーを焼いてくれたり、就寝時間が過ぎてもタブレットでマンガを読むのを認めてくれたりした祖母の記憶はなかった。彼らの人生において、わたしの母はつねにせいぜいのところ多少関係があるくらいの存在だった。いちばん感じ入ったのは、一枚の小切手で彼らの大学の学費を払ってくれたときだろう。地球がかつては滅びる運命にあったという話と同様、非現実的な妖精のような祖母だ。

母は、実際の子どもたちや孫たちよりも観念としての未来の世代のほうを気にかけていた。わたしは自分が不公平な立場にいるとわかっていたが、事実というものは、しばしば不公平なものだ。

「野放しにしておくと、東アジアの多くは一世紀のうちに居住不能になってしまう」母は言った。「歴史に残る小氷河期とミニ温暖期の記録をグラフにすると、大規模移住や戦争、ジェノサイドの記録が手に入る。おわかり？」

クスクス笑っている少女が目のまえを駆けていった。車椅子が急停止した。少年少女のやかましい集団が、その少女を追って、わたしたちのそばを駆け抜けていく。

「汚染の大半をおこなっている富裕な国々は、貧しい国々が開発を止め、たくさんのエネルギーを消費するのを止めてもらいたがっている」母はつづけた。「貧しき者たちに富める者たちの罪の代価を払えというのが公平なことだと彼らは考えているの。肌の色のより濃い者たちが、肌の色のより薄い者たちに追いつこうとするのを止めさせるのが公平なことだと」

わたしたちは芝生の末端まで歩いてきた。ミアのいる様子はない。わたしたちは回れ右して、転がり、踊り、笑い声を上げ、駆けまわっている子どもたちの集団のなかをふたたび通り抜けた。

「外交官がそれを解決すると思うのは馬鹿げている。この紛争は折り合いのつかないものであり、究極の結果は公平なものにはならない。貧しい国々は開発を止められないし、止めるべきではない。富める国々は金を払おうとしない。だけど、技術的な解決策はあるの。ちょっとした気の利いた小技《ハック》が。能力のあるごく少数の怖れを知らない男女がいれば、世界のほかの人々ができないことをやれるの」

母の目に光があった。これは彼女のお気に入りの話題だった。彼女のマッドサイエンティストとしての回答を投じる場面だ。

「民間ジェット機を相当数購入して、改造しなければならない。公空で、あらゆる国の管轄権からも離れたところで、ジェット機は硫酸を噴霧する。水蒸気と合わさって、硫酸は細かな硫酸粒子の雲になり、日光を遮断する」母は指をパチリと鳴らそうとしたが、指の震えがひどすぎてできなかった。「クラカタウが噴火したあとのような、一八八〇年代の全世界的な火山の冬みたいになるでしょう。わたしたちは地球を温暖化させた。もう一度冷やすことができるの」

母は体のまえで両手を小刻みに動かし、人類の歴史上最大の工学プロジェクトのビジョンを呼びだした。空を曇らせるための地球全土を取り巻く壁の建設。何十年もまえにすでに自分がそれに成功したことを母は覚えていない。母はその計画に従うほど母とおなじように頭のおかしな人々を充分な数、説得できたのだ。母は抗議や、環境グループによる糾弾や、スクランブル発進したジェット戦闘機や、世界中の政府からの弾劾、実刑判決、そして緩やかな受容を覚えていない。

「……貧しい人たちは、富める人たちとおなじだけ地球資源を消費する資格がある……」

母にとっていまの人生とはどんなものだろう、と想像してみようとする——永遠の戦いの日、すでに勝利をおさめた戦いを永遠におこなっている。

母の気の利いた小技《ハック》は、わたしたちに若干の時間をもたらしたが、根本的な問題を解決したわけではなかった。世界は古い問題と新しい問題の両方にいまも苦しんでいる——酸性雨によるサンゴの白化、地球をさらに冷やすべきかどうかに関する喧々囂々《けんけんごうごう》の論争、たえず存在する責任の所在の指弾や非難。富める国々が年々減少する若年労働者の供給を機械に置き換えることで国境が封鎖されてきたことを母は知らない。富める者と貧しい者の差が拡大の一途をたどり、全人口のごく小さな割合が資源の過半数をいまだに消費しており、進歩の名を借りて植民地主義が復活したことを母は知らない。

熱のこもったスピーチの途中で、母は口をつぐんだ。

「ミアはどこ?」と、母が訊く。断固たる口調が消えていた。母はまわりの人群れを見渡し、誕生日にわたしを見つけられないことに不安になった。

「もう一度通ってみましょう」わたしは言った。

「あの子を見つけなきゃ」と、母。

衝動的に、わたしは車椅子を止め、母のまえにひざをついた。

「わたしは技術的解決策に取り組んでいるの」わたしは言った。「この泥沼の状況を乗り越え、公平な存在を確立する方法がわたしたちにはある」

わたしは結局、母の娘なのだ。

母はわたしを見た。彼女の表情はなにもわかっていないことを示している。

「母さんを救うのに間に合うまでに技術を万全なものにできるかどうかわからない」わたしはつい口走った。あるいは、ひょっとして、あなたの心の面影をつなぎ合わさねばならないことを考えるのが耐えられないかもしれない。それがここにやってきて母に伝えようとしたことだ。

これは許しを請うことなんだろうか？　わたしは母を許したのか？　わたしたちが望んでいる、はたまた必要としているのは許しなんだろうか？

子どもたちの一グループがシャボン玉を吹きながらわたしたちのそばを走り過ぎた。日光を浴び、シャボン玉は虹色に輝いて浮かび、ただよった。いくつかのシャボン玉が母の銀色の髪に留まったが、すぐには割れなかった。母は、太陽に照らされた宝石でできた王冠をいただく女王のようだった。力なき者たちの代弁をすると訴える選挙によらぬ護民官、その愛情は理解するのが難しく、誤解するのがいっそう難しい母親、それが彼女だ。

「お願い」母は震える指でわたしの顔に触れようと手を伸ばす。砂時計の砂のように乾ききった指。「遅れている。あの子の誕生日なの」

そして、ふたたびわたしたちは人々のあいだを通り抜ける。わたしの子どもの頃より、明るくなくなっている午後の日差しを浴びながら。

三百四十三歳

アビーがわたしのプロセスにポンッと入ってきた。

「誕生日おめでとう、ママ」彼女は言った。

わたしの便宜を考えて、アビーはアップロードするまえの姿で現れた。四十歳そこそこの若い女性として。わたしの散らかったスペースを見て、アビーは顔をしかめた——書籍や家具、染みのついた壁、斑模様の天井、都市を見渡す窓の景色(故郷の街サンフランシスコや、まだ肉体を持っていたけれど訪れることはなかった、行きたかった都市の二十一世紀の景色をデジタル合成したもの)のシミュレーション。

「ずっとシミュレーションを動かしているわけじゃないよ」わたしは言った。

自宅プロセスの流行りの美意識は、清潔で、ミニマリストで、数学上抽象的なものだ——プラトン立体、円錐曲線論に基づく古典的な回転体、有限体、対称群。三次元より少ない次元を用いるほうが好まれており、平面で生きているのを標榜する者もいる。わたしの自宅をこんな高解像度でアナログ世界に近似させた処理をさせるのは、計算リソースの無駄遣いであり、大甘な処遇だ。

だが、わたしはやらずにはいられない。肉体で生きていたよりもはるかに長くデジタルで生きているにもかかわらず、わたしはデジタルの現実よりも、シミュレートされた原子の世界のほうが好きだ。

娘を宥めようとして、窓をスカイローヴァーから見えるリアルタイムのフィードに切り換えた。映しだされたのは、河口付近のジャングルだった。おそらく上海がかつてあったところだろう。骨組みだけになった摩天楼の廃墟から鬱蒼とした植物が垂れている。渉禽《しょうきん》の群れが瀬を充たしている。ときどき、ネズミイルカの群れが水面から飛び上がり、優雅な弧を描いて水面に飛びこみ、穏やかなしぶきを上げている。

いまや、三千億人以上の人間の精神がこの惑星に住んでおり、全部合わせても昔のマンハッタンに満たないほどの面積しか占めていない数千のデータ・センターで暮らしている。地球は、遠く離れた入植地で肉体のまま生きることにまだ固執しているごく少数の頑固な拒否者を除いて、野生に戻った。

「ひとりでこんなにも多くの計算リソースを使っているのは、ほんとに見栄えが悪い」娘は言った。「わたしの申請が拒否された」

申請というのは、あらたな子どもを儲ける申請のことだった。

「二千六百二十五人、子どもがいるんだから、もう充分だと思うけど」わたしは言った。

「だれひとりとして知ってる気がしない」デジタル・ネイティヴたちが好んでいる数学的名前の多くの発音方法すらわたしは知らない。

「あらたな投票が近づいているの」アビーは言った。「手に入るかぎりの協力が必要」

「あなたのいまの子どもたちでさえ、みながみな、あなたとおなじように投票するわけじゃないでしょう」わたしは言った。

「試してみる価値はある」アビーは言う。「この惑星は、わたしたちだけじゃなく、住んでいるすべての生き物のものなの」

娘とほかの大勢は、人類の最大の達成事業である地球を自然に贈り返すことが脅威にさらされていると考えている。ほかの者たち、特に不死の万人への普及がずいぶん遅れて達成できた国からアップロードされた人々は、最初にデジタル界に植民した人々が人類の方向性により大きな発言権を持つべきだという考えが、フェアではないと考えている。彼らは人類の足跡をふたたび拡大し、さらなるデータ・センターを建設したがっている。

「そこに暮らしてさえいないのに、どうしてそんなにも野生を愛しているの？」わたしは訊いた。

「地球の世話係でいるのはわれわれの倫理的義務」アビーは言う。「われわれが負わせてきたあらゆる恐怖から地球はようやく恢復しつつある。本来あるべき姿にできるだけ正確に保存しなければならないの」

その主張は、人類対自然という誤った二元性を想起させる点をわたしは指摘しなかった。

数十億年にわたる地球の気候のなかで、沈んだ大陸や噴火した火山、山や谷、氷冠の増大と減退、発生し、消滅した無数の種を話題に持ちださなかった。なぜわれわれはいまのこの瞬間を自然なものとして持ち上げ、ほかのなによりも高く評価するのだろう？ 倫理的な意見の相違には、折り合いのつかないものがある。

その一方、だれもが、子どもをよりたくさん儲けることが解決策だと考えている。相手をより多くの投票で打ち負かすために。そしてその結果、子どもを儲ける申請の裁定が激烈になり、競合する派閥間で貴重な計算リソースの割当ぶんどり合戦が起こっている。だが、その結果生まれた子どもたちはわれわれの紛争をどう考えるだろう？ 彼らはわれわれが気にかけている不公平を気にかけるだろうか？ コンピュータ上で生まれた彼らは、物理世界に、具現化に背を向けるのだろうか、それともいっそうそれを大事に思うだろうか？ 世代ごとに独自の盲点と固執がある。

かつてわたしはシンギュラリティがわれわれの問題すべてを解決するだろうと思っていた。それはややこしい問題解決のためのたんなる気の利いた小技《ハック》にすぎないことが判明した。われわれはおなじ歴史を共有していない。われわれはみながみなおなじことを望んでいるのではない。

結局のところ、わたしは母とたいして違ってはいないのだ。

二千四百一歳

わたしの下にある岩ばかりの惑星は、荒涼として、生命がなかった。わたしはホッとした。それが出発まえに与えられた条件だったのだ。

人類の未来にひとつのビジョンしかないことにだれもが同意するのは不可能だった。幸いにして、われわれはもはやおなじ惑星を分かちあわずともよい。

〈マトリョーシカ〉号から小型探査機が放たれ、下で回転している惑星へ降下をはじめた。大気圏に突入すると、探査機は夕暮れどきに飛んでいる蛍のように光った。ここの濃厚な大気は、熱を捕らえるのに最適で、地表ではガスが液体のように反応している。

自己集合ロボットが地表に着陸するところを想像する。彼らが地殻から抽出した素材で自己複製と増殖をしていくところを想像する。彼らが岩をボーリングして、ミニ消滅爆薬を設置するところを想像する。

わたしの隣にウインドウがポンッと現れた。何光年も離れ、何世紀もまえのアビーからのメッセージだ。

お誕生日おめでとう、お母さん。わたしたちはやったよ。

つづいて現れたのは、見慣れ、かつ見慣れていない世界の空撮写真だった――完新世後期を維持するよう慎重に調整された温帯気候の地球、小惑星を用いた連続した重力スリングショットで軌道を調整され、テラフォームされて、瑞々しく温かいジュラ紀の地球のレプリカにされた金星、地表に方向を変えられたオールトの雲の構成要素をぶつけられ、宇宙空間からソーラー反射装置で温められ、地球の最後の氷河期の乾いた寒冷な状況によく似た天候に変えられた火星。

いまでは、金星のアフロディテ大陸のジャングルに恐竜がのし歩き、火星のボレアリス平原のツンドラではマンモスが草を食んでいる。遺伝子復元は、地球の有力なデータ・センターで極限まで押し進められてきた。

彼らはありえたかもしれないものを再創造してきた。絶滅種を生き返らせた。

お母さん、ひとつのことについて、あなたは正しかった。わたしたちはまた探索船を送りだすことになります。

わたしたちは銀河系のほかの部分に植民します。生命体のいない世界を見つけたら、あらゆる生命体をそこに授ける予定です。地球のはるか過去から、ヨーロッパに存在したかもしれなかった未来の生命体まで。あらゆる進化の道をわたしたちは歩くつもりです。あらゆる群れを見守り、あらゆる園の世話をします。ノアの方舟に乗せられなかったそうした生き物にあらたなチャンスを与え、エデンの園での大天使ラファエルとアダムとの会話よろしく、あらゆる星の潜在能力を引きだすつもりです。

そして地球外生命体を発見したら、地球上の生き物に対してきたのとおなじように慎重に彼らに対処するつもりです。

惑星の長い歴史の最新ステージにいるひとつの種がそのリソースすべてを占有するのは正しくありません。人類が進化の最高の業績を挙げたという称号を自称するのは正当なことではないのです。あらゆる知的種族は、すべての生命を救うのが義務ではないですか？たとえ時の暗い深淵からですら。つねに技術的な解決策は存在するのです。

わたしは笑みを浮かべた。アビーのメッセージは、祝福なのだろうか、それとも暗に非難しているのだろうか。彼女は、結局のところ、わたしの娘なのだ。

わたしには解決しなければならない自分の問題がある。わたしは宇宙船の下にある惑星をバラバラにしようとしているロボットに関心を戻した。

一万六千八百七歳

この恒星軌道にある複数の惑星を砕くのに長い時間がかかり、その破片をわたしのビジョンに合わせて作り直すにはさらに長い時間がかかった。恒星のまわりに、直径百キロの薄い円形の板をリング状にしたものをいくつも縦に並べていって恒星を完全に囲むまでにした。この板は恒星軌道を周回しない。というか、むしろ、太陽の高エネルギー放射と重力を相殺するようにしている静的衛星《スタタイト》だった。

このダイソン・スウォームの内側表面では、無数のロボットが基板に回路やゲートを刻み、人類史上最大の巨大集積回路を製造していた。

板が太陽エネルギーを吸収すると、電気パルスに変換され、それがセルから出て、運河を流れ、混じり合う流れとなり、湖や大洋に注ぎこみ、十の十八乗個のバリエーションとなってうねる。それが思考を形成する。

板の裏側は暗く光る。激しい炎を上げたあとの熾火《おきび》のように。低エネルギーの光子は、文明に動力を与えたことで若干減衰して、外に向かって宇宙へ飛びだす。だが、光子が宇宙の無窮の深淵に逃げだせるまえに、比較的低い周波数で放射線を吸収するよう設計されたあらたな板に衝突する。そこでふたたび思考創造の過程が繰り返される。

この全部で七つある思考を留める外殻が濃厚な地形でいっぱいの世界を形作る。計算で多かれ少なかれ熱が発生するので、板を保全するため伸び縮みするよう設計された幅数センチの平らなエリアがあり、わたしはそれを海と平野と名づけた。くぼんだエリアもあり、キュービットとビットの高速ダンスを促進するためのミクロン単位の頂上やクレーターがある――わたしはそれらを都市と町と名づけた。たぶんこうしたものは静かの海やエリトリア海のような気まぐれな名前なのだろうが、それが動力を送る意識は現実のものだった。

そして、この太陽に動力を得た計算装置でわたしはなにをするのだろう？　このマトリョーシカ脳でわたしはどんな魔法を呼びだすのか？

わたしはその平野や海や森やサンゴ礁や都市や町に千兆の精神を植え付けた。その一部はわたし自身の心をモデルにしており、さらに多くは〈マトリョーシカ〉号のデータ・バンクから抽出したものだ。それらが増殖し、自己複製をし、一個の惑星に閉じこめられたデータ・センターにはとうてい望めない規模の世界で進化した。

外からの観測者の目には、個々の核が建造されるにつれ、恒星の光が薄くなっていっただろう。わたしの母がしたのとおなじようにわたしは恒星を暗くするのに成功した。規模こそ段違いに大きかったとはいえ。

つねに技術的な解決方法はあるものだ。

十一万七千六百四十九歳

歴史は砂漠の鉄砲水のように流れる――カラカラに乾いた土地に水が注ぎこみ、岩やサボテンのまわりで渦巻き、窪地に溜まり、流れる道筋を求める。その一方で、地形を形成し、個々の偶然の出来事が次に来るものを形作る。

生命を救い、ありえたかもしれないものを取り戻すには、アビーやほかの者たちが信じているものよりたくさんの方法がある。

わがマトリョーシカ脳の壮大なマトリックスのなかで、われわれの歴史のさまざまなバージョンが再生されている。この偉大なる計算のなかにひとつの世界ではなく、数十億の世界があり、そのひとつひとつに人間の意識がいっぱいに詰まっているが、ささいなやり方でよりよくなろうとしていた。

たいていの道は虐殺をより少なくする方向に進んでいた。ここでは、ローマやコンスタンティノープルは掠奪されない。ここではクスコやヴィンロンは陥落しない。ある時間線では、モンゴル族と満州族は、東アジアを席巻しない。べつの時間線では、ウェストファリア条約で規定されたシステムは、すべてを消費する世界の青写真とはならない。人殺しに夢中になっている男たちのある集団は、ヨーロッパで権力を握らないし、死を崇拝するべつの集団は日本で統治機構を掌握しない。植民地のくびきに代わって、アフリカやアジアの住民や、アメリカ先住民やオーストラリア先住民はみずからの運命を決める。奴隷やジェノサイドは、発見と探検の侍女ではなく、われわれの歴史の失敗は防がれた。少ない人口が惑星のリソースの不釣り合いな量を消費したり、惑星の将来の道を独占したりすることはない。歴史は贖われた。

だが、かならずしもすべての道がよりよきものではない。人間の性質には闇があり、ある程度の紛争は折り合いのつかないものだった。わたしは失われた命を嘆いたが、介入はできなかった。ここにあるのはシミュレーションではない。わたしが人間の生命の神聖さを尊重しているなら、シミュレーションではありえない。

ここの世界に生きている数十億の意識は、どのビットもわたしとおなじようにリアルだ。彼らはこれまでに生きたどんな人間ともおなじく自由意志を持つに値するし、自分たちで選択することを認められなければならない。われわれ自身も壮大なシミュレーションのなかで生きているのではないかという疑いがつねにあるとはいえ、真実がそちらではないことをわれわれは好む。

もしあなたがそうしたいのなら、これをパラレル宇宙と考えるがいい。過去を覗きこんでいるひとりの女の感傷的な態度と呼ぶがいい。象徴的な贖罪の一種として相手にしなければいい。

だが、やり直す機会を持ちたいというのはあらゆる種が抱く夢ではないだろうか？　罪を犯して神の恩寵を失ったせいで、星を見上げるわれわれの視線が曇ってしまうのを防ぐことが可能かどうか確かめようとするのは？

八十二万三千五百四十三歳

メッセージが一通届いた。

だれかが宇宙の構造を撚り合わせている糸を引っ張り、インドラの網のすべての糸に一連のパルスを送りこみ、もっとも遠いところで爆発しているノヴァと最寄りで踊るクォークを繋いだ。

銀河が既知の言語とまだ発明されていない言語双方での放送に震えた。わたしは一行を構造分析した。

銀河の中心に来て。再会の時。


わたしはダイソン・スウォームを構成している板を、古代の航空機の翼についた補助翼のようにシフトさせるよう入念に知性たちに指示した。あたかもマトリョーシカ脳の外殻が割れるように、板がゆっくりと離れていき、新しい生命形態を孵化させた。

ゆっくりとスタタイトが移動して、シュカドフ推進器の形態を取った。宇宙にひとつの目がひらき、明るい光線を発した。

そしてゆっくりと、太陽放射の不均衡が恒星を動かしはじめ、シェル形の鏡を引き連れていく。われわれは銀河の中心に向かっていた。強烈な光の柱に押されて。

あらゆる人間世界がその呼びかけを聞き入れるとはかぎらない。たえず深化をつづけるヴァーチャル・リアリティの数学世界を探索することや、ごく狭い場所に隠されたいくつもの宇宙で最小限のエネルギー消費の生活を送っていくことで充分けっこうだと判断した住民のいる世界がたくさんあった。

なかには、娘のアビーのように、宇宙という無限の砂漠にあるオアシスのような、瑞々しい生命に満ちあふれた惑星をあとにすることを好むものもいるだろう。より涼しい天候がより効率的な計算を可能にする、銀河の縁の避難所を探すものもいるだろう。また、肉体を持って生きるという古代の喜びにふたたび囚われ、征服と栄光のスペースオペラを演じるため留まるものもいるだろう。

だが、充分な数が向かうだろう。

わたしは数千、数十万の星が銀河の中心に向かって移動するところを思い描く。なかにはまだ人間のような姿をしている民が住んでいる星もあり、先祖の形態のわずかな記憶しかない機械の民が住んでいる星もある。われわれの遠い過去の生き物が棲息する惑星を引っ張っていくものもあるだろうし、わたしが一度も見たことのない生物が棲息する惑星を引っ張っていくものもあるだろう。なかにはゲストを連れていくものもあるだろう。われわれと歴史を共有していないが、みずからを人類と呼んでいるこの自己複製をする低エントロピー現象に興味を抱いているエイリアンたちを。

何世代もの子どもたちが夜空を見上げ、星座が位置を変え、形を変える様子を見るところを思い描く。星々が隊列を外れ、天に飛行機雲をたなびかせるところを。

わたしは目をつむる。この旅は長い時間がかかるだろう。少し休んだほうがよさそうだ。

はるか、はるか遠い未来

海の黄金色の寄せ波にもう少しで届きそうなくらい幅広い銀色の芝生がわたしのまえに広がっており、波と芝生を分けているのは、細くて暗い帯、ビーチだ。太陽は明るくて温かく、そよ風がかすかに感じられる。やさしくわたしの両腕と顔を撫でさする。

「ミア!」

声のしたほうを向くと、ママがつかつかと芝生を越えてくるのが見える。長い黒髪がまるで凧の尻尾みたいになびいている。わたしをギュッとハグし、自分の顔をわたしの顔に押しつける。ママはスーパーノヴァの熾火のなかで生まれた新星の輝きのような匂いがする。原始星雲から発生したばかりの新しい慧星のような香りだ。

「遅れてごめんね」ママの声がわたしの頰でくぐもる。

「いいよ」とわたしは言うけど、本気だ。ママにキスをする。

「凧を揚げるにはいい日ね」彼女は言う。

わたしたちは太陽を見上げる。

視野がめまいを起こさせるほど変化し、いまやわたしたちは複雑にカーブを描いた平面に逆さまに立っている。太陽はわたしたちの下にある。重力がわたしたちの足下の表面と、その燃える球体とを結んでいる。どんな糸よりも強く。わたしたちが浴びている明るい光子が地面にぶつかり、それを押し上げている。わたしたちは爪の裏に立っている。爪はどんどん高さを増していき、わたしたちを星々へ引っ張っていく。

わたしはひとつの命を大切なものにしたがるママの衝動を理解していると彼女に伝えたい。自分の愛で太陽を曇らせる必要を、扱いがたい問題を解決しようとする足掻《あが》きを、不完全なものだとわかっていても持ちつづけている技術的な解決策への信念を、理解していると。自分たちには欠陥があるけれども、だからといって、わたしたちが素晴らしい存在ではないことを意味しないのだとわかっている、と伝えたい。

だけど、その代わりに、わたしはママの手をたんにギュッと握った。ママも握り返してきた。

「誕生日おめでとう」ママは言う。「飛ぶのを怖がらないで」

わたしは手の力をゆるめ、ママにほほ笑む。「怖がってないよ。もうすぐ到着するよ」

世界が千兆の太陽の光で輝く。

数えられるもの

The Countable

古沢嘉通訳

これが大半の連中が考える合理的《ラショナル》な瞬間というやつだな、とディヴィッドは思った。

取調室はTV番組で見るのとおなじ様子に見えた――どこもかしこも灰色で、テーブルと折りたたみ式椅子、きついほど明るい蛍光灯を除いて、がらんとしていた。だが、TVでは、床の消毒剤の臭いにはけっして言及されない。この部屋を行き来する絶望にかられた汗臭い肉体のしつこい悪臭を覆い隠そうとするも、うまくいっていない消毒剤の臭いだ。テーブルをはさんで向かい側に座っている女性弁護士が、ディヴィッドの隣に座って、静かに泣いている母親に話しかけていた。母親はいま話し合っている内容がとても重要であり、弁護士の助言が合理的なものだとたぶん思っているのだろうが、ディヴィッドは弁護士が言わねばならないことに恐ろしいくらい興味がなかった。ときどき、ふたりの会話の切れ端がデイヴィッドの意識に引っかかったが、彼はそれをまるで池に落ちた葉っぱのように流されるに任せた。

……精神鑑定……少年司法制度のなかにとどまる……

デイヴィッドは弁護士の顔を見なかった。人の顔に役に立つものを見出すことがめったになかった。そのかわり、弁護士の青いブレザーのボタンに関心を抱いた。大きなボタンが三個ついていて、全部黒だ。いちばん上といちばん下のボタンは丸く、まんなかのボタンは四角かった。

……ちょっと変わっていて……物静かで、恥ずかしがりで、優しい……

デイヴィッドは心配していなかった。サイレンの音がどんどん大きくなり、母親が玄関の扉を開け、パトカーの赤色灯の点滅する明かりがリビングに入ってきたときも彼は怖れておらず、リビングのカウチに座って待っていた。母親は怯え、混乱しており、赤ん坊は母親の不安を感じてまた泣きはじめていた。デイヴィッドは赤ん坊をあやし、泣くような理由はないことを説明しようとした。たいていの機会というのは、合理的《ラショナル》なものじゃないんだ、とデイヴィッドは赤ん坊に囁いた。いまこの瞬間も違いはない。

……診断未確定……高機能自閉症……虐待のパターン……

デザイナーはたぶん四角いボタンを円形のボタンとおなじサイズにするつもりだったんだろう。それは昔からの問題だった——円を四角にするのは。このデザインは冗談のつもりなんだろうか、と思ったが、それは疑わしい。他人のユーモア感覚はつねにデイヴィッドを混乱させた。ひょっとしてこのデザイナーはデイヴィッドとおなじようにこの問題に興味を抱いていたのかもしれない。数学の美しさをベール越しにかいま見たと表明しているのかも。

……申立……正式事実審理前審問……正当な弁護……専門家証人……

もちろん、円を四角にする、すなわち円と同面積の正方形を求めることはできない。そうするためには、πの平方根が必要だ。だが、πは有理数《ラショナル》ではない。πは無理数《イラショナル》なのだ。

作図可能なものではない。代数的なものではなく、そのため、デカルト平面に蛇行曲線を描くなんらかの多項式の解になることはできない。超越数だった。それなのに、何千年ものあいだ、人々は、無駄骨を折り、不可能なことを達成しようとしてきた。

デイヴィッドは、世界を合理的《ラショナル》なものにしようとするという不可能なことを追求するのに飽きていた。

この世の数字のほぼ全部が、πとおなじように超越数であるのに、大方の人々はそれに関心を払っていない。彼らは、合理的なもののことで頭をいっぱいにしている。有理数は、超越数の海のなかにある非常に小さな島々のように点在しているにすぎないのに。

デイヴィッドの心は現在から遠ざかりつつあり、彼はそれをそのままにした。いまの合理的な瞬間と思われているときは、デイヴィッドにはまるで興味がなかった。それらは人生のごく小さな部分を占めているだけだった。

覚えているかぎり、デイヴィッドはほかの人との間に問題を抱えてきた。彼らがなにを言っているのか理解していると思ったのに、じつはろくにわかっていなかったことがしばしば判明した。ときおり、言葉は辞書に記されているのと反対を意味していることがあった。人はデイヴィッドに腹を立てた。理由がないように思えた。全身全霊で耳を傾け、できるだけ慎重に口をひらいているにもかかわらず。自分をどこかに所属させることができなかった。この世界が合理的なように思えず、ほかの人とちがって、自分には筋が通っているように思えず、腹を立て、いらだった。そして、デイヴィッドは、勝てない戦いに挑むようになった。なぜ自分が戦っているのか理解していなかったから、勝てるわけがなかった。

「それはどういう意味ですか？」ベティは訊いた。「デイヴィッドにどこかおかしなところがあるとおっしゃっているんですか？」デイヴィッドは自分の手を摑んでいる母の手に力が入るのを感じた。校長の言葉が自分とおなじように母にも通じていないのが、デイヴィッドには嬉しかった。

「そうですね、なにもおかしくはないです。必ずしも。これまでのところ、デイヴィッドは、クラスメートに共感するということが難しい様子でした。彼はなんでも文字通り受け取ってしまうのです――彼はきちんと診察を受けるべきだと、わたくしどもは考えております」

「この子にどこもおかしなところはありません」ベティは言った。「恥ずかしがりなんです。それだけです。この子の父親は亡くなりました。そんなことがあればだれでも少しは混乱するものです」

人は同時に二種類の会話をおこなっていることが徐々にデイヴィッドにわかってきた——言葉による会話と、取るに足りないものに思える合図による会話だ——声のニュアンス、首を傾げる角度、チラッと見るときの目の方向、足の組み方、指をパタパタ動かす仕草、唇を結ぶ動きや鼻に寄せる皺。デイヴィッドはそうした言語の下にある言語を理解できなかった。だれもが当然だと見なしている法則に気づけなかった。

大変な苦労をしながら、デイヴィッドは、このもうひとつの口にされない言語に関して、明白な公理を考案し、複雑な定理を導きだした。うまく働きそうな法則体系を導きだすのに何年もかけて試行錯誤を繰り返した。それに従うことで、余計な関心を寄せられずに済んだ。扱いにくいが、それほどひどくはないように見せかけることができた。これによって、中学校を安全な場所にすることができた。ほぼ。

理想を言うなら、全教科でBを取りたいところだった。そうすれば大勢のなかのひとりという匿名の立場に紛れこめるだろう。だが、数学の場合はそれがとても難しかった。昔から数学が好きだった。その確実さ、合理性、正誤の厳密な感覚が気に入っていた。数学の試験で意図的な誤答をおこなうのが耐えられなかった。裏切り行為に思えた。デイヴィッドにせいぜいできたのは、個々の試験で、全部解き終えたあと、二、三の解答を消すことだけだった。

「授業が終わったら、残っていてね、デイヴィッド」鐘が鳴ると、ウー先生《ミズ・ウー》が言った。生徒のなかには、どんなトラブルに巻きこまれるのだろう、と思ってデイヴィッドをちらっと見る子どもたちがいた。だが、席についているデイヴィッドひとりを残して、教室はすぐに空っぽになった。

ウー先生は教育実習生として、その学期に着任したばかりだった。若くて、綺麗で、生徒たちはみんな先生が好きだった。先生は、冷笑的になりすぎて生徒に関心を抱けなくなるにはまだほど遠かった。

ウー先生はデイヴィッドの机に歩み寄り、テストの答案をデイヴィッドのまえに置いた。

「最後のページに正しい答えを書いているのに、消したでしょ。なぜ？」

デイヴィッドは答案用紙をしげしげと眺めた。なにも書かれていない。どうやってわかったんだろう、と彼は不思議に思った。薄く書いて、入念に消すようにいつも注意していた。できるかぎり跡を残さないようにする。いままで生きてきてあらゆることでそうしてきたように。

「試験中に教室を歩いていたとき、あなたが正しい答えを書いているのを見たの。クラスのほかの人たちよりずっとまえにあなたは書き上げていた。それからあなたはただ座っていて、クラスの半分がテスト用紙を提出するまで宙を見つめていた。あなたが提出する直前に答えを消すところをわたしは見たの」

デイヴィッドはなにも言わなかった。ウー先生の声に浸っていた。デイヴィッドは先生の声を多項式のグラフとして思い描いた。なだらかに上昇し、下降する。彼女の声の間《ま》は、グラフがX軸と交わる解だった。

「なにかに興味があるのは悪いことじゃないのよ」ウー先生はデイヴィッドの肩に手を置いた。彼女は洗濯したての服の香りがした。夏の花の香りだ。「なにかが得意なのは悪いことじゃない」

なにか悪いことが起こっているのではないのにだれかがデイヴィッドに関心を向けることは、久しくなかった。自分がそれを残念だと思っていることすら彼は知らなかった。

デイヴィッドは父親の写真を一枚持っていた。父が高校を卒業した日に撮影されたものだ。帽子とガウンは、父の痩せた体軀には数サイズ大きすぎたようだ。整った顔立ちはまだ子どもっぽく、鼻梁は薄く、繊細だった。カメラに向かってほほ笑んではいなかった。父の目は怯えているようで、はるかかなたにあるなにかに焦点を結んでいた。ひょっとしたら父はベティのワンピースの下でかろうじてわかる程度の膨らみになっているデイヴィッドのことを考えているのかもしれない。あるいは、五年後の夜、文書整理係としての仕事から帰宅するおり、壊れたブレーキのせいで自分を轢き殺すトラックの姿を見ているのかもしれない。

その目は青く、睫毛が長かった。デイヴィッドの目とそっくりだ。

その目を見ると、素面でいようといまいと関係なく、ジャックはきまって腹を立てた。

「おまえは、おまえの親父とおなじように、情けない意気地なしで、告げ口屋だ」

そのためデイヴィッドはジャックの目を見ないことを学び、ジャックが近くにいるときはつねに顔を背けていようとした。うまくいった夜もあった。だが、今夜はそうではなかった。

「おれを見ろ」ジャックが言った。みな夕食を食べていた。ベティはカウチに座って赤ん坊に食事を与えていた。テーブルについているのはふたりだけだった。TVが部屋の隅で夜のニュースをがなり立てていた。

「おれが飯を食わせてやり、服を着せてやり、屋根のあるところに寝かせてやってるんだ。おれが求めているのは、わずかばかりの敬意にすぎない。おれが話しかけているときは背を伸ばして、おれを見ろ」

デイヴィッドは言われたとおりにした。顔から表情を消そうとし、目の焦点は義父の向こうのなにかに結んだ。ジャックが爆発するまで何秒かかるか数えた。ある意味、ほっとした。夜ごとの最悪の部分は、事前の予測だった。ジャックが帰宅したときどんな気分であり、なにをするのかわからないという不確かさだった。だが、いまやそれを待つのは終わった。ディヴィッドがやらねばならないのは、耐えることだけだった。

「おれを馬鹿にして笑うのを止めろ、チビのクソ野郎。ぶたれたいんだな」

ベティは赤ん坊を寝室に連れていった。ジャックの声が例の特徴的な調子を帯びると、彼女はかならず姿を消した。

ディヴィッドは自分に義父とおなじ背丈があり、おなじ太い腕があり、おなじごつい拳と潰れた鼻があればいいのにと願った。パンチを受けても大丈夫な鼻が。鉤爪と鋭い歯があればいいのにと願った。

「ゲオルク・カントールは、無限について最初に厳密に考えた人です」ウー先生は教室にいるみんなに話した。

数学クラブはディヴィッドの秘密だった。そこに参加する危険を冒した。なにかのクラブに入れば、自分に関する情報が表に出てしまう。自分の使命が影を薄くし、痕跡を残さないことだとすれば、弱みを見せてしまう。もしジャックに勘づかれたら、どんなふうに罵られるのか、想像がついた。

「おまえは自分が賢いと思っているんだろ?」ジャックの意地悪い目つきを想像する。濡れた黄色い歯と酒臭い息を思い浮かべる。「おまえの父ちゃんとおなじようにな。自分のチンポをズボンに収めておけなかったとき、どこまであいつの賢さが役に立ったか見てみろ」

「カントールは無限の大きさについて考えました」ウー先生は言った。「人間が無限を理解するのは難しいんですけど、カントールは、それをかいま見させ、ほんの一瞬であっても、人の心にそれを留めておくことを可能にしたのです。

どちらが大きいと思います——すべての正の有理数《ラショナル》の無限集合と、すべての自然数の無限集合と?

自然数よりも正の有理数のほうがかなり多いと考えるのが自然かもしれません。言ってみるなら、たんに0と1とのあいだに有理数が無限な数、存在しているのですから。そして、個々の連続した自然数の組のあいだが、無限な数、存在しています。無限かける無限は、たんなるひとつの無限よりも大きいにちがいありません。

カントールの偉大な洞察力は、それが真実ではないと見抜いたのです。個々の自然数をそれぞれひとつの正の有理数に対応させる方法があり、それを使うと、両方の集合がおなじ大きさであることがわかるのです」

「正の有理数はp／qという形をとります。pとqは、両方とも自然数。図上の矢印をたどることで、すべての正の有理数《ラショナル》が平面上のジグザグ道の上で最終的に数えられるのはまちがいありません（繰り返しはとばします）――最初が1／1、次が2／1、三番目が1／2、四番目が3／1、五番目が1／3、六番目が4／1、七番目が3／2、八番目が2

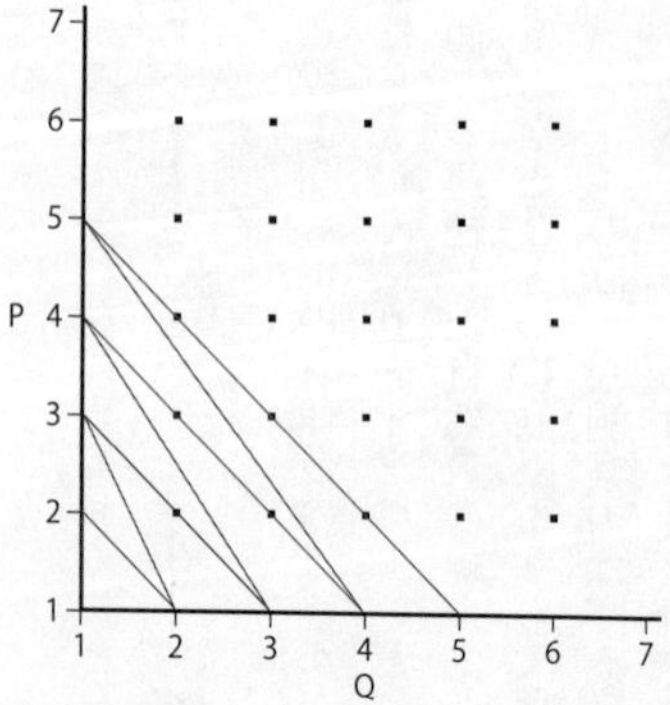

／3、以下終わりなくつづきます。数え上げていくことで、個々の自然数をそれぞれ一個の正の有理数に対応させます。有理数の宇宙は、自然数の宇宙よりはるかに大きいと思えるのに、両者がおなじ大きさであることが判明します。だけど、カントールの論法は、それよりもはるかに奇妙なのです。おなじ方法で、0と1のあいだの有理数が、すべての正の有理数とおなじ数であることを示せるのです。

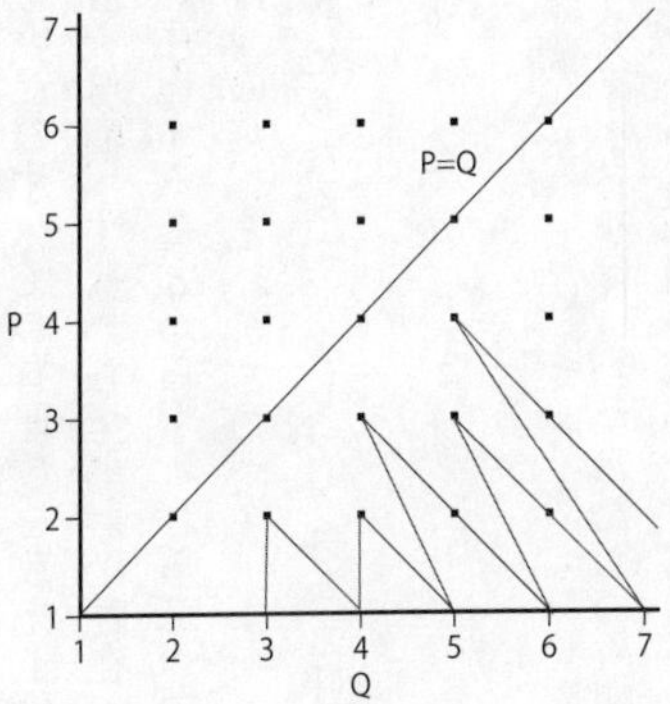

p＝qの線より下につねに留まるよう矢印の描く道をほんの少し変えるだけで、0と1のあいだのすべての有理数を数え上げることができます。自然数と正の有理数のあいだに一対一対応、すなわち全単射が存在し、0と1のあいだの自然数と有理数のあいだに全単射が存在することから、これら三つの集合がおなじ大きさだと、すなわちおなじ濃度《カーディナリティ》を持つのだ、とわかるのです。すべての自然数の集合の基数《カーディナル・ナンバー》は、ヘブライ語の文字ℵ《アレフ》にちなんで、アレフ・ヌルと呼ばれています」

$\aleph_0$

「アレフ・ヌルは、わたしたちの直観を混乱させます。0と1のあいだのすべての有理数《ラショナル》は、いま挙げた図のなかですべての正の有理数の占める平面の半分を占めており、残り半分はそれ以外のすべての正の有理数が占めており、それなのに片方の半分はもう片方の半分より大きくはなく、あるいは全平面よりも大きくないのが見てとれるでしょう。無限を半分に分割しても、まだ無限があるのです。数字の線を平面に変え、無限を無限でかけても、結局、まだおなじ大きさの無限がある。一部分は、全体とおなじ大きさがあると言えるように思えます。そして、有理数の無限の線全体は、0と1のあいだの有限に思える線分に一対一対応させることが可能なのです。すべての砂粒のなかに宇宙があるのです」

デイヴィッドが覚えている父親との数少ない思い出のひとつが、全員でサウスカロライナ州のマートル・ビーチにいった旅行だった。ほんとに起こったことなのかどうか、デイヴィッドは確信を抱けないほどだった──当時、まだとても幼かったのだ。

プラスチック製のスコップ──赤色だった？　黄色だった？──で砂を掘っていたのを覚えている。いや、いまこの瞬間、スコップは青色だ。女性弁護士が着ているブレザーとおなじ色だ。ベティは隣で日光浴をしており、父はデイヴィッドが掘った砂をプラスチック製のバケツに入れる手伝いをしてくれていた。

太陽は暑かったが、不快ではなかった。ビーチにいる人々の声が小さくなっていき、あいまいなつぶやきになった。スコップ一杯目。

デイヴィッドは砂が動く、なめらかで眠りを誘うような様子に魅了された──固形の砂粒が液体のように流れている。青いプラスチック・スコップから落ち、滑り、流れ落ちていく。スコップ二杯目。

砂粒はとても細かく、まるで小麦粉や塩のようだ。そう思いはじめたときからいままで、たったいままでのあいだに、スコップから何粒の砂がこぼれ落ちたのだろう、とデイヴィッドは思った。スコップ三杯目。じっと目を凝らしていたなら、個々の砂粒を見ることができるだろうか？　スコップ四杯目。デイヴィッドは息をひそめた。

「数えているのかい？」父が訊いた。

　デイヴィッドはうなずいた。まわりの世界の音と景色が一気に意識に戻ってきた。まるで空気を求めて浮上した泳ぎ手のように喘いだ。

「このビーチにある砂を全部数えるには、長い時間がかかるだろうな」

「どれくらいかかるの？」

「わたしのタオルの三角形模様を数えるよりも長くかかるでしょうね」ベティが言った。母の、冷たくてなめらかな手に背中をそっと撫でられるのを感じた。それは気持ちのいい感じだった。

　父がデイヴィッドを見た。彼は視線を返した。ほかの人なら困惑したであろうほどの激しい視線だったが、父は笑みを浮かべた。「無限くらいかかるだろうな、デイヴィッド」

「無限ってなに？」

「おまえとわたしの持っている時間を超えたものだ。中国の哲学者である荘子がかつて語ったことを話してあげよう——もし人が百年生きられるなら、それはとても長い人生だ。

だが、人生は病と死と悲しみと喪失に充ちており、一カ月のうち、大笑いできるのは、ほんの四日か五日かもしれない。時空は無限だが、われわれの命は有限だ。有限をもって無限を経験するためには、われわれはそうした突出《トランセンデンタル》した瞬間を、喜びの瞬間を、数えたほうがいい」

ベティの手はデイヴィッドの背中を撫でつづけ、デイヴィッドは、父がもはや自分のほうを見ておらず、母のほうを見ていることに気づいた。

これがそうした瞬間のひとつなんだ、とデイヴィッドは判断した。

「そんな数字や本といっしょにうろついていると、ウォール街の犯罪者どもになるのがおちだ」ジャックが言った。「この国じゃもうだれも自分の手で正直に働きたがっていない。だから中国人どもがおれたちのランチを食ってやがるんだ」

デイヴィッドは本とノートを持って、赤ん坊と共有している寝室に引っこんだ。赤ん坊は昼寝をしており、デイヴィッドは彼女の顔をじっと見た。とても安らかで、リビングからがなりたててくるTVの大音量にも動じずにいた。

ひょっとしたらこの世界はデイヴィッドが正しく数を数えていないから、道理が通らないのかもしれない。もしかしたら、デイヴィッドはこの世界と同期していないのかも。

デイヴィッドは机のまえに腰をおろした。ノートのページに垂直の線を描き、線のいちばん下に0、いちばん上に1と記した。それから、ウー先生が学校の黒板に描いたデカルト平面を移動するカントールの対《つい》関数のジグザグ道に沿って、0と1のあいだの有理数《ラショナル》の数列を図示しようとした。徐々にデイヴィッドはページを埋めていった。

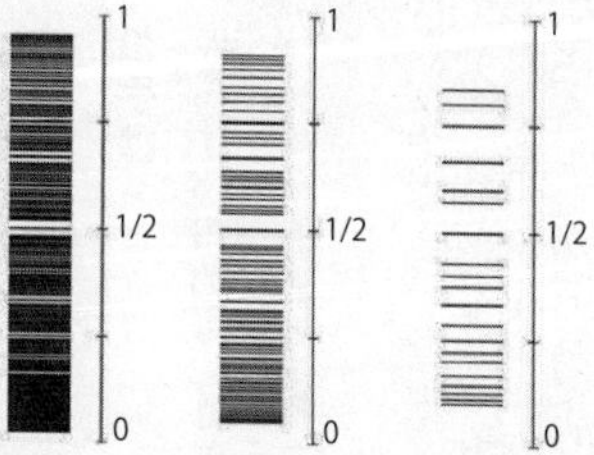

線が次々と積み重なっていく。垂直軸を一回上に上がって値が加わると、次の上昇まで、

水平軸を進むにしたがって下の空いているところにいくつかの値が加わっていく。有限の人生には無限の瞬間がある。現在に留まり、順番に経験していかねばならないとだれが言うのか？

過去は過去ではない。おなじ瞬間が何度も何度も経験され、毎回、なにか新しいものが加わるだろう。充分な時間があれば、空白が有理数《ラショナル》で埋められるだろう。線が一枚の絵を完成するだろう。世界の辻褄が合う。きみがしなければならないのは、待つことだけだ。

前頭葉と頭頂葉、側頭葉から構成される、われわれの脳の各部は、認識作業に従事していないときにのみ、アクティブになる。一二、三九一、四二四足す三八、二三四、二三一を計算したり、自宅から次の就職面談への行き方を考えていたり、最新の投資信託の目論見書を読んでいたりするとき、MRIの脳スキャンでは、脳のこれらの領域は暗いままなのだ。だが、能動的になにかについて考えていないとき、脳の暗いネットワークに明かりが灯る。

いまよりずっと幼いデイヴィッドがページをめくっていた。ベティはジャックと外出しており、デイヴィッドは家のなかで鍵をかけて、ひとりでいた。ベティは、電話に出てもいけないし、ドアの応対に出てもいけないし、子どもが家にいることをだれにも知らせてはいけない、という警告をデイヴィッドに残した。それが変わったことだとはデイヴィッドは思わなかった。彼の知るかぎりでは、母親がデートに出かけているとき、八歳の男の子が夜を過ごすのはこういうやり方だった。ほかの人といっしょにいるよりも、あるいはジャックといっしょにいるよりも、父が残してくれた本棚といっしょにいるほうを、デイヴィッドは好んだ。

小説はあまり好きではなかったが、ゆっくりと読み進めるよう自分に強いた。自分では理解できない社会のルールや感情のルールについて書かれた教科書として読んだ。美しい方程式や、みごとなグラフ、発音できない奇妙な記号が記されている数学に関する本のほうが好きだった。

そして、科学に関する本もあった。ほかの子どもたちがお伽噺を読むように、デイヴィッドはむさぼり読んだ。たとえばこんな記述を――

その暗いネットワークが、人間という種がその最大限の驚異的パワーを発揮できる場所であることが判明した。言語よりも、数学よりも、戦争をはじめたり、詩をこしらえたりする能力よりも人間を独自なものにしているパワーである。暗いネットワークは、われわれが時間旅行に携わっている場所なのだ。

ジャックはかなり頻繁にやってくるようになり、ときには泊まっていった。デイヴィッドは母親の変化を注意深く分類し、数え上げた。自分が直観では知ることができない手がかりとして分析する——母が映画に登場する若い女性のようにクスクスと笑う様子や、着ているところを一度も見たことがないワンピース、アパートにどんどんジャックの持ち物が増えていく様子などを。

脳の時間認知は、次々と謎を提示する。どのように脳が時間の経過や、未来の事象の現在への淀みない転換、現在の事象の過去への淀みない転換を認知しているのかに関して、簡単な回答は存在していない。メトロノームあるいは現代の集積回路のクロック信号のように、規則的に発火するニューロンの塊があるのだろうか？　それとも、ニューロンにカスケード反応を引き起こす活性化電位のアナログ的な遅延があり、それがわれわれに時間の経過を告げるのだろうか？　それとも、ひょっとして、時間は神経伝達物質の化学拡散によって測られており、もしかするとそれが、ドーパミンを大量に分泌させるコカインのような薬物の影響下にあるときに時間がゆっくりと流れるわけを説明するのかもしれない。

ドアで鍵がガチャガチャ鳴り、ベティとジャックが部屋に転がりこんできた。デイヴィッドは読書を止めて、顔を起こした。瞬間的な涼しい風につづいて、煙草と汗とアルコールの臭いがアパートの熱くてむっとする空気に広がった。

ジャックはカウチにどっかと座り、TVを点けた。ベティがグラスに半分酒を充たしてキッチンから戻ってきた。ジャックに近づきながら、笑い声を上げ、バランスを失って、ジャックのひざの上に転んだ。飲み物は奇跡的にこぼれなかった。ベティはハイヒールを蹴って脱ぎ、ジャックの首に片方の腕をまわした。

「あのガキはどこにでも本を置いてやがる」ジャックは言った。床一面に積まれた本の山をしげしげと眺める。「積んだ本を蹴り飛ばさずに歩けやしないぞ。ところで、この本はどうなってるんだ？ おまえが本を読んでいるところなぞ見たことがない」

いずれにせよ、研究の結果わかったのは、われわれは、現在に生きているよりもむしろ現在の幻想のなかに生きているようだということである。自分の足が地面を踏む感覚が、足から脳へ神経インパルスによって運ばれる一秒の何分の一かまえに、目が認知するかもしれないが、その遅延を本人は知覚することがない。脳は暗闇に包まれて頭蓋のなかに鎮座し、肉体周辺からの信号は、もっとも遅い信号が到着したあとではじめて、いまという感覚に統合される。これはつまり、われわれの現在という意識は、ライブ中継のようにほんの少し遅れていることを示唆している。われわれは進行方向と逆向きの座席に座っている列車の乗客のようなものかもしれない。現在が直近の過去になってはじめて、現在を知覚しているのがつねなのだ。

「この子の父親はたいへんな読書好きだったの」ベティが言った。「学校の成績がとてもよかったんだ。ヴァージニア大学に入れたの」

いまの雰囲気を自分がだいなしにしかけているのに気づいて、ベティは口をつぐんだ。

彼女はジャックにキスしようとした。

「そのあとでおまえに入ったんだな」ジャックはベティから唇を離して言った。意地の悪い口調が声に浮かび上がった。服の上からベティの乳房を愛撫する。ベティは顔を赤らめ、手を伸ばして止めさせようとした。ジャックは彼女の両手を叩いて払いのけると、笑い声を上げた。

「じっとしてろ。このガキにおまえが教えられなかったことを見せてやるんだ」

デイヴィッドは目を背けた。彼は人の表情を読み取るのが得意ではなく、その瞬間、母親の顔に浮かんだものを説明できなかった。服を脱いだときの母が見せる表情を見ているような気がした。

われわれの現在意識が幻想であるだけでなく、われわれは自分たちの時間の大半を現在意識のなかで費やしていないのである。暗いネットワークは、脳が記憶のレーンを旅し、未来をシミュレートする場所である。われわれは教訓を導きだし、来たるべきものに備えてさまざまな可能性を検討するために自分たちの経験を思いだす。われわれはほかの時間にいる自分自身を想像し、その過程で、数多くの生涯を一度に経験するのだ。

「この豚小屋を綺麗にしなきゃならん」ジャックは言った。「もういらない物が多すぎる」

長期記憶から変質することのないデータを引きだし、短期記憶のなかで処理できるコンピュータと異なり、脳の記憶、活性化電位のパターンは、データを直接書き換える形で処理され、それによって思いだすたびに変更される。われわれがヘラクレイトスの川のおなじ場所に二度入ることができないのは、物理的に時間を遡れないからだけでなく、個々の瞬間のわれわれの記憶すら絶えず変化しているからである。

「このガキはそこに座って、一日じゅう本を読んでやがる。それは自然なことじゃない。こいつを見ろ。おれたちが戻ってからずっと、一言もなにも言わないじゃないか。ゾッとするんだよ。おい、おまえに話しかけているんだ！」

ジャックはリモコンをデイヴィッドに投げつけた。リモコンはデイヴィッドの胸に当たり、音を立てて下に転がった。デイヴィッドはギクリとして、顔を起こした。ふたりの目が合った。一瞬の間があってから、ジャックは毒づき、ベティを押しのけようとした。ジャックはあらゆる人のなかでもっとも測りがたい人間だとデイヴィッドは気づいた。ジャックが爆発するのを予測するのに必要なルールをデイヴィッドは突き止められなかった。

結局、ベティがジャックをなだめ、寝室へ連れていった。デイヴィッドはリビングでひとり残された。ゆっくりとすぼめていた体を伸ばし、痛みを無視して、ひざの上で本をそっと抱えた。

暗いネットワークはわれわれの脳のデフォルト・モードである。それは、なんらかの現在の差し迫った関心に心が占められていないときはいつもわれわれの脳が向かっている状態である。なにか特に考えていないときはいつも、われわれは時間のなかを漂い、現在という錨を離れて流れ、われわれの人生の無限の道へと彷徨いでる。すでにたどった道、たどらなかった道、まだ地図に記されていない道へと。

時間を操る脳の能力は、ほとんど開拓されていないままである。もし感覚の同時性がほぼ幻想であるなら、経験が線形性をもつというわれわれの感覚も同様に、構成されうるものではないだろうか？ われわれは、時の川の上をスキップでとんでおり、意思の力でほんのときどき現在を意識しているにすぎないように思える。もし精神的外傷あるいは疾病が脳の関連する領域に影響を与えた場合、われわれは経験をより薄いスライスにカットして、それをバラバラな順番で経験したり、あるいは時のなかで迷子になって、現在から永遠に遠ざかっていたりできるのだろうか？

翌日、ジジャックとベティはすべての本を箱に詰め、大型ゴミ容器まで運んだ。

「とにかく、この本をあなたは読めないじゃない」ディヴィッドを慰めようとして、ベティは言った。「あたしはここにある本をなにひとつわからない。あたしたちは自分たちの生活をつづけていかなきゃならないの」

ウー先生が言った。「このあいだ学んだことに基づいて、みなさんは、すべての無限がアレフ・ヌルだと考えるかもしれない。けれど、それは真実ではありません。可算無限は、無限のなかでもっとも小さいものにすぎないのです。
たとえば、すべての実数の集合は、可算無限ではありません。はるかにずっと大きなものなの。カントールはそれを証明する方法を発見しました。

　実数が可算無限だと仮定します。すると、自然数から実数への全単射が存在するはず。実数は数えられるはずです。すべての実数は、十進数の無限の数列として書けることから――もし無限につづかない場合は、たんに末端に0を繰り返して伸ばせばいい――その列挙は次のようなものに見えると想像できます――

.
.
.
...123.012345...
...124.023456...
...125.034567...
...126.045678...
...127.056789...
...128.067890...
.
.
.

いいですか、これはすべての実数の列挙であることになっています。ですが、われわれは、このリストに載ることができない新しい実数を容易にこしらえられるのです。このリスト上の最初の数の最初の数字を取り、それとは異なる新しい数字を書いてください。次にリスト上の第二の数の第二の数字を取り、それとは異なる新しい数字を書いてください。この斜めの動きをリスト上で下に向かって続けてください。

新しい数字を置き換え終えると、新しい実数ができます。ですが、この実数は、リスト上のどこにも存在しない実数なのです。リスト上の最初の数の最初の数字が異なり、二番目の数の二番目の数字が異なり、三番目の数の三番目の数字が異なり、以下同様。

```
        .
        .
        .
…123.012345…
…124.023456…
…125.034567…
…126.045678…
…127.056789…
…128.067890…
        .
        .
        .
―――――――――――――
…234.118…
```

あらたな斜めの動きに従って、あらたな数字を入れ換えるだけで、リスト上に見つけることができない実数を無限に作ることができます。自然数から実数への全単射は存在しません。たとえどのように実数を並べようとしても、その多くが指のあいだからこぼれてしまうでしょう。実数は無限ですが、アレフ・ヌルよりもはるかに大きな種類の無限なのです。自然数よりもはるかにたくさんの実数があり、実数は数えられないのです。この非可算無限の濃度をベート・ワンと呼んでいます。

$\beth_1$

ですが、ベート・ワンですら、とても小さな超限数なのです。はるかにずっと大きな数、無限のなかの真の無限とも言える数がさらにたくさん存在しています。それらについてはこれからの数日で紹介しましょう。最初、カントールがそれらの存在について著したとき、一部の神学者はカントールの研究に大きな脅威を抱きました。彼らは、カントールが神の絶対的無限と超越に挑戦していると考えたのです。

ですが、ベート・ワンがアレフ・ヌルより大きいと知るだけでも、いくつかのすばらしいことが見えてきます。たとえば、有理数《ラショナル》は可算であり、アレフ・ヌルの濃度を持つことがわかっています。ですが、実数は、有理数の集合と無理数《イラショナル》の集合を合算したものであり、実数はベート・ワンの濃度を持っているとわかっています。

$$|\mathbb{R}| = |\mathbb{Q}| + |\bar{\mathbb{Q}}|$$

$$\beth_1 = \aleph_0 + ???$$

従って、無理数の集合は、アレフ・ヌルより大きな濃度を持っているにちがいありません。アレフ・ヌルを二乗してもアレフ・ヌルであり、ベート・ワンではないことをわれわれは知っているからです。実際に、数えられないたくさんの——すなわちベート・ワンの——無理数が存在するはずだとわれわれは証明したのですから。

言い換えるなら、有理数《ラショナル》よりたくさんの、それはたくさんの無理数《イラショナル》が存在しています。ほとんどすべての実数が無理数です。そして同様の論拠から、ほとんどすべての無理数が超越数であり、代数的ではないことを、整数係数の代数方程式の解になりえないことを証明できるのです。πや自然対数の底であるeのような、ごくわずかの超越数しか、われわれの日常生活に関与していないようなのですが、超越数は数直線の大半を占めているのです。みなさんがいままで学校で勉強してきた数学の大半は、連続体のごく薄い切片に焦点を当てたものなのです」

ウー先生の教科書には、各章のはじめに詩の引用が載っていた。デイヴィッドは、いつもは、詩を好きではなかった。自分に向いていない、言語の下の言語とおなじもので構成されているようだったからだ。デイヴィッドを混乱させるメタファーや比喩表現が入っていた。だが、ここに引用されているものは異なっていた。デイヴィッドの気持ちを言葉にしているようだった。

ああ、おそるべき重さよ！　無限が
有限のわれを押し下げてくる！

——エドナ・セント・ヴィンセント・ミレイ
『ルネッサンス』

わたしは大きい、わたしは多数を含んでいる
——ウォルト・ホイットマン
『わたし自身の歌』

デイヴィッドが描いている線はけっして数直線を完成させないだろう——いまでは彼はそれを理解していた。線のあいだの無理数空間は無限だ。この図はけっして結合せず、辻褄が合うことはないだろう。人生は合理的な瞬間に縮小されえない。

だが、合理的な瞬間は数える価値がないものではない。自分にはどこにも悪いところはない、わかるのは、デイヴィッドはようやく理解した。不合理《イラショナル》がルールであると知るのは、ほんとうにいい、わかるのは、すばらしいじゃないか？　さらに、その大半が超越的だと知るのは（たとえごく少数しかそれに気づいていないとしても）、すばらしいじゃないか。人生は辻褄が合わなかった。辻褄が合う必要がなかった。どうして神学者たちはカントールを怖れたのだろう？　それは祝福すべき真実だったのに。それはただの数えるべき超越的な幸せの瞬間にすぎなかったのに。

寝室のドアの向こう側にいるベティの悲鳴と、それにつづく赤ん坊の泣き声にデイヴィッドの考えが中断された。デイヴィッドはあんな小さな体からあんなにも大きな泣き声を

出せることに驚いた。喉も張り裂けんばかりに正義を、道理を要求し、同時に怖れを知らず、悲しみを表現している泣き声。息をしようと赤ん坊が泣くのを止めたとき、なにを言っているのかはっきりしない、ベティのくぐもった懇願する声が聞こえた。つづいて、何枚もの皿が床に落ちて割れる音がした。

デイヴィッドはドアを開けた。

ジャックがほんの少し酔っているのはわかった。足を踏ん張って立っている。ベティがとても自慢にしている長くてつややかな髪の毛がジャックの手に巻き付き、拳に握られていた。彼女はひざ立ちになり、自分の髪の毛を摑んでいるジャックの手を両手で引っ張っていた。ベティは赤ん坊をカウチに置いており、そこで赤ん坊は両手両脚を振り回し、泣いているのと、空気の欠乏で真っ赤になりかけていた。

ひょっとしたらまたジャックは仕事をクビになったのかもしれない。ひょっとしたら一ブロック先にあるヴェトナム人の食料品店員と口喧嘩をしたのかもしれない。ひょっとしたら帰宅したときにベティが着ていた服が気に入らなかったのかもしれない。ひょっとしたら聞きたくないときに赤ん坊が泣いたのかもしれない。

「薄汚い尻軽女め」ジャックは落ち着いた声で冷静に言った。「おれが性根をたたき直してやる。あの男は何者だ？」

ベティの声は言葉にならないすすり泣きと否認の音として出てきた。髪の毛を摑んだまま、ジャックはベティの腹や腎臓のあたりを殴りはじめた。顔は殴らないんだ、とデイヴィッドは思った。そこは合理的《ラショナル》だ。さもないと近所の人に訊かれるかもしれない。

ベティは謝りつづけた。自分自身とジャックに、説明しようと、この世界の辻褄を合わせようとしていた。

デイヴィッドは口をきけなかった。自分のなかに淀んだ熱い力が込みあげてきて、喉を押し上げ、息を詰まらせようとするのを感じた。ジャックの手を摑もうとしたが、ジャックはデイヴィッドを見もせずに振り払って床に転がした。

赤ん坊の泣き声がいっそう大きくなった。白くて熱い痛みがデイヴィッドの頭のなかで疼いた。こんなにも腹が立ち、こんなにも情けない気持ちになったのははじめてだった。この痛みと恐怖を止めるためにデイヴィッドにできることはなにもなかった——彼にできたのは、せいぜい心のなかでシンボルを操ることだけだった。彼は役立たずだった。**彼は、クラスメートに共感するということが難しい様子でした。彼はなんでも文字通り受け取ってしまうのです。**

ベティの懇願と赤ん坊の泣き声が、頭のなかのズキズキと疼く痛みのなかで薄れていった。時間が遅くなったように思えた。デイヴィッドの心はたゆたいはじめ、現在を離れた。

ひとつ、マートル・ビーチ。

デイヴィッドはキッチンに通じているドアを見た。立ち上がる。

ふたつ、肩に置かれたウー先生の手。

デイヴィッドは自分の手を見下ろし、自分がナイフを握っているのを見て驚いた。**進行方向と逆向きの座席に座っている列車の乗客のようだ。**蛍光灯の光がその冷たい刃に反射している。

みっつ、「この子にどこもおかしなところはありません。恥ずかしがりなんです。それだけです」

ベティは床に倒れて丸くなっていた。アパートの明かりが消えかけている。うしろから見ていると、ジャックの姿はなだめることのできないものに見えた。荒い息づかいをする黒い塊がゆっくりと拳を宙に持ち上げる。赤ん坊がまた泣き声を上げた。

よっつ、数字の斜めの線が無限へと延びていく。

デイヴィッドはまた床に倒れていた。下を向くと手に血が付いているのが見える。ナイフは床に落ちていた。ジャックは床に静かに座っていた。カウチにもたれ、動かない。血だまりがジャックのまわりに広がっていた。ベティがジャックに向かって這い進んでいる。

いつつ、この瞬間だ。たったいまだ。

著者付記

ウー先生によるカントールの対角線論法の説明は、無限に並んでいる数字としての実数の十進表現が多義的である点をごまかしている。すなわち、2のような数は、1.9999… または2.0000… のどちらでも書くことができ、対角線論法によって作られた新しい数が、リスト上ですでに列挙されているべつの数のたんなる代替形であるという可能性を否定できない。これは、リスト上の実数が…9999… という形を固守し、作られる数には0の数字を使わない要請をすることによって対処しえる。

脳と時間の認知に関する箇所は、次に紹介するデイヴィッド・イーグルマンとダニエル・ギルバート両氏のそれぞれの研究要約から引用させていただいた。

デイヴィッド・イーグルマン「脳時間」"Brain Time"（Edge: the Third Culture・二〇〇九年六月二十三日）http://www.edge.org/3rd_culture/eagleman09/eagleman09_index.html で入手可。

ダニエル・ギルバート「脳―脳内タイムトラベル」（タイム誌・二〇〇七年一月二十九日

号）http://content.time.com/time/magazine/article/0,9171,1580364,00.html で入手可。

編・訳者あとがき

本書は、『紙の動物園』（〈新☆ハヤカワ・SF・シリーズ〉、二〇一五年）、『母の記憶に』（同、二〇一七年）につづく、日本オリジナルのケン・リュウ作品集第三弾『生まれ変わり』（同、二〇一九年）を親本とした文庫化の一巻目である。

書誌中心に、個々の作品紹介に移る――

「生まれ変わり」"The Reborn"（オンライン・マガジン〈Tor.com〉二〇一四年一月二十九日発表）

画家リチャード・アンダースンの絵にインスパイアされた作品を作家に書いてもらうという《アンダースン・プロジェクト》のなかの一篇。アンダースンの絵は、宙に浮かんだ宇宙船から、触手のような紐が伸びてその先に人物が繋がっている様子が描かれている。まさに、この作品の冒頭のような場面である。なお、作品中に登場する宇宙人を指す代名詞が英語の三人称代名詞（she/her/her と he/his/him）ではなく、オリジナル代名詞（thie/thir/thim）が使用されているため、訳文のような表記を用いた。

「介護士」"The Caretaker"（オリジナル・アンソロジー *First Contact: Digital Science Fiction Anthology 1*／二〇一一年）

第二集収録の「存在《プレゼンス》」の姉妹篇的内容。社会の最大の課題でもある介護の問題に南北問題を加味した作品。

「ランニング・シューズ」"Running Shoes"（〈ＳＱマグ〉十六号、二〇一四年九月）

これも南北問題を扱っており、激しいパワハラに遭うヴェトナムの貧しい女工の切ない行く末を描いた残酷なファンタジー。

「化学調味料ゴーレム」"The MSG Golem"（オリジナル・アンソロジー *Unidentified Funny Objects 2*／二〇一三年）

本書のなかで、もっともユーモア感覚にあふれた作品。こういうすっとぼけた小品もケン・リュウは書けるのだ。

「**ホモ・フローレシエンシス**」"Homo floresiensis"（オリジナル・アンソロジー *Solaris Rising 3*／二〇一四年）

架空の新種の存在を別にすれば、ほぼリアルな小説。これも南北問題を扱った作品と言えよう。どことなく控え目なユーモアの要素があるように思える。

「**訪問者**」"The Visit"（〈オン・ザ・プレミシーズ〉十三号、二〇一一年三月）

ファースト・コンタクトを描いたファルス風作品。

「**悪疫**」"The Plague"（〈ネイチャー〉二〇一三年五月十五日号）

ユーモアもの四連発のトリに、善意の押しつけがましさを最後に文字通り潰す、ところが痛快なショートショートを。

「**生きている本の起源に関する、短くて不確かだが本当の話**」"A Brief and Inaccurate but

True Account of the Origin of Living Books"（ソロモン・R・グッゲンハイム美術館何鴻毅家族基金中国美術展「故事新編／Tales of Our Time」カタログ／二〇一六年）

ケン・リュウは本について語るのが好きだ。第一集の「選抜宇宙種族の本づくり習性」や第二集の「上級読者のための比較認知科学絵本」につづく同テイストの作品を。

「ペレの住民」"The People of Pele"（〈アシモフ〉二〇一二年二月号）

異星に降り立った人類が現地のなにかとコンタクトする様を描いた、きわめてオーソドックスなＳＦ。

「揺り籠からの特報：隠遁者——マサチューセッツ海での四十八時間」"Dispatches from the Cradle: The Hermit - Forty-Eight Hours in the Sea of Massachusetts"（オリジナル・アンソロジー *Drowned Worlds*／二〇一六年）

温暖化による海面上昇で水に覆われた未来の地球を、一個人（隠遁者）の目から描いた、静謐な諦念漂う作品。

「七度の誕生日」"Seven Birthdays"（オリジナル・アンソロジー *Bridging Infinity*／二〇

一六年）
ケン・リュウには繰り返し出てくるモチーフがいくつかあるのだが、電脳化した人類というのがそのひとつで、第一集の「どこかまったく別な場所でトナカイの大群が」や「波」と同様、この作品も電脳空間にアップロードされた人間を描く。
「数えられるもの」"The Countable"（〈アシモフ〉二〇一一年十二月号）
数式やグラフがこんなに出てくる作品を書いているとは、ケン・リュウに対する認識が変わるのではなかろうか。なお、こういうゴリゴリの数学の話は訳者の手に余るので、大学で数学を専攻された京大SF研OBの志村弘之さんに訳文のチェックとアドバイスを頂いた。もちろん、誤解や誤謬があれば、すべて訳者の責任である。

古沢嘉通

二〇二〇年十二月（親本の訳者あとがきを元に適宜書き直した）

本書は、二〇一九年二月に早川書房より新☆ハヤカワ・SF・シリーズ『生まれ変わり』として刊行された作品を二分冊し『ケン・リュウ短篇傑作集5　生まれ変わり』として改題、文庫化したものです。

なお、本書収録作品の選定は古沢嘉通氏がおこないました。

ケン・リュウ短篇傑作集2

もののあはれ

The Paper Menagerie and Other Stories

ケン・リュウ

古沢嘉通編・訳

巨大小惑星の地球への衝突が迫るなか、人類は世代宇宙船に選抜された人々を乗せてはるか宇宙へ送り出した。宇宙船が危機的状況に陥ったとき、日本人乗組員の清水大翔は「万物は流転する」という父の教えを回想し、ある決断をする。ヒューゴー賞受賞の表題作など、第一短篇集である単行本版『紙の動物園』から8篇を収録した傑作集

ハヤカワ文庫

ケン・リュウ短篇傑作集3

母の記憶に

Memories of My Mother and Other Stories

ケン・リュウ

古沢嘉通・他訳

不治の病を宣告された母は、わたしを見守り、残された時間をともに過ごすためにある選択をする……。母と娘の絆を描いた表題作、肉体を捨てて意識をアップロードした家族を見送った人々を描く「残されし者」など、最注目作家ケン・リュウによる第二短篇集である単行本版『母の記憶に』から9篇を収録した傑作集。

ハヤカワ文庫

ケン・リュウ短篇傑作集4

草を結びて環《たま》を銜《くわ》えん

Memories of My Mother and Other Stories

ケン・リュウ
古沢嘉通・他訳

揚州大虐殺のなかを強く、しなやかに生きた遊女を描いた表題作、恐るべき巨大熊を捕らえに満州に赴いた探検隊が目にする悪夢「烏蘇里羆（ウスリーひぐま）」、生き生きと動く投射映像〝シミュラクラ〟の発明者の男と娘の相克をめぐる星雲賞受賞作「シミュラクラ」など、単行本版『母の記憶に』から全7篇を収録。

歴史は不運の繰り返し

——セント・メアリー歴史学研究所報告

Just One Damned Thing After Another

ジョディ・テイラー

田辺千幸訳

歴史家の卵マックスは恩師からセント・メアリー歴史学研究所での勤務を紹介される。じつはここでは実際にタイムトラベルしながら歴史的事件を調査していたのだ！ ハードかつ凄惨を極める任務、さらには研究所を揺るがす陰謀まであきらかになり⁉ 英国で大人気のタイムトラベルシリーズ開幕篇。解説／小谷真理

ハヤカワ文庫

書架の探偵

A Borrowed Man

ジーン・ウルフ
酒井昭伸訳

図書館書架に住むE・A・スミスは、推理作家E・A・スミスの複生体《リクローン》である。生前のスミスの記憶や感情を備えて、図書館に収蔵されているのだ。そのスミスのもとを謎を携えた令嬢コレットが訪れた。彼女はスミスの著作が兄の死の鍵を握っていると考えていた。巨匠ウルフによるSFミステリ。 解説／若島正

ハヤカワ文庫

SFマガジン700【海外篇】

山岸 真・編

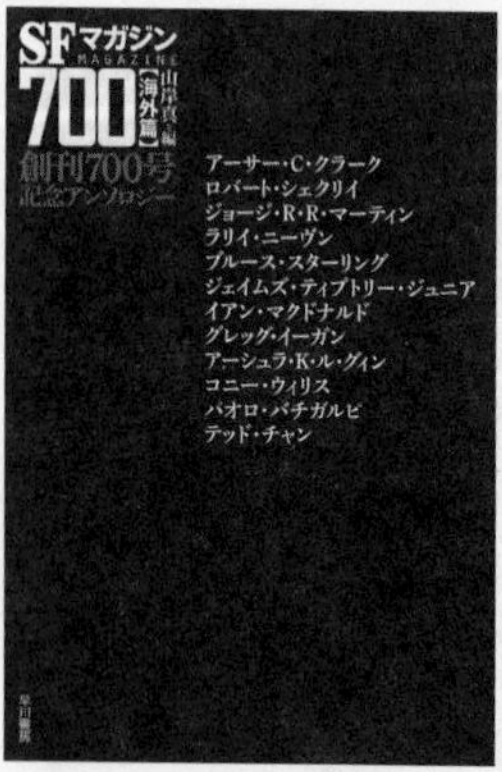

〈SFマガジン〉の創刊700号を記念する集大成的アンソロジー【海外篇】。黎明期の誌面を飾ったクラークら巨匠。ティプトリー、ル・グィン、マーティンら各年代を代表する作家たち。そして、現在SFの最先端であるイーガン、チャンまで作家12人の短篇を収録。オール短篇集初収録作品で贈る傑作選。

ハヤカワ文庫

2000年代海外SF傑作選

橋本輝幸編

独特の青を追求する謎めく芸術家へのインタビューを描き映像化もされたレナルズ「ジーマ・ブルー」、東西冷戦をSFパロディ化したストロス「コールダー・ウォー」、炭鉱業界の革命の末起こったできごとを活写する劉慈欣《リウ・ツーシン》「地火《じか》」など二〇〇〇年代に発表されたSF短篇九作品を精選したオリジナル・アンソロジー

HM=Hayakawa Mystery
SF=Science Fiction
JA=Japanese Author
NV=Novel
NF=Nonfiction
FT=Fantasy

ケン・リュウ短篇傑作集５

生《う》まれ変《か》わり

〈SF2313〉

二〇二二年一月十日　印刷
二〇二二年一月十五日　発行
（定価はカバーに表示してあります）

著者　ケン・リュウ
訳者　古《ふる》沢《さわ》嘉《よし》通《みち》・他
発行者　早川　浩
発行所　株式会社　早川書房
郵便番号　一〇一 - 〇〇四六
東京都千代田区神田多町二ノ二
電話　〇三 - 三二五二 - 三一一一
振替　〇〇一六〇 - 三 - 四七七九九
https://www.hayakawa-online.co.jp

乱丁・落丁本は小社制作部宛お送り下さい。
送料小社負担にてお取りかえいたします。

印刷・株式会社精興社　製本・株式会社フォーネット社
Printed and bound in Japan
ISBN978-4-15-012313-0 C0197

本書は活字が大きく読みやすい〈トールサイズ〉です。